Afterburn/Aftershock

SYLVIA DAY

Afterburn/Aftershock

Roman

MOSAÏC

Collection :
MOSAÏC

Titres originaux:
Première partie : AFTERBURN
Deuxième partie : AFTERSHOCK

Traduction de l'américain par ALBA NERI

ÉDITIONS HARLEQUIN
83-85, boulevard Vincent Auriol, 75646 PARIS CEDEX 13.
Service Lectrices — Tél. : 01 45 82 47 47
www.harlequin.fr
ISBN 978-2-2803-2552-3

AFTERBURN

1

Matin d'automne à Manhattan… Je laissai derrière moi la brise fraîche qui soufflait dehors, la cacophonie des Klaxon hurlants et des conversations des passants, pour entrer dans le calme glacial d'un gratte-ciel tout en miroirs. Mes talons cliquetaient sur le marbre du hall d'accueil au même rythme nerveux que les battements de mon cœur. Les mains moites, je laissai à l'accueil une pièce d'identité et pris le badge visiteur qu'on me tendit en échange, avant de m'avancer, mon anxiété redoublée, vers l'ascenseur.

Avez-vous déjà désiré quelque chose tellement fort que vous n'imaginez pas ne pas l'obtenir ?

Cette certitude, je ne l'avais éprouvée que deux fois dans ma vie : pour un homme dont j'étais naïvement tombée amoureuse, et pour le poste d'assistante exécutive pour lequel je venais passer un entretien.

Si l'homme en question s'était avéré terriblement toxique pour moi, ce poste, en revanche, aurait sur ma vie un tel effet de baguette magique qu'il me semblait inconcevable de quitter le gratte-ciel sans mon contrat d'embauche en poche. Devenir l'assistante de Lei Yeung, j'en étais persuadée, m'aiderait à déployer mes ailes et à prendre mon envol.

J'avais beau me répéter ce mantra, j'en oubliai de respirer lorsque, en sortant de l'ascenseur au dixième étage, je vis les vitres fumées de l'entrée de Savor, Inc. Le nom de l'entreprise, gravé en lettres dorées, sinueuses et féminines, me mettait au défi de voir grand et de profiter de chaque instant.

En attendant qu'on me laisse franchir la porte sécurisée, j'étudiai mes nombreuses et très élégantes concurrentes. Je doutais qu'elles portent, comme moi, du prêt-à-porter de luxe de seconde main, ou qu'une seule d'entre elles ait eu à jongler avec trois jobs pour payer ses études. Je partais désavantagée dans tous les domaines possibles, mais je comptais sur cet emploi et je n'allais pas me laisser intimider… Pas trop, en tout cas.

Les portes vitrées s'ouvrirent avec un bourdonnement et j'entrai dans une pièce aux murs noisette couverts de photographies de chefs célèbres et de restaurants à la mode. Un subtil parfum de cookies, rassurant comme un souvenir d'enfance, flottait dans l'air. Ce qui ne m'aida pas pour autant à me détendre.

Je pris une grande inspiration et me présentai à la réceptionniste, une jeune et jolie Afro-Américaine au sourire facile, puis cherchai un bout de mur libre en me demandant si l'heure de mon rendez-vous — pour lequel j'étais arrivée avec une demi-heure d'avance — n'avait pas été fixée au pif. Je ne tardai pas à comprendre que les entretiens étaient prévus pour durer cinq minutes chrono et que cette cadence était respectée avec une précision militaire.

J'entendis enfin appeler mon nom, et ma peau se couvrit d'un voile de transpiration. Dans mon empressement à m'avancer je chancelai sur mes talons, incident qui constituait un fidèle reflet de mon assurance défaillante. Je suivis un jeune homme plutôt séduisant le long d'un couloir qui menait à l'un des bureaux, à l'angle du building. Au fond d'une grande salle d'attente déserte, deux larges portes donnaient accès au siège du pouvoir de Lei Yeung.

Mon guide m'invita à y entrer avec un sourire.

— Bonne chance.

— Merci.

En franchissant ces portes, je fus d'abord frappée par la vibration moderne de la décoration, ensuite, par la femme assise derrière un imposant bureau en noyer. Elle se serait fondue dans ce vaste espace dominé par la skyline de Manhattan, sans le rouge rubis de ses lunettes, parfaitement assorti à celui qui rehaussait ses lèvres sensuelles. Une mèche blanche, sur sa tempe droite, était intégrée d'une façon savante à sa coiffure sophistiquée. Elle était mince, avait un cou gracieux et de longs bras.

Lorsqu'elle leva les yeux de mon dossier pour me regarder, je me sentis exposée et vulnérable.

Elle enleva ses lunettes.

— Installez-vous, Gianna.

Je traversai la moquette couleur crème et pris place sur l'une des chaises en chrome et cuir face à son bureau.

— Bonjour.

J'entendis dans ma voix une trace de l'accent populaire de Brooklyn que j'avais gommé au prix de beaucoup d'efforts. Elle ne sembla pas le remarquer.

— Parlez-moi de vous, dit-elle.

Je m'éclaircis la gorge.

— Eh bien, cet été, j'ai obtenu mon diplôme *magna cum laude* à l'Université de Nevada à Las Vegas…

— Je viens de lire cela dans votre CV, fit-elle en adoucissant ses propos d'un sourire à peine perceptible. Dites-moi plutôt quelque chose que je ne sache pas déjà. Pourquoi la restauration ? Vous n'êtes pas sans savoir, j'en suis certaine, que soixante pour cent des établissements font faillite dans les cinq ans.

— Pas le nôtre. Ma famille tient un restaurant à Little Italy depuis trois générations.

— Pourquoi ne pas y travailler ?

— Nous n'avons pas quelqu'un comme vous.

C'était beaucoup trop personnel, comme réponse. Je déglutis, au bord de la panique, mais mes paroles ne semblèrent pas l'offusquer.

— Je veux dire, nous n'avons pas votre « magie », ajoutai-je aussitôt.

— « Nous » ?

— Oui…

Je marquai une pause, le temps de maîtriser mon émotion.

— J'ai trois frères. Ils ne peuvent pas tous les trois reprendre le Rossi's quand mon père prendra sa retraite, et d'ailleurs, ce n'est pas leur intention. C'est l'aîné qui le gardera et les deux autres… ils veulent aussi leur Rossi's.

— Et votre contribution à cette belle aventure sera votre master en management de la restauration. Plus votre détermination.

— Je *veux* apprendre comment les aider à réaliser leur rêve. Et en aider ensuite d'autres à réaliser les leurs.

Elle hocha la tête et reprit ses lunettes.

— Merci, Gianna. J'apprécie l'intérêt que vous montrez pour notre entreprise.

Oh… Elle me mettait déjà à la porte… Je n'avais donc pas décroché le job. Je n'avais pas su dire ce qu'il fallait pour qu'elle comprenne qu'elle avait devant elle la perle rare.

Je me relevai, le cerveau tournant à plein régime à la recherche d'un dernier argument pour rattraper la situation.

— Je tiens vraiment à travailler pour vous, madame Yeung. Je suis dure à la tâche et je ne tombe jamais malade. Je suis dynamique et entreprenante. Je ne tarderai pas à anticiper vos besoins avant même que vous ayez conscience d'avoir ces besoins. Vous ne regretterez pas de m'avoir embauchée.

Elle me regarda.

— Je vous crois. Vous avez jonglé avec plusieurs jobs, tout en obtenant des notes exceptionnelles à vos examens. Vous êtes intelligente, déterminée et vous n'avez pas froid aux yeux. Seulement, je ne suis pas sûre d'être la patronne qu'il vous faut.

— Je ne comprends pas, dis-je d'une voix qui trahissait ma déception, voyant le poste de mes rêves me glisser entre les doigts.

— Nul besoin de comprendre, répondit-elle gentiment. Faites-moi confiance. Il y a une centaine de restaurateurs à New York qui sauront vous donner ce que vous cherchez.

Je carrai le menton. J'avais toujours été fière de mon physique, de ma famille et de mes origines, et je ne supportais pas qu'on m'en fasse douter.

Je décidai alors d'avouer la véritable raison de ma candidature.

— Madame Yeung, s'il vous plaît, écoutez-moi. Vous et moi, nous avons beaucoup en commun. Ian Pembry vous a sous-estimée, n'est-ce pas ?

Ses yeux brillèrent de colère à la mention inopinée de l'ancien partenaire qui l'avait trahie. Elle ne répondit pas et moi, je n'avais plus rien à perdre.

— J'ai eu, moi aussi, dans ma vie un homme qui m'a sous-estimée. Vous avez démontré que Pembry s'était trompé à votre sujet. Je veux faire de même.

Elle pencha la tête.

— J'espère que vous y parviendrez.

Comprenant que je venais de brûler ma dernière cartouche, je la remerciai pour le temps qu'elle m'avait accordé et quittai le bureau, drapée dans le peu de dignité qu'il me restait.

Pour un mauvais lundi, c'en fut un.

— Il n'y a pas à tortiller, cette femme est trop bête ! répéta mon frère Angelo. Tu as eu de la chance, finalement, de ne pas être prise.

J'étais le bébé de la famille, la petite dernière après trois grands frères. Angelo était le plus jeune et son indignation ulcérée réussit malgré la déprime à m'arracher un sourire.

— Il a raison, lâcha Nico.

Notre aîné — qui était aussi un pitre invétéré — poussa Angelo et plaça devant moi une belle assiette de pâtes dans un geste théâtral.

Je m'étais installée au comptoir parce qu'il n'y avait plus une table de libre au Rossi's, comme d'habitude à l'heure du dîner. L'ambiance y était bruyante et bon enfant. Notre clientèle était composée surtout d'habitués, mais on recevait souvent des célébrités venues pour manger en paix.

Ce mélange bien dosé renforçait notre solide réputation de service aimable et de nourriture excellente.

— J'ai toujours raison, riposta Angelo, donnant à Nico une bourrade bien sentie.

— Seulement quand tu répètes ce que je dis !

C'était Vincent. Il venait de poser sur le passe-plat deux assiettes fumantes, arrachant au passage les deux bons de commande de leurs clous.

Leurs chamailleries, comme toujours, m'arrachèrent un éclat de rire. Je sentis une main sur ma taille en même temps que la fragrance d'Elizabeth Arden préférée de ma mère. Elle déposa un baiser sur ma joue.

— Contente de te voir. Et tu sais, tout ce qui arrive…

— … arrive pour une raison, finis-je à sa place. Je sais. N'empêche, ça fait mal.

J'étais la première et la seule de la famille à être allée à l'université, et j'avais pu le faire grâce à l'effort commun de tous. L'échec de mon entretien du matin me donnait l'impression de les avoir laissés tomber. Certes, il y avait des centaines de bons restaurateurs à New York, mais Lei Yeung était bien plus qu'une gestionnaire de génie capable de faire d'un chef anonyme un label synonyme d'excellence, elle était surtout une force de la nature.

Elle avait un avis très affirmé sur la situation des femmes dans le monde des affaires et on l'invitait souvent dans des émissions télé. Elle venait d'une famille d'immigrés, elle avait obtenu ses diplômes tout en travaillant, et son succès l'avait rendue célèbre bien avant que son mentor et partenaire ne la trahisse. Travailler pour elle aurait été pour moi une véritable déclaration de principes.

C'était en tout cas ce que je m'étais dit.

— Mange tes *fetuccine* avant qu'elles ne refroidissent, dit ma mère en me laissant pour accueillir les clients qui arrivaient.

Je goûtai mes pâtes au parmesan tout en la suivant du regard. Je n'étais pas la seule dans la salle. Peu se doutaient que Mona Rossi avait dépassé depuis longtemps la cinquantaine. Elle n'était pas seulement belle, elle était aussi sexy en diable. Ses cheveux acajou, légèrement crêpés, encadraient un visage aux traits classiques, à la bouche sensuelle et aux yeux noirs pétillants. Elle avait une silhouette sculpturale et un penchant pour les bijoux en or.

Les hommes comme les femmes l'adoraient. Ma mère était bien dans sa peau, elle semblait confiante, insouciante même et les gens n'imaginaient pas à quel point elle avait dû batailler avec mes frères pendant leur adolescence. A présent, ils savaient enfin se tenir.

J'inspirai profondément pour m'imprégner de l'ambiance rassurante de ce lieu familier — les rires autour des tables, les odeurs alléchantes des plats concoctés avec amour, le tintement des couverts sur la faïence, celui des verres levés pour un toast joyeux. Je voulais tant de choses pour mon avenir que j'en oubliais parfois tout ce que j'avais déjà.

Nico revint et posa sa main sur la mienne.

— Rouge ou blanc ? demanda-t-il.

C'était un barman de choc ; tout le monde le réclamait, spécialement ces dames. C'était un brun ténébreux avec des cheveux rebelles et un sourire charmeur dont il usait et abusait. Il avait même un fan-club composé de clientes qui restaient toute la soirée au bar autant pour déguster ses merveilleux cocktails que pour flirter avec lui.

— Du champagne, ça vous dirait ?

Je tournai la tête, abasourdie. Lei Yeung avait pris place à côté de moi sur un tabouret qu'un couple venait de libérer pour aller s'installer à table. Souriante, habillée d'un jean et d'un corsage rose, les cheveux lâchés et sans maquillage, elle semblait bien plus jeune que lors de notre entretien.

— Sur le web, on ne trouve que des commentaires dithyrambiques sur ce resto.

— La meilleure cuisine italienne du monde ! dis-je, le cœur tambourinant d'excitation.

— Certains critiques disent même que le Rossi's est

devenu encore meilleur depuis deux ans. Je me demandais si ce n'était pas dû au fait que vous avez mis en pratique ce que vous avez appris…

— C'est tout à fait vrai, commenta Nico en posant devant nous deux flûtes qu'il remplit de notre meilleur champagne.

Lei caressa la tige du verre et me regarda dans les yeux. Nico, en bon barman, savait quand s'éclipser.

— Pour revenir à ce que vous avez dit…

Je me crispai un instant, puis me détendis. Elle n'avait certainement pas traversé la ville pour me gronder !

— C'est vrai que Ian m'a sous-estimée… Mais il n'a pas profité de moi, ce serait lui accorder trop d'intelligence. J'ai ouvert une porte et il a saisi l'occasion pour partir.

Je hochai la tête. Les circonstances précises de leur séparation demeuraient secrètes, mais j'avais pu en déduire les grandes lignes grâce aux articles de la presse spécialisée et le reste, je l'avais appris en écumant les sections « people » des journaux et des blogs.

Pembry et elle avaient bâti un empire gastronomique composé d'une belle brochette de chefs de renom, de plusieurs chaînes de restaurants, d'une collection de livres de recettes et d'une marque d'ustensiles de cuisine qui se vendaient comme des petits pains. Puis Pembry avait annoncé le lancement d'une nouvelle enseigne de restos financés par des stars de Hollywood dont Lei avait été exclue.

— Il m'a beaucoup appris, continua-t-elle. Mais j'ai fini par comprendre qu'il avait retiré autant que moi de notre relation…

Elle marqua une pause et reprit, après un moment de réflexion :

— Je crois que je redoute de stagner et de me répéter. J'ai besoin d'un nouveau regard. Je veux nourrir la faim de quelqu'un d'autre.

— Et vous cherchez une protégée…

— Exactement, fit-elle en souriant. Je ne m'en étais pas aperçue jusqu'à ce que vous le souligniez. Je savais que je cherchais quelque chose, mais je n'arrivais pas à mettre le doigt dessus.

Malgré une grande agitation intérieure, je gardai un ton professionnel pour lui assurer :

— Je suis partante, si vous voulez de moi.

— Les horaires normaux, vous oubliez, me prévint-elle. Je ne vous offre pas un poste de 9 à 17 heures. J'aurai besoin de vous les week-ends, je risque de vous appeler au beau milieu de la nuit... Je travaille tout le temps.

— Je ne m'en plaindrai pas.

— Moi, si ! fit Angelo qui arrivait derrière nous.

Mes frères avaient deviné qui était mon interlocutrice et la timidité n'avait jamais fait partie de leur personnalité.

— J'ai besoin de voir ma sœurette de temps en temps.

Je lui donnai un coup de coude. Nous partagions à Brooklyn un grand loft délabré toujours en travaux — nous, c'est-à-dire les quatre enfants Rossi et Denise, la femme d'Angelo. Et nous râlions en général de trop nous voir justement.

Lei tendit la main et se présenta à Nico et à Angelo, puis à ma mère qui était venue voir ce qui se passait. Mon père et Vincent criaient à travers le passe-plat pour qu'on emporte les assiettes sur les tables.

On apporta un menu pour Lei avec une corbeille de pain chaud et de l'huile d'olive provenant d'un moulin artisanal de Toscane.

— Elle est comment, la *panna cotta* ? me demanda-t-elle.

— Vous n'en avez jamais goûté de meilleure, répondis-je. Vous avez déjà dîné ?

— Pas encore. Leçon numéro un : la vie est trop courte pour négliger les bonnes choses.

Je mordis ma lèvre pour réprimer mon sourire enthousiaste.

— Est-ce que ça veut dire que j'ai décroché le poste ?

Elle leva sa coupe avec un hochement de tête.

— Félicitations !

2

Un an plus tard…

— Seigneur, cette excitation ! dit Lei en trépignant sous la table. Je ne m'en lasse pas.

Je souris. Après tant de mois à travailler sous ses ordres, j'étais devenue aussi mordue qu'elle. Nous avions connu d'autres moments d'exaltation, mais cet après-midi ensoleillé de fin septembre avait quelque chose de spécial. Après des mois de manœuvres subtiles et de flatteries sans fin, nous allions conclure une affaire qui priverait Ian Pembry de deux de ses étoiles les plus brillantes. C'était une revanche, bien sûr, pour ce qu'il avait fait à Lei des années plus tôt, mais c'était surtout un triomphe majeur pour l'entreprise.

Lei s'était habillée pour l'occasion, moi aussi. Elle portait une robe Diane von Fürstenberg — du rouge rubis, son image de marque — avec de hautes bottes qui lui donnaient un air imposant et sexy à la fois. J'avais mis, pour la première fois, un corsage doré de la nouvelle collection Donna Karan et le pantalon cigarette spécialement créé pour aller avec. C'était un ensemble chic qui reflétait la nouvelle moi, la Gianna qui avait tant évolué depuis l'année précédente.

Impatiente d'en finir, je ne quittais pas des yeux l'entrée du bar de l'hôtel et sentis une brusque montée d'adrénaline en voyant les jumeaux Williams débarquer, comme s'ils répondaient à mon appel. Avec leurs cheveux auburn et leur regard vert jade, le frère et la sœur formaient un couple détonnant, mais aussi un duo de choc aux fourneaux. Ils s'étaient fait un nom grâce à leur version d'une gastronomie du Sud revampée avec des ingrédients de luxe. Cependant, cette jolie façade, qui présentait si bien pour vendre des éditions de luxe et des boîtes d'épices stylées, cachait une réalité moins reluisante : en coulisses, ils se haïssaient.

C'était sur ce dernier point que Pembry avait commis une erreur fatale. Il leur avait demandé de serrer les dents et de mettre de côté leur hostilité parce que leur tandem frère-sœur était la clé de leur succès. Lei, elle, leur avait offert ce qu'ils attendaient tous les deux depuis un bon moment : la chance de se séparer pour briller en solo, sans cesser de capitaliser leur rivalité prétendument cordiale. Son plan était de monter une chaîne de restaurants autour de leurs duels culinaires au sein des hôtels-clubs et casinos du mondialement célèbre groupe Mondego.

— Chad ! Stacy ! les appela Lei en se levant en même temps que moi. Vous êtes superbes tous les deux !

Chad s'approcha et m'embrassa sur la joue avant même d'avoir salué Lei. Il flirtait avec moi depuis quelque temps et ce petit jeu était devenu partie intégrante de nos tractations. Je devais admettre que j'avais parfois été tentée d'aller au-delà du simple flirt, mais l'éventuelle réaction de sa sœur m'avait retenue. Chad n'avait rien d'un saint et caressait des ambitions démesurées, mais Stacy était une sacrée garce qui me haïssait plus qu'elle ne détestait son frère. En dépit de mes efforts pour m'attirer sa sympathie, elle m'avait prise en grippe dès le premier jour, ce qui avait nui sérieusement aux négociations.

De mon côté, je la soupçonnais de coucher — ou d'avoir couché — avec Ian Pembry et de défendre ses intérêts, ce qui pouvait expliquer pourquoi elle n'aimait pas Lei. Ou alors, elle était tout simplement une de ces femmes qui abhorrent leurs consœurs sans exception.

— J'espère que vos chambres sont confortables, dis-je en sachant qu'il ne pouvait en être autrement, puisqu'ils logeaient au Four Seasons, dont les cinq étoiles garantissaient un niveau de confort bien plus qu'acceptable.

Stacy haussa les épaules. Elle avait un visage d'ange, un teint pâle parsemé d'adorables taches de rousseur. C'était d'ailleurs très déconcertant qu'une fille à l'air si doux et innocent, à l'accent méridional tout sucre et tout miel, se comporte en permanence comme une harpie déchaînée.

— Ça va, dit-elle.

Chad tira galamment ma chaise, avec une mimique qui signifiait : « Qu'est-ce qu'il lui faut ? »

— Elles sont fantastiques, dit-il à son tour. J'ai dormi comme une souche !

— Pas moi, rétorqua sa sœur en s'asseyant avec une grâce de danseuse. Ian n'a pas arrêté de m'appeler. Il se doute de quelque chose.

Elle coula un regard de biais à Lei, comme pour étudier sa réaction.

— Evidemment qu'il doit s'en douter, fit celle-ci. C'est un homme intelligent. C'est pourquoi je m'étonne qu'il n'ait pas fait le nécessaire pour vous rendre heureux. Il est mieux avisé que ça, d'ordinaire…

Stacy afficha un air boudeur. Chad me décocha un clin d'œil. En général, les clins d'œil m'agaçaient, mais chez lui, ça marchait. Son côté « vieux jeu » était tempéré par son grand potentiel de séduction. Il y avait quelque chose en lui qui laissait croire qu'il pouvait donner une fessée avec une spatule, aussi habilement qu'il retournait un pancake au maïs.

— Ian a fait beaucoup pour nous, rétorqua Stacy. Je me sens déloyale.

— Ne précipitons pas les choses, dis-je, ayant appris que la psychologie inversée était la meilleure méthode pour tirer parti de son esprit de contradiction. Vous n'avez rien signé pour l'instant. Si vous sentez que votre identité de duo est plus porteuse que votre potentiel en tant que Stacy

Williams, je vous conseille de suivre votre instinct. C'est lui qui vous a menée où vous êtes aujourd'hui, après tout.

Je vis Lei réprimer un sourire. Sa satisfaction m'emplit de fierté, car c'était elle qui m'avait appris pratiquement tout ce que je savais sur la façon de manipuler l'ego des gens pour qu'ils se plient à nos plans.

— Arrête tes conneries, Stace, grommela Chad. Tu sais que ce contrat avec les casinos est une opportunité en or.

— Peut-être, mais ce n'est pas *forcément* la seule, rétorqua sa sœur. Ian voudrait qu'on lui laisse du temps pour réfléchir.

— Tu lui as parlé ? fulmina son frère. Putain, ce n'est pas à toi de décider ! C'est ma carrière, aussi !

Je jetai un regard inquiet vers Lei, qui me répondit avec un hochement de tête à peine perceptible. Son sang-froid m'épatait, d'autant plus qu'il s'agissait de l'affaire qui lui permettrait de régler ses comptes.

Les restaurants de stars que Ian lui avait volés avaient fini par mettre la clé sous la porte lorsque les acteurs, une fois l'attrait de la nouveauté passé, s'étaient tournés vers d'autres activités réductrices d'impôts qui ne les obligeaient pas à apparaître en personne sur les lieux. Et deux de ses chefs têtes d'affiche étaient retournés dans leurs pays d'origine, laissant trop de responsabilités sur les jeunes épaules des jumeaux Williams.

— Nous avons l'exclusivité de l'accord avec Mondego, cela va sans dire, leur rappela Lei. Qu'est-ce que Ian vous offre, lui ?

Que diable se passait-il ? Je regardai tour à tour les jumeaux, puis Lei. J'avais les contrats dans mon attaché-case fétiche, sous la table. Nous étions dans la dernière ligne droite et voilà que, soudain, un grain de sable venait bloquer notre plan parfaitement huilé !

Je comprendrais plus tard la véritable cause du frisson qui m'avait traversée à ce moment-là, mais sur le coup, je crus qu'il s'agissait simplement de mon instinct m'annonçant que l'affaire avait capoté bien avant notre rendez-vous.

Puis je *le* vis…

Je me figeai, comme si l'immobilité pouvait me rendre invisible à l'œil de ce prédateur. Il entra dans le bar d'une démarche à la fois nonchalante et assurée. Sa façon de marcher infiltrait le cerveau des femelles, les prévenant que ce bel animal portait entre ses longues jambes une arme chargée et qu'il savait comment s'en servir.

Et c'était le cas, ça oui !

Habillé d'un pull col V gris et d'un pantalon d'une nuance un peu plus sombre, il avait l'air d'un riche homme d'affaires qui avait pris sa journée. Je n'y crus pas un instant, cependant. Jackson Rutledge ne prenait jamais un jour de congé. Il travaillait dur, jouait gros et baisait dur et gros.

J'attrapai mon verre d'eau d'une main tremblante, priant pour qu'il ne reconnaisse pas en moi la fille qui était autrefois tombée follement amoureuse de lui. Je ne ressemblais plus à cette fille-là. Je *n'étais* plus cette fille-là.

Jax avait changé, lui aussi. Il était plus élancé, plus nerveux. Son menton et ses pommettes s'étaient aiguisés, donnant à son visage une beauté encore plus létale. Je dus me forcer à respirer, comme quelqu'un qui se remet d'un coup de poing dans le ventre.

Je ne remarquai même pas que Ian Pembry se trouvait à ses côtés avant qu'ils ne s'arrêtent devant notre table.

— Quelles sont les chances pour que Jackson Rutledge soit parent du sénateur Rutledge ? demanda Lei d'une voix parfaitement calme, lorsque nous prîmes place sur la banquette de la limousine. Ou des Rutledge en général ?

Le chauffeur démarra et je pianotai sur ma tablette afin de lui cacher mon visage. J'avais peur que mon expression ne me trahisse et Lei était trop perspicace pour ne pas percevoir mon trouble.

— Cent pour cent, répondis-je les yeux toujours rivés à l'écran sur lequel s'affichait le beau visage que j'avais cru — ou plutôt espéré — ne plus voir de ma vie. Jackson et le sénateur sont frères.

— Et que diable fait Ian avec un Rutledge ?

C'était la question que je me posais depuis que l'opération pour laquelle j'avais travaillé si dur s'était effondrée sous mes yeux. Nous étions arrivées avec des contrats et une plume pour les signer et nous repartions les mains vides. Malheureusement, j'avais perdu le fil de la conversation au moment où Jax s'était penché vers Stacy, qui lui avait collé sur la joue une bise exubérante. Le bourdonnement du sang contre mes tempes avait englouti tout le reste.

Les ongles rubis de Lei tapotaient en staccato sur l'accoudoir en cuir. Le tumulte de Manhattan, sa circulation impossible et ses trottoirs noirs de monde nous entouraient. La vapeur montait par bouffées des grilles d'aération du métro en même temps que les ombres des gratte-ciel cachaient le soleil qui commençait à descendre.

— Je ne sais pas, répondis-je, légèrement intimidée par son énergie, qui irradiait comme celle d'une tigresse à l'affût.

Jackson savait-il seulement ce qu'il avait provoqué en se mettant sur son chemin ?

— Jackson est le seul des Rutledge mâles à ne pas occuper un poste politique quelque part dans notre pays, poursuivis-je. Il gère Rutledge Capital, une société de capital risque.

— Marié ? Des enfants ?

Je connaissais la réponse sans avoir à vérifier.

— Ni l'un ni l'autre. Il papillonne. Beaucoup. Il préfère s'afficher en public avec des blondes du Gotha, mais si l'occasion se présente, il ne dira pas non à un tour de manège avec quelqu'un de plus… *tape-à-l'œil.*

C'était ainsi qu'Allison Kelsey, la cousine par alliance de Jax, m'avait décrite un jour. « Tu es tape-à-l'œil, Gianna. Ça excite les mecs, ils ont l'impression de se taper une star du porno. Mais c'est aussi ce qui les fait fuir. Profites-en tant que ça dure. »

La voix d'Allison, aussi mélodieuse que ses paroles

avaient été cruelles, résonna dans mon esprit, me rappelant pourquoi, à présent, je lissai mes boucles brunes et pourquoi je ne portais plus ces faux ongles « french » qui me faisaient me sentir si sexy. Et si je ne pouvais lutter contre le patrimoine génétique à l'origine de mes fesses rebondies et de mon décolleté généreux, je travaillais constamment sur mon apparence pour effacer mon look *tape-à-l'œil* au profit d'un style plus sobre et plus élégant.

Lei me lança un regard pénétrant.

— Tu as appris tout ça en deux clics ?

— Non, soupirai-je. Je l'ai appris après cinq semaines passées dans son lit.

Ses yeux sombres étincelèrent.

— C'est donc *lui*… Eh bien, ça devient tout à coup beaucoup plus intéressant !

Pendant le reste du trajet jusqu'au bureau, je me préparai à ce que Lei me dise que le conflit d'intérêts posait un problème. Je décidai que le mieux était de la devancer.

— Ce n'était pas sérieux, dis-je alors que nous étions dans l'ascenseur.

Du moins, pas pour lui…

— C'était plutôt une aventure d'une nuit qui a un peu débordé… Je ne pense pas qu'il m'ait reconnue, tout à l'heure.

Et ça avait fait mal. Très mal. Il ne m'avait même pas regardée !

— Tu n'es pas de ces femmes qu'un homme oublie, Gianna, répondit Lei, l'air soucieux. Je pense que nous pouvons contourner le problème, mais ça va dépendre de ton ressenti. Si c'est trop personnel pour toi, j'aimerais autant le savoir tout de suite. Je ne veux pas que tu sois mal à l'aise, mais je ne veux pas non plus que mon entreprise en pâtisse.

Je faillis lui mentir. Lui dire que Jax avait compté aussi peu pour moi que moi pour lui. Mais j'avais trop de respect pour Lei et pour mon travail pour ne pas lui avouer la vérité.

— Il ne m'est pas indifférent.

Elle hocha la tête.

— C'est ce que j'ai cru comprendre et… j'apprécie ton honnêteté. On va te garder sur le dossier pour l'instant. Tu vas déstabiliser Rutledge, ça jouera en notre faveur. Et tu es mon atout auprès de Chad Williams. Il aime traiter avec toi.

Je poussai un soupir de soulagement. Elle se trompait en pensant que je pouvais avoir un quelconque effet sur Jax, mais je n'allais pas gâcher ma chance en le lui faisant remarquer.

— Merci.

Nous étions arrivées à notre étage. Notre réceptionniste, LaConnie, actionna l'ouverture des portes. Elle haussa les sourcils en une question muette à notre approche. Elle avait dû sentir notre agitation et notre frustration, alors qu'elle s'attendait à nous voir triomphantes. Je lui expliquerais plus tard.

— A quoi peut être dû cet intérêt soudain des Rutledge pour l'industrie de la restauration ? demanda Lei en reprenant le début de notre conversation, alors qu'on regagnait son bureau.

— A première vue, je dirais que l'un d'entre eux doit être redevable à Pembry.

C'était leur façon de fonctionner. Les Rutledge travaillaient ensemble comme une équipe bien soudée, et bien que Jax ne soit pas en politique, il jouait tout de même le jeu.

Lei s'installa à son bureau.

— Il nous faut trouver qui cherche à lui renvoyer l'ascenseur.

Je décelai une colère sourde sous son calme apparent. Alors que Ian avait cherché constamment à lui couper l'herbe sous les pieds, elle avait attendu son heure. Un exercice de patience qui, de son propre aveu, l'avait rendue meilleure en affaires. Elle comptait lui montrer qu'elle avait appris de la leçon impitoyable qu'il lui avait donnée en la quittant, et j'étais plus que prête à l'aider.

— D'accord.

Je comprenais tout à fait ce qu'elle ressentait. De mon côté, je m'en voulais encore d'être tombée dans le panneau et le lit de Jax. Je m'étais crue assez futée pour garder le contrôle de la situation, tout en sachant qui il était et connaissant sa réputation. Pire encore, je m'étais persuadée qu'il tenait à moi ! Il habitait à Washington, moi à Las Vegas et pourtant, pendant cinq semaines, il avait pris l'avion chaque week-end pour venir me voir et s'était même déplacé certains jours en milieu de semaine. Je m'étais dit qu'un type aussi beau, aussi sexy que lui ne se donnerait pas autant de mal ni ne dépenserait autant d'argent juste pour tirer un coup.

C'était oublier à quel point il était riche... Non seulement riche au point de prendre son jet juste pour le fun, mais prudent au point de s'encanailler avec une fille comme moi, loin du public et surtout loin de sa famille.

Mon poste téléphonique se mit à sonner et je courus pour décrocher. Mon bureau se trouvait juste avant celui de Lei ; j'étais la dernière barrière que les visiteurs devaient franchir avant de s'entretenir avec elle.

— Gianna, dit LaConnie d'une voix tendue. Jackson Rutledge est à l'accueil. Il demande à voir Lei.

Je détestais que mon cœur sursaute rien qu'en entendant son nom.

— Il est *ici* ?

— Oui, c'est bien ce que j'ai dit, me taquina-t-elle.

— Qu'on le fasse monter. Je m'occuperai de le conduire en salle de réunion.

Je replaçai lentement le combiné sur le poste et retournai auprès de Lei.

— Rutledge est en bas. Il arrive.

Elle hocha lentement la tête.

— Ian est avec lui ?

— LaConnie me l'aurait dit.

— Intéressant...

Elle consulta sa montre incrustée de diamants.

— Il est pratiquement 17 heures. Tu peux rester pour le rendez-vous, ou tu peux partir. C'est comme tu veux.

Il aurait été bien que je reste. J'avais déjà l'impression d'avoir perdu pied à cause de ma crise de panique au Four Seasons qui m'avait empêchée d'évaluer dans quel état d'esprit se trouvaient les jumeaux Williams. Malheureusement, je ne m'étais pas encore remise du choc provoqué par l'apparition inopinée de Jax.

— Et si j'utilisais plutôt ce temps pour tenter de contacter Chad ? suggérai-je. Je peux essayer de tâter le terrain pour voir où il en est. Je sais que l'idée était de les débaucher tous les deux, mais même si nous ne convainquions que Chad, Pembry accuserait le coup.

Elle sourit.

— Bonne idée. Ce serait tout de même une bonne chose que Rutledge apprenne à me connaître un peu mieux, tu ne crois pas ? Si Ian lui a laissé penser que je suis une proie facile, il serait avisé de ma part de lui prouver qu'il a été berné.

L'affrontement ne manquerait certainement pas d'être plaisant… Jax était trop habitué à ce que les femmes tombent à ses pieds à cause de sa belle gueule et de son appartenance à une famille qui était ce qui s'apparentait le plus à la royauté en Amérique.

— Dès que j'aurai parlé avec Chad, j'entame mes recherches pour trouver le lien entre Pembry et les Rutledge, dis-je en rassemblant mes affaires.

— Bien.

Elle joignit les bouts de ses doigts et posa le menton dessus pour m'étudier attentivement.

— Excuse-moi de te poser cette question, Gianna, mais… est-ce que tu l'aimais ?

— Disons que j'ai cru qu'on s'aimait.

Elle soupira.

— Malheureusement, c'est une leçon que les femmes apprennent trop souvent à leurs dépens.

3

J'attrapai mon sac et me dirigeai vers l'accueil en le serrant contre moi comme un talisman capable de m'éloigner de Jax avant qu'il ne me reconnaisse. Les quelques mètres qui me séparaient de l'entrée me semblèrent interminables.

Découvrir que sa présence m'affectait encore autant était une pilule difficile à avaler. Il n'avait fait partie de ma vie que très brièvement ; j'avais eu deux autres histoires après lui et jusqu'à aujourd'hui, je croyais avoir tourné la page.

Quand j'arrivai dans le hall de réception, il examinait les derniers best-sellers de cuisine publiés par Savor. Je retins mon souffle. Il s'était changé, et un costume à la coupe impeccable mettait en valeur sa carrure imposante. Je ne pus qu'apprécier cette preuve de respect vis-à-vis de Lei. Moi, je ne l'avais vu en costume que sur des photos. Nous nous étions rencontrés banalement dans un bar : je prenais un verre avec mes camarades, lui fêtait avec des amis un enterrement de vie de garçon.

J'aurais dû deviner que rien de bon ne pouvait sortir d'une soirée pareille. Mais qu'il était beau !

Et aujourd'hui, il l'était plus encore. Il portait les cheveux courts sur les côtés, un peu plus longs sur le devant. Ses yeux bruns étaient si sombres qu'ils semblaient noirs, ses cils longs et fournis encadraient un regard d'une constante intensité. Comment avais-je pu penser un jour qu'il était doux et chaleureux ? C'étaient sans doute sa bouche sensuelle et sa fossette diabolique qui m'avaient aveuglée. Il n'y avait rien de doux chez Jackson Rutledge. C'était un homme dur, impitoyable, taillé dans une étoffe coriace.

Il me regarda de la tête aux pieds avec une lenteur intense et délibérée qui me poussa à serrer les poings.

Sa réputation de play-boy n'était plus à faire, et même si j'essayai de me convaincre qu'il aurait détaillé de la sorte n'importe quelle fille entrant dans son champ de vision, je le connaissais trop bien, mon corps se souvenait encore trop de ses caresses, de son odeur, de sa peau…

Et à la façon dont il me regardait, je sus que les mêmes souvenirs échauffaient son sang.

— Bonjour, monsieur Rutledge, dis-je en gardant les formes, puisqu'il n'avait pas encore daigné me reconnaître.

J'avais parlé lentement et d'une voix mesurée qui n'était pas tout à fait la mienne. En général, je n'avais plus à me surveiller pour dissimuler les inflexions de mon accent de Brooklyn, mais là je me surveillai, parce qu'il me faisait perdre mes moyens.

Il me donnait *envie* de perdre tous mes moyens.

— Mme Yeung sera à vous dans quelques minutes, continuai-je en m'arrêtant sciemment à deux mètres de lui. Je vais vous conduire à la salle de réunion. Désirez-vous un café ? De l'eau ? Du thé ?

Son torse se gonfla dans une profonde inspiration.

— Rien, merci.

— Veuillez me suivre, alors.

Je passai à côté de lui en réussissant même à adresser à LaConnie un sourire presque naturel. L'odeur de Jax, ce mélange subtil d'épices et de bergamote, titilla mes narines. Je pouvais sentir son regard sur mon dos, mes fesses, mes jambes… Ce qui me poussa à adopter malgré moi une démarche empruntée.

Comme il ne décochait pas un mot, je me murai dans un silence poli. J'avais la gorge trop sèche pour articuler la moindre phrase. J'éprouvais un besoin désespéré de le toucher comme autrefois. J'en avais le droit, alors. Je n'arrivais pas à croire que je l'avais eu dans mon lit. Dans mon corps. Comment avais-je eu un jour le courage de l'avoir pour amant ?

Je fus soulagée en atteignant la salle de réunion, et le métal froid de la poignée de la porte me parut une bénédiction dans ma main fébrile.

Son souffle caressa doucement mon oreille.

— Tu vas faire semblant encore longtemps de ne pas me connaître, Gia ?

Je fermai les yeux en entendant ce diminutif que personne d'autre n'avait jamais utilisé.

J'ouvris la porte et entrai dans la pièce sans lâcher la poignée pour bien lui montrer que je ne comptais pas rester.

Il s'arrêta devant moi. Même si je portais des talons, il me dépassait d'un peu plus d'une tête. Les mains dans les poches, le visage penché vers le mien, il envahissait mon espace personnel. Une attitude beaucoup trop familière. Beaucoup trop intime.

— S'il te plaît, reste à ta place, dis-je d'un ton calme.

Il bougea, mais pas de la façon que je souhaitais. Une main sortit de sa poche pour glisser sur mon bras, du coude au poignet. Je sentis son contact à travers la soie de ma veste, heureuse que ma manche dissimule ma chair de poule.

— Tu as beaucoup changé, murmura-t-il.

— C'est sûr. Au point même que tu ne m'as pas reconnue tout à l'heure.

— Allons, Gia. C'est ce que tu as cru ?

Il se détourna, ce qui ne diminua pas tellement l'effet qu'il me faisait. La vue de dos était aussi splendide que celle de face.

— Tu ne pourras jamais te cacher de moi, Gia. Je pourrais te reconnaître les yeux bandés.

Le choc que produisirent ces paroles me laissa sans voix. Je nageais dans la confusion : en un clin d'œil, nous étions passés d'une attitude impersonnelle et parfaitement professionnelle au terrain dangereux de l'intime.

— Qu'est-ce que tu fais ici, Jax ?

Il s'avança vers les fenêtres et regarda la ville. L'étendue verdoyante de Central Park commençait déjà à prendre les tons rouge-orangé de l'automne, une tache colorée et vive au cœur de la jungle d'asphalte.

— Je viens faire une offre à Lei Yeung pour qu'elle s'en aille jouer dans le bac à sable de quelqu'un d'autre.

— Ça ne marchera pas : elle en fait une affaire personnelle.

— Les affaires ne doivent jamais se transformer en question personnelle.

Je reculai pour sortir, pressée de m'enfuir. La salle de réunion était une grande pièce lumineuse. Des baies vitrées jusqu'au plafond occupaient tout un côté, alors que côté couloir, la cloison était de verre. Les deux autres murs étaient d'une nuance de bleu apaisante. Un bar bien fourni occupait celui de droite et l'on avait accroché un grand écran sur l'autre. Pourtant, Jax dominait l'espace et me donnait l'impression que j'y étais piégée.

— Rien n'est vraiment personnel, n'est-ce pas ? dis-je.

Un jour, il n'était pas venu me voir à Las Vegas comme convenu pourtant. Ni le suivant, ni celui d'après. Ni plus jamais.

— Entre nous, c'était très personnel, répondit-il d'une voix rauque.

— Non, ce n'est pas vrai.

Pas pour toi, en tout cas...

Il se retourna brusquement, me faisant reculer encore d'un pas.

— Alors, c'est sans rancune ? Tant mieux ! Il n'y a donc aucune raison de ne pas reprendre où nous en étions restés. Mon rendez-vous avec Yeung ne sera pas long. Quand j'aurai fini, nous pourrions nous retrouver à mon hôtel pour refaire connaissance.

— Va te faire foutre !

Sa bouche s'étira, révélant cette fossette délicieuse. Oh ! Ce sourire qui le changeait du tout au tout, qui lui donnait un charme presque juvénile masquant sa dangerosité ! Je haïssais ce creux au coin de ses lèvres autant que je l'adorais !

— Enfin ! fit-il d'un ton triomphal. Tu as failli me faire croire que la Gia que j'avais connue n'existait plus.

— Ne joue pas avec moi, Jax. Ce serait en dessous de tout de ta part.

C'est toi que je veux en dessous, et en dessous de moi.

Je savais pertinemment qu'il dirait cela si je lui tendais la perche, mais je voulais l'entendre de sa bouche, de sa voix. En ce qui concernait le sexe, il était direct, aussi sensuel et instinctif qu'un animal. Et j'avais aimé ça, parce que moi aussi j'avais été ainsi… avec lui.

Vorace. Insatiable. Personne d'autre n'avait jamais suscité en moi un désir aussi violent.

— Je vois quelqu'un, mentis-je.

Il resta impassible, mais je crus sentir que j'avais touché un point sensible.

— Chad Williams ? demanda-t-il, trop nonchalant pour être véritablement indifférent.

— Bonjour, monsieur Rutledge, dit Lei en s'approchant gracieusement sur ses Jimmy Choo à bride arrière et talons vertigineux. Je veux penser que votre visite est une agréable surprise.

— Ça se pourrait…

Son attention se porta alors si intensément sur elle que je me sentis exclue de la conversation.

— Bon… Je vais vous laisser travailler, dis-je en m'en allant.

Je croisai le regard de Lei qui contenait un message muet. Nous parlerions plus tard.

Je tournai les talons sans accorder un seul regard à Jax. Pourtant, je reçus de lui exactement le même message.

J'appelai Chad Williams dès que je passai les tourniquets de l'entrée.

— Salut, dis-je en entendant son accent craquant. C'est Gianna.

— J'espérais que tu m'appellerais.

— Tu as des plans pour le dîner ?

— Oui… Mais je peux les changer.

Je souris tout en me sentant un brin coupable. A cause de moi, quelqu'un allait se faire poser un lapin, mais sa réponse enthousiaste me mit du baume à l'ego, un ego qui s'était pris un sale coup avec Jax.

Je n'arrivais pas, malgré moi, à oublier à quel point il pouvait se montrer adorable, drôle, affectueux. Si je fermais les yeux, je pouvais encore le sentir arriver derrière moi et repousser mes cheveux pour presser sa bouche gourmande contre mon cou. J'entendais sa voix rauque murmurer mon nom pendant qu'on faisait l'amour, comme si le plaisir qu'il éprouvait le dépassait.

— Gianna ? Allô ? Tu m'entends ?

— Oui, désolée, dis-je en détachant les épingles qui tenaient mes cheveux en un chignon serré. Je connais un charmant resto italien. Intime, décontracté. Cuisine excellente.

— Pas un mot de plus, je suis convaincu !

— J'appelle une voiture et je passe te prendre dans un quart d'heure. C'est possible ?

— Je serai prêt.

Chad attendait sur le trottoir lorsque la voiture s'arrêta devant son hôtel. Il portait un jean un peu large, des bottes et un polo vert foncé qui faisait ressortir ses yeux. Pour un rendez-vous pro — ou perso —, franchement, on ne faisait pas mieux.

Il s'approcha du taxi mais dut bondir en arrière pour éviter un coursier à vélo qui manqua de le renverser. Il lâcha un juron.

— Bon Dieu, grommela-t-il, plus mesuré, lorsqu'il prit place à côté de moi.

Le chauffeur s'inséra dans la circulation difficile de l'heure de pointe.

— J'aime quand tu as les cheveux lâchés, dit Chad. Ça te va bien.

— Merci.

J'avais mis du temps à m'habituer à les porter attachés. J'avais une chevelure si dense et si lourde que les chignons finissaient toujours par me donner la migraine… comme celle que j'avais à ce moment précis.

— J'ai un aveu à te faire, Chad…

— J'espère que c'est immoral.

— Euh, non. Je t'emmène chez mes parents…

Il haussa les sourcils.

— Tu vas me présenter ta famille ?

— Oui. Ils possèdent un restaurant. Nous n'aurons pas de souci pour obtenir une table — ce qui est pratiquement impossible un jeudi soir — et ils ne nous presseront pas de partir non plus.

— Tu as l'intention de traîner avec moi ? me taquina-t-il.

— J'aimerais. Je pense vraiment que nous pourrions bien travailler ensemble.

Il acquiesça, redevenu sérieux.

— Stacy sait pertinemment que vous nous offrez pile ce qu'il nous faut, mais elle sort avec Ian et ça fiche par terre tous nos plans.

— Je m'en doutais.

Ian Pembry était un quinquagénaire charmeur, à l'allure distinguée avec des cheveux poivre et sel et des yeux d'un bleu impossible. S'il n'était pas beau au sens classique du terme, il avait du charisme, ainsi qu'un compte en banque qui poussaient certaines femmes à fermer les yeux sur ses nombreux défauts. Stacy sciait la branche sur laquelle elle était assise, car depuis Lei, Pembry n'était jamais resté longtemps avec personne.

— Et qu'est-ce qu'il t'offre, à toi, pour que tu restes ?

Et quel rôle joue Jax dans tout ça ? Le fait de m'avoir vue l'avait-il un tant soit peu affecté ?

— Ian dit qu'il peut nous offrir quelque chose de comparable, mais encore mieux. D'après lui, Lei ne fait pas le poids et c'est pour ça qu'elle essaie de lui piquer ses idées.

— Tu sais que ce sont des foutaises ?

— Oui, je le sais, répondit-il avec un sourire. Tu ne travaillerais pas pour elle, si elle n'était pas au top.

— Sans dire que la chaîne Mondego n'a que des établissements cinq étoiles, lui rappelai-je. Ils ne travailleraient pas avec quelqu'un de seconde zone. C'est une chance comme on n'en a qu'une dans la vie, Chad. Ne laisse pas Stacy t'en détourner.

— C'est tellement compliqué..., fit-il en laissant aller sa tête contre le dossier. Je ne crois pas que nous puissions y arriver séparément. C'est pourquoi l'idée des duels en cuisine était une idée de génie.

— Elle l'est toujours. Mais tu peux aussi la faire fonctionner seul.

Il scruta mon visage, comme pour sonder mes intentions.

— Soyons francs, Gianna. Tu es prête à dire n'importe quoi pour que je signe le contrat, c'est ça ?

Je repensai alors à ce que Jax avait dit sur la nécessité de ne jamais mélanger business et vie personnelle. Mais pour moi, cette affaire était personnelle et l'issue m'importait vraiment.

— J'ai mes raisons, admis-je.

Et Jax en faisait à présent partie.

J'avais travaillé trop dur sur ce dossier pour permettre qu'il débarque avec le rouleau compresseur de sa fortune et anéantisse tous mes efforts.

— Ce qui ne veut absolument pas dire qu'on cherche à te rouler dans la farine, continuai-je. Nous avons, Lei et moi, tout intérêt à ce que tu réussisses. Je te promets que je ne disparaîtrai pas dès que l'encre de ta signature aura séché.

— En plus, je sais maintenant comment te traquer, même chez tes parents, fit-il, plus détendu.

— Le restaurant a plus de trente ans d'existence.

— J'imagine qu'on ne peut pas demander de meilleure garantie.

Ma famille sortit le grand jeu pour nous accueillir. Je leur avais assez parlé de Chad pour qu'ils devinent son identité et, après nous avoir installés à l'une des meilleures tables, tout le monde vint le saluer chaleureusement. C'était notre sens de l'hospitalité, et Chad en reçut une dose généreuse.

Je lui laissai la banquette face à la salle ; je voulais qu'il s'imprègne de la bonne énergie de la maison, qu'il voie les clients arborer cette expression de satisfaction qui monte au visage, lorsqu'on profite d'un bon repas. C'était, je n'en avais pas le moindre doute, la meilleure façon de lui rappeler pourquoi il avait voulu, dès le départ, signer avec Savor.

— Tu as raison, fit-il en levant son verre de vin. Cet endroit est génial.

J'aurais parié qu'il aurait préféré de la bière, mais il m'avait laissée commander sans protester.

— Je ne te mentirai jamais.

Il rit et j'aimais bien le son qui sortit de sa gorge, un peu sauvage et très libre, comme son propriétaire. J'étais attirée par lui d'une façon simple, une façon qui n'avait rien à voir avec l'explosion physique et psychique qui m'avait terrassée, la première fois que j'avais vu Jax. En même temps, personne n'avait jamais suscité en moi un tel chamboulement, sinon Jackson Rutledge.

— C'est très malin de m'avoir amené ici, reprit-il en passant le bout du doigt sur le bord de son verre. Et de me montrer que tu es tombée dedans quand tu étais petite, que ce n'est pas juste ton job.

— Ma famille vient d'ouvrir un deuxième Rossi's à Upper Saddle River.

— Où est-ce ?

— Dans le New Jersey. Très bourge, très cossu… Mon frère Nico s'est occupé du lancement et on vient de fêter les trois premiers mois.

— Pourquoi tu n'as pas cherché à mettre ta famille en rapport avec Mondego ?

— Ils ont d'autres aspirations. Les Rossi, c'est ça, dis-je en balayant la salle d'un geste large. Famille, communauté… Ouvrir des franchises n'a jamais été leur rêve.

Il m'étudia.

— Mais toi, tu rêves d'autre chose, pas vrai ?

— C'est possible. Je veux les aider à obtenir ce qu'ils désirent, mais moi, je veux quelque chose de différent.

— Comme quoi ?

— Je n'ai pas encore trouvé.

Même si je l'ai cru, un jour, il y a fort longtemps…

— J'imagine que je le saurai quand je trouverai.

— Peut-être que je pourrais t'aider à passer le temps pendant que tu attends, suggéra-t-il avec aplomb.

Je souris.

— En voilà une idée…

Peut-être qu'il était ce dont j'avais besoin. Du moins dans l'immédiat. Cela faisait trop longtemps que je n'avais pas eu de petit ami. Je travaillais d'arrache-pied sans prendre le temps de m'amuser. Je ne me leurrais pas, cependant : ce n'était pas une partie de jambes en l'air qui allait m'immuniser contre Jax, mais prendre un peu de bon temps ne me ferait pas de mal. De plus, Jax n'allait pas s'attarder à New York. Il vivait entre Washington DC et la Virginie, et bientôt l'un ou l'autre des Rutledge l'appellerait au secours. Jackson était celui qui résolvait toujours les problèmes de la famille.

Je me penchai en avant, prête à ouvrir mon esprit à de nouvelles possibilités.

Chad eut alors un petit sourire très masculin, ce geste un rien triomphant de l'homme qui sent qu'il séduit. Il chercha ma main, laissant ses yeux vaguer nonchalamment par-dessus mon épaule.

Tout à coup, son regard s'aiguisa, son front se plissa.

— Merde !

Je sus, même avant de m'être retournée, qui venait d'entrer.

4

Une décharge électrique bien trop familière déferla sur ma peau, mais je décidai de ne pas bouger, pour ne pas donner à Jax la satisfaction de voir le mélange de surprise, de frustration et d'irritation qui devait se peindre à cet instant sur mon visage.

Il ne manquait pas de toupet pour se pointer au Rossi's après s'être évaporé dans la nature en me brisant le cœur ! Il devait se douter que ma famille se souvenait de lui et de la dernière soirée que nous avions passée tous ensemble. Nous avions pris l'avion, juste pour le week-end, afin qu'il rencontre justement cette famille dont je lui avais tant parlé. Mes parents et mes frères étaient tombés sous le charme et nous étions restés longtemps au restaurant après la fermeture, à manger, boire et rire. Ce fut au cours de cette soirée que, pour la première fois, j'avais osé croire que notre histoire allait durer.

Ensuite, je ne l'avais plus revu jusqu'à ce qu'il débarque au bar du Four Seasons.

Chad me dévisagea, l'air incrédule.

— Tu as invité Stacy aussi ?

— Non.

Confuse, je me retournai. Jackson aidait Stacy à enlever sa veste en jean. Chad n'avait aucune idée de l'endroit où j'allais l'emmener, mais Jax, lui, l'avait deviné.

Et bien sûr, il fonça vers nous, Stacy à la traîne. Ma mère les intercepta. Elle leur fit son plus beau sourire, mais je sentais qu'elle était en mode mère poule, prête à tout pour défendre son petit.

— Nous pouvons filer par-derrière, proposai-je à Chad.

Il se mit à rire, mais son regard était dur.

Angelo s'approcha.

— Il a rendez-vous avec vous ? demanda-t-il en montrant Jax d'un mouvement de la tête.

— Non, dis-je. Ils n'ont pas à s'asseoir avec nous.

— Tant mieux, fit Chad d'un air sombre. Je me passe de ce genre de compagnie ! Stace peut accepter la proposition de Ian si ça lui chante. Moi, j'ai fait mon choix : c'est Mondego et vous.

— Très bien, dit Angelo. Je vais m'assurer qu'on leur donne une table loin de vous.

Je pris une gorgée de vin.

— Il protège tes arrières, commenta Chad.

— C'est la façon de faire des Rossi.

— Stace et moi étions comme ça, avant. Avant Ian, je veux dire.

— C'est vrai ? Qu'est-ce qui s'est passé ? demandai-je en essayant d'ignorer le regard de Jax.

Car même de dos, je *sentais* son regard sur moi.

Chad haussa les épaules.

— Je n'en sais rien. Tout lui est monté à la tête. Je ne sais même plus si la cuisine l'intéresse encore. Elle est trop occupée à devenir riche et célèbre.

Ma mère s'approcha pour remplir nos verres et posa sa belle main parfaitement manucurée sur mon épaule, dans un geste qui demandait : « Tu vas bien ? »

Je répondis en serrant ses doigts brièvement. Non, je n'allais pas bien, mais que pouvais-je dire ? Je ne donnerais pas à Jax la satisfaction de refuser de le servir, ma famille non plus. Il aurait un dîner fantastique, notre meilleur serveur serait aux petits soins et on lui offrirait le vin de son choix.

Nous allions le traiter comme un invité de marque. L'étouffer de gentillesse, lui montrer que nous n'étions ni mesquins ni rancuniers. Au prix d'un grand effort, évidemment… Quant à moi, j'en étais malade. C'était mon havre de paix qu'il avait envahi ; sa puissante énergie pénétrait mon espace et mes sens. Chacune de mes terminaisons nerveuses vibrait d'anxiété.

Lori, l'une de nos serveuses, arriva pour prendre notre commande. Nous choisîmes les pâtes pour deux. On nous apporta les hors-d'œuvre, puis une salade, mais moi, je guettais le moment où Jax s'approcherait de notre table. Car il le ferait… J'étais trop consciente de sa présence pour me concentrer sur Chad, comme je l'avais fait jusque-là. Lui aussi était maussade. Le regard rivé sur son assiette ou bien sur moi, il évitait aussi soigneusement que moi de regarder les deux autres.

En mon for intérieur, il ne faisait aucun doute que Jax passait un bon moment rien que pour m'agacer. Pourquoi avait-il invité Stacy à dîner alors qu'en théorie, elle était la petite amie de Ian ? Ou est-ce qu'elle partageait ses faveurs entre les deux hommes ? Après tout, elle avait embrassé la joue de Jax sans aucune hésitation et avec un plaisir évident, lorsqu'il était arrivé au Four Seasons.

Juste avant qu'on nous serve le plat principal, Chad s'excusa et se leva pour aller aux toilettes ; j'en profitai pour vérifier mon smartphone. L'écran affichait un appel manqué de Lei. Lorsque Chad revint, une bouteille de bière à la main, je souris et m'excusai à mon tour.

— Je reviens tout de suite.

Je feignis de gagner les toilettes, mais bifurquai vers le bureau du fond et m'y enfermai pour m'isoler du bruit. Je pressai le numéro de Lei dans la liste des favoris et attendis qu'elle prenne mon appel.

— Gianna… Je dois te féliciter pour ton bon goût en matière d'hommes.

— Je sais les choisir, n'est-ce pas ?

J'avançai vers le portrait de famille accroché sur l'un des murs. A l'époque où la photo avait été prise, j'avais environ douze ans, un appareil dentaire et une tignasse indomptable. Nico, Vincent et Angelo étaient encore des ados en pleine croissance. Mon père avait été immortalisé dans la force de l'âge, tout comme ma mère, qui n'avait pas vraiment vieilli depuis.

— Comment ça s'est passé ? demandai-je.

— Comme prévu. Tu avais vu juste. Jackson m'a confirmé qu'il intervenait pour rendre service à quelqu'un.

— Je n'ai pas eu le temps d'avancer dans mes recherches, je suis désolée. J'ai retrouvé Chad en quittant le bureau… Mais je ne crois pas que l'on fasse erreur en supposant que ce quelqu'un est un Rutledge. Quand il n'est pas occupé à jouer des millions en Bourse, Jackson passe son temps à faire le ménage derrière les membres de sa famille, comme cette nana de la série *Scandal*.

Ou alors il est avec de belles femmes…

— Quant à Chad, continuai-je, il veut toujours travailler avec nous, mais il faudrait rédiger au plus vite un nouveau contrat, avant qu'un événement ne le fasse changer d'avis. Jax ne va pas rentrer chez lui les mains vides. D'ailleurs, il s'est pointé au Rossi's en plein service, cette chère Stacy à son bras.

Lei se mit à rire.

— Excuse-moi, Gianna, mais lui, je l'aime bien.

Je hochai la tête tristement.

— C'est la vie.

— Ian a appelé.

— Oh… Et ?

— Il voulait m'inviter à dîner ce soir.

— Ah… C'est peut-être pour ça que Jax est avec Stacy, alors. C'est son baby-sitter.

Cette hypothèse m'emplit de soulagement, ce qui m'agaça au plus haut point.

— C'est bien possible. De toute façon, j'ai refusé. Je sens que nos hommes resserrent l'étau, alors on doit s'accrocher et foncer. Franchement, je ne m'étais pas amusée autant depuis des années !

Nos hommes.

Je ricanai et me tournai juste à temps pour voir la porte s'ouvrir et… Jax apparaître.

— Je dois y aller, Lei, mais tu sais où me trouver si tu as besoin de moi.

— On réattaque à tête reposée demain à la première heure. Bonne soirée, Gianna.

— Toi aussi.

Jax et moi nous mesurâmes du regard. Il avait remis son pull anthracite, et cette tenue décontractée lui correspondait mieux — en tout cas, elle ressemblait plus à mon souvenir de l'homme que j'avais aimé. Une mèche bouclée retombait sur son front, adoucissant ses beaux traits anguleux. Il s'était adossé à la porte d'un air nonchalant, les mains dans les poches, les jambes croisées, mais il aurait fallu être stupide pour ne pas percevoir son énergie de prédateur. Sous ses paupières un peu tombantes, son regard était celui d'un homme qui voit tout.

— Tes cheveux bouclés me manquent, dit-il enfin.

Je m'appuyai contre le bureau de mon père et croisai les bras.

— Voilà une réaction qui arrive sacrément en retard !

Deux ans trop tard…

— Je sais que vous étiez sur le point de conclure le deal, avant que je débarque. Tu penses baiser Chad Williams pour le plaisir ou pour lui faire signer le contrat ?

D'autres femmes auraient ignoré la question parce qu'elle ne méritait pas de réponse. Moi, je me tus parce qu'elle était par trop blessante. Je n'avais jamais vu Jax se montrer dur ou cruel — il s'était contenté de disparaître.

— Gia…

— Ne m'appelle pas comme ça !

— Comment dois-je t'appeler, alors ?

Mon talon frappait nerveusement le plancher, trahissant mon anxiété.

— J'aimerais autant ne plus te voir ni t'entendre, Jax.

— Mais pourquoi ?

— Il me semble que c'est évident.

Ses lèvres sensuelles se pincèrent en une ligne dure.

— Pas pour moi. Nous nous connaissons bien. Nous nous entendons bien. Très, très bien, même.

— Plus jamais je ne coucherai avec toi ! fulminai-je.

Je me sentais oppressée, comme si la pièce rétrécissait autour de nous. Il avait toujours eu cet effet sur moi. Quand j'étais avec lui, impossible de penser droit.

— Mais pourquoi ? répéta-t-il.

— Arrête de me demander ça !

Il se redressa et le bureau me parut encore plus étroit. Ma respiration se fit plus saccadée, je fixai la porte obstinément.

— C'est une véritable question, Gianna, fit-il en tournant le loquet, sans me quitter des yeux. Dis-moi pourquoi tu es si en colère contre moi.

La panique me fit perdre le peu de sang-froid qu'il me restait.

— Parce que tu as disparu de la surface de la Terre !

— Tu en es sûre ? fit-il en avançant d'un pas. Tu veux dire que tu ne savais pas où me trouver ?

Je plissai le front, en pleine confusion.

— De quoi tu parles ?

— Notre histoire devait se finir et elle s'est finie, dit-il en s'approchant encore. Dans le calme. Sans scène, sans mauvais souvenirs. Nous…

— Une coupure propre et nette, oui. Alors, pourquoi renouer et risquer de foutre en l'air un si beau travail ?

J'étais blessée au-delà des mots.

— Nous ne pouvons pas être amis ?

— Non !

Il envahit mon espace personnel.

— Ni faire des affaires ensemble ?

— Non, dis-je en décroisant les bras, prête à le repousser. C'est toi qui as remis sur le tapis notre relation dès que tu m'as adressé la parole.

Il sourit et cette foutue fossette sur son menton me nargua.

— Dégage, Jax.

— Je l'ai fait. Ça n'a pas marché.

— En fait, si. Retourne dans ton monde et oublie-moi de nouveau.

Son sourire s'estompa en même temps que s'éteignait l'étincelle dans ses yeux.

— *Mon monde*. Je vois…

Consciente que Chad m'attendait depuis trop longtemps déjà, je tentai une sortie en force. Mais Jax saisit mon poignet. Sa main en faisait facilement le tour.

— Ne baise pas avec lui, dit-il tout près de mon oreille.

Je frémis. Nous nous tenions épaule contre épaule, nos corps tournés dans des directions opposées, une métaphore douloureusement juste de notre relation. Je sentais son odeur et la chaleur de son corps, qui me rappelaient d'autres fois où il avait murmuré des mots à mon oreille.

Il savait comment séduire et n'avait jamais ménagé ses efforts. Même à l'époque où il me savait conquise, il rejouait chaque étape de la séduction avant de m'entraîner dans son lit. Des regards longs et appuyés, des caresses constantes, des promesses coquines qui me faisaient rougir.

— Tu es célibataire, Jax ?

— Je le serai, si tu l'es.

Je lâchai un rire sans joie.

— Ouais, c'est ça !

Il soutint mon regard.

— Mets-moi à l'épreuve.

— Je n'ai pas envie de jouer à tes jeux à la noix.

La poignée tourna avec un bruit métallique. Je sursautai.

— Gianna ? Tu es là ?

Vincent.

— Oui. Attends une minute.

— Ne baise pas avec lui, répéta Jax, les yeux sombres et durs. Je suis sérieux, Gia.

Je me dégageai de son emprise et trifouillai la poignée, jusqu'à parvenir enfin à ouvrir grand la porte.

Mon frère s'arrêta à mi-mouvement et, la clé du bureau à la main, fixa Jax par-dessus mon épaule.

— Vous avez envie de mourir, Rutledge ?

Je roulai des yeux et le repoussai.

— Vincent, laisse tomber.

— Allez renifler quelqu'un d'autre, lança mon frère en bloquant la porte dès que je fus sortie.

Je songeai à intervenir, mais j'étais pressée. Et ils étaient assez grands pour régler leurs comptes sans moi.

De retour à la table, j'y trouvai un sac contenant notre repas soigneusement emballé. Chad se leva dès qu'il me vit.

— Que dirais-tu de finir le dîner tranquillement à l'hôtel ? me demanda-t-il.

Je jetai un coup d'œil à la ronde. Les cheveux flamboyants de Stacy la rendaient facilement repérable même dans la lumière tamisée. Elle nous lançait des regards meurtriers.

— J'ai une meilleure idée, répondis-je en ramassant mes affaires. Je connais un endroit où personne ne viendra nous chercher.

Je l'amenai à l'institut de beauté de ma belle-sœur, à Brooklyn. Elle tira les rideaux, trouva des assiettes en papier et nous nous régalâmes avec le *ragù alla bolognese* qui, même tiède, restait un délice, dans la coquette arrière-boutique, loin des odeurs de laque et de teinture.

— Tu as l'accent new-yorkais, fit remarquer Chad après une énième anecdote folle sur les clientes du salon. Je ne l'avais pas relevé avant.

Je haussai les épaules.

— Ouais, le vrai de vrai, celui que tu as entendu mille fois dans les séries policières.

Il rit.

— C'est parce qu'elle est sur son territoire, lui expliqua Denise.

Je n'ajoutai rien. Peu importait que Chad l'ait remarqué. Mon accent revenait quand j'étais en compagnie de mes proches, que mes défenses tombaient et que je retrouvais la Gianna d'autrefois.

— C'est mignon, me taquina-t-il en exagérant son propre accent méridional. Moi aussi, j'en ai un.

— Elle est devenue très forte dans l'art de le cacher, dit Denise.

Elle portait ses cheveux blond platine aux pointes roses tressés en une natte baroque ; elle avait aussi des piercings sur le nez et un sourcil, des tatouages plein le bras gauche ; elle était à cinq mois de grossesse et son ventre commençait à s'arrondir. J'attendais avec beaucoup d'impatience l'heureux événement ; je mourais d'envie de devenir tante.

Mon portable se mit à sonner. J'attrapai mon sac et l'en sortis, convaincue qu'il s'agissait de Lei. Elle ne plaisantait pas quand elle m'avait dit, le jour de notre rencontre, que je n'aurais pas d'horaires. J'avais reçu des coups de fil en pleine nuit, en plein week-end, mais à vrai dire, j'aimais ces appels, parce qu'ils impliquaient qu'elle planchait sur quelque chose d'excitant.

Je ne reconnus pas le préfixe affiché sur l'écran, ce n'était pas un numéro de New York. J'allais laisser la messagerie se déclencher, puis décidai finalement d'offrir à Chad une petite dose supplémentaire de mon accent.

— Bureau de Gianna Rossi, répondis-je, légère. En quoi puis-je vous aider ?

Un silence s'ensuivit puis…

— Gia…

La façon dont Jax avait dit mon nom me chamboula comme elle m'avait chamboulée chaque fois quand nous étions amants et qu'il m'appelait juste pour entendre ma voix.

— Dis quelque chose, fit-il d'un ton bourru.

Mon visage frappé de stupeur, que le miroir impitoyable

ne me permettait pas d'ignorer, me poussa à lui parler d'un ton glacial.

— Comment as-tu eu ce numéro ?

— De grâce ! rétorqua-t-il. Parle comme tu parlais avant, avec ta vraie voix.

— C'est toi qui m'as appelée.

Il marmonna quelque chose d'inintelligible.

— Viens déjeuner avec moi demain.

— Non.

Je laissai Chad et Denise et m'éloignai vers le salon.

— Si, Gia. Il faut qu'on se parle.

— Je n'ai rien à te dire.

— Alors écoute-moi.

Je frottai le talon de mon stiletto contre une fissure du sol dallé. Denise commençait depuis peu à faire des bénéfices et projetait des travaux d'amélioration. Le quartier revenait à la mode et elle avait opté intelligemment, en attendant, pour une déco rétro et de grandes affiches de pin-up qui détournaient l'œil des petits défauts des locaux.

Seigneur, je devenais une catastrophe ambulante dès qu'il était question de Jax ! Voilà que mon cerveau partait dans tous les sens. J'essayai de me concentrer sur l'homme qui me rendait marteau.

— Si je déjeune avec toi, tu me ficheras la paix après ?

— Je ne peux pas te le promettre.

— Alors, pas question ! Tu n'as aucun droit de débarquer dans ma vie comme ça. Rien de tout ça ne te concerne. Tu ne devrais pas te mêler de…

— Oh ! Mais… je ne savais pas que tu étais amoureuse de moi, Gia.

Je fermai les yeux pour résister à la douleur que produisaient en moi ces mots.

— Si ce que tu viens de dire est vrai, c'est que tu ne m'as jamais vraiment connue.

Et je raccrochai.

5

— J'ai trouvé quelque chose qui lie Pembry aux Rutledge, annonçai-je à Lei dès qu'elle arriva au bureau, le vendredi matin. Dans un article du magazine *Full-Service Restaurant.*

Elle me lança un regard en coin.

— Quand es-tu arrivée ?

— Il y a une heure et demie, à peu près.

J'avais travaillé tard dans la nuit, incapable de dormir. Il fallait que je sache pourquoi Jax s'immisçait dans ma vie et par quel moyen l'en éloigner pour de bon.

Je ne voulais pas qu'il me présente des excuses, ni qu'il me donne des explications. Je ne voulais pas non plus de son amitié. Et surtout, je ne voulais *sous aucun prétexte* ouvrir la porte à l'espoir, parce qu'il m'était apparu, de façon cruellement limpide, que j'étais encore amoureuse de lui. Et à présent, lui aussi en était conscient.

Je n'avais pas oublié la leçon apprise à mes dépens, leçon qu'il m'avait inoculée de nouveau la veille — notre relation avait toujours eu des jours comptés. On ne m'y reprendrait plus.

Je posai l'article de *FSR* sur son bureau.

— On mentionne le soutien financier de Pembry à la campagne de Rutledge dans un dossier sur les relations entre politiciens et restaurateurs.

— Hum, fit-elle en levant vers moi son visage intelligent. J'ai vécu cinq ans avec Ian. Il n'a pas voté une seule fois, pour aucune élection. Et il est trop près de ses sous pour dépenser sans arrière-pensée une somme assez importante pour attirer l'attention personnelle d'un Rutledge.

Elle se renfonça dans son siège et le fit pivoter d'un côté et de l'autre.

— Cela dit, continua-t-elle, je ne vois pas pourquoi quelqu'un, dans le capital risque, se rangerait du côté de Ian et contre moi sans une motivation personnelle. Fiscalement, ça n'a pas de sens.

Je levai les mains en signe d'ignorance.

— Je ne comprends pas non plus.

— Est-ce que Jackson te dirait la vérité, si tu lui demandais ce qui, chez Ian, a éveillé son intérêt ?

— Peut-être, répondis-je en m'asseyant en face d'elle. Mais ce n'est pas lui, le facteur décisif. Stacy préfère Ian. Chad nous préfère, nous. Nous avons notre mot à dire.

— Mais tu ne voudrais pas savoir ?

— Pas au point de dévier de ma route pour lui parler. Il commence à comprendre que j'avais pris plus au sérieux que je n'aurais dû notre histoire et ça, c'est... embêtant, disons.

Elle m'enveloppa d'un regard compatissant.

— J'imagine que la meilleure solution, c'est de conclure l'affaire au plus vite. Je vais parler tout à l'heure avec les gens de Mondego pour les convaincre de signer avec Chad seulement. Ils ne sont pas très chauds, et qui peut les en blâmer, mais je crois avoir trouvé une alternative alléchante.

Je me penchai, tout ouïe, et elle sourit à mon effervescence.

— Ces deux-là..., fit-elle en tournant l'écran de son ordinateur pour me montrer deux femmes complètement différentes, l'une exotique et typée, l'autre blonde aux joues roses. Je les piste depuis quelques mois déjà. La spécialité d'Isabelle, la brune, c'est la cuisine régionale italienne, celle d'Inez, la blonde, c'est la cuisine traditionnelle française.

Je ne pus que rire, épatée.

— Un duel de gastronomie internationale ?

— Ça rendra la composition du menu plus complexe,

mais si on n'arrive pas à deux comme promis, il faut monter la barre à trois.

— C'est une idée de génie !

Elle se frotta les mains.

— Avec un peu de chance, on va pouvoir enfin s'offrir du champagne.

J'entendis ma ligne fixe sonner et me levai pour aller répondre. Lei poussa son téléphone vers moi.

— Tu peux répondre d'ici.

Je saisis le combiné et pressai le bouton de ma ligne.

— Mademoiselle Rossi ? Ian Pembry à l'appareil. Bonjour...

Je haussai les sourcils et articulai « Ian ». Lei sourit.

— Bonjour, monsieur Pembry. Je pensais justement à vous.

— J'attendais votre appel, mais je me suis impatienté.

Son ton à la fois chaleureux et amusé devait très bien marcher avec la plupart des femmes, car même moi, je n'y fus pas insensible. C'était indéniable, il avait une voix terriblement séduisante.

— Seriez-vous disponible pour déjeuner avec moi dans les jours à venir ? demandai-je en cherchant le regard de Lei pour m'assurer de son approbation.

Elle acquiesça.

— Je suis flatté de me voir préféré à Jackson, répondit-il — ce qui me braqua instantanément —, mais j'espérais vous voir à l'heure du dîner. J'ai un engagement ce soir et j'ai besoin d'une cavalière.

— Que faites-vous de Stacy ? répondis-je en actionnant le haut-parleur.

— Elle est bien sûr délicieuse, mais je préférerais m'y rendre avec vous, répondit-il et il poursuivit, pas dupe : Lei, tu devrais venir aussi et prendre soin de ta collaboratrice. Plus on est de fous, plus on rit, n'est-ce pas ? C'est un événement très formel. Soyez à l'héliport de Midtown vers 18 heures.

Lei ne répondit pas, mais son sourire montrait clairement à quel point cet échange l'amusait.

— Vous présumez que je n'ai pas de rendez-vous un vendredi soir ?

— N'en prenez pas ombrage, mademoiselle Rossi, fit-il d'un ton badin. C'est avant tout un hommage à votre dévouement. Lei ne vous aurait jamais embauchée, si vous ne faisiez pas passer le travail d'abord. A ce soir.

Il mit fin à l'appel et je reposai le combiné sur sa base.

— Eh bien… Qu'est-ce que tu en penses ?

— Je pense qu'une virée shopping s'impose.

Lorsque je retournai à mon bureau, je trouvais sur ma table un petit paquet.

Je déchirai l'emballage. C'était une boîte de chocolats. La vague de désir qui m'envahit en voyant la marque — Neuhaus — et les souvenirs qu'elle réveillait augmentèrent le rythme de ma respiration. Et ma température.

Je n'avais goûté à ces truffes belges qu'une seule fois, et je les avais mangées du bout des doigts de Jax. Il les avait fait fondre dans la chaleur de ses mains, puis avait tagué mon corps de mots chocolatés, qu'il avait léchés ensuite langoureusement.

« Sexy Gia. » « Douce. » Et mon préféré : « Mienne. »

Les muscles de mes jambes se tendirent, je serrai les cuisses, presque effrayée par la force de mon désir. Mon corps ne se souciait pas que Jax m'ait rejetée sans un mot : il le réclamait. Désespérément.

La brève note qui accompagnait les truffes ne portait pas de signature :

« Je te reconnaîtrai les yeux bandés. »

Je ne pourrais dire où Lei nous avait conduites pour acheter les robes. Je peux seulement dire qu'il s'agissait d'une petite boutique sans enseigne avec un panneau « Fermé » fixé sur la porte qui indiquait aussi « Uniquement sur rendez-vous ». Dès que le chauffeur s'arrêta devant, on nous fit entrer avec empressement dans un show-room d'un luxe silencieux et on nous offrit du champagne avec des fraises mûres à point. Les étiquettes de prix semblaient avoir été bannies.

L'heure suivante s'écoula dans un tourbillon de taffetas et de soies. J'étais éblouie.

Depuis que je travaillais pour Lei, j'avais été confrontée à plusieurs reprises à un monde situé à des années-lumière de tout ce que j'avais connu et, chaque fois, j'avais dû fournir un véritable effort pour cacher mon émerveillement et pour calquer mon comportement sur celui de Lei, qui se montrait naturelle et parfaitement à l'aise. Je m'efforçais aussi de garder à l'esprit que ses origines n'étaient pas si différentes des miennes et que si elle avait acquis ce vernis raffiné avec le temps, j'en serais tout aussi capable.

Tandis que j'examinais une robe noire avec des mancherons en dentelle, Lei mit sa main sur mon épaule.

— Trop dadame pour toi, dit-elle.

Je me tournai vers elle.

— Je la trouve discrète et élégante.

— Absolument. Pour une femme de mon âge. Tu as vingt-cinq ans. Profites-en.

— Je dois faire attention…

Lei était fine comme un roseau, gracieuse et délicate. J'étais tout en courbes.

— J'ai trop de poitrine, précisai-je. Sans parler de mes fesses.

— Tu es sexy, Gianna. Tu la joues discrète au bureau, ce que je comprends et apprécie, mais n'en fais pas trop. Ne crois pas ceux qui disent qu'une femme ne peut pas être sexy sans perdre sa crédibilité. C'est un mythe à abattre.

Je me mordis les lèvres et regardai le show-room, intimidée par l'odeur de richesse qu'il exsudait. Je ne m'y sentais pas à ma place. Les murs étaient tendus de soie sauvage ivoire et on venait d'apporter un assortiment de mignardises sur un plateau étincelant qui était sans l'ombre d'un doute en argent massif. Ça faisait beaucoup pour moi !

— J'ai besoin de tes conseils, Lei. J'ai peur de faire un mauvais choix.

— Mais c'est bien pour ça que je suis là, Gianna, fit-elle en appelant d'un geste l'une des trois femmes qui s'occupaient de nous. Pouvez-vous nous montrer ce que vous avez pour une femme jeune, belle et voluptueuse ?

Les sifflements d'enthousiasme que je reçus en sortant de ma chambre, quelques heures plus tard, me rendirent à la fois nerveuse et excitée. Denise était rentrée plus tôt pour me coiffer et avait amené avec elle Pam, l'une de ses stylistes, afin qu'elle me maquille. Angelo, affalé sur le canapé, regardait un DVD en attendant de prendre son service à 20 heures au Rossi's.

— Waouh, fit-il en se redressant. Qui êtes-vous et qu'avez-vous fait de ma sœur ?

— Tais-toi, répondis-je en duo parfait avec Denise.

— On dirait une star, s'exclama Pam qui revenait de la cuisine où elle nettoyait ses pinceaux de maquilleuse. Une grande star, genre Raquel Welch ou Sophia Loren.

— Qui ? demanda Denise en plissant le front.

Moi, je comprenais ce que Pam avait voulu dire ; j'avais toujours pensé à ma mère de cette façon-là.

La robe que j'avais choisie était en fin de compte noire, mais *beaucoup* plus sexy que la première. Une broche fantaisie retenait la seule bretelle sur mon épaule ; le satin couleur d'encre, tenu par une fine ceinture en strass à la taille, drapait mon buste avant de devenir une jupe fendue sur le côté droit jusqu'à mi-cuisse. C'était une bonne chose, songeai-je, que Vincent soit déjà au restaurant. Il aurait été effaré par ce que cette fente laissait voir de mes jambes. Mais Nico, qui vivait à présent dans le New Jersey, aurait adoré.

Denise se laissa tomber sur le canapé avec deux bouteilles de bière à la main. Elle en tendit une à son mari et l'autre à Pam. Elle-même ne buvait que de l'eau et des jus de fruits depuis qu'elle avait appris qu'elle attendait un bébé. Ses créoles dorées étincelaient entre les boucles serrées de ses cheveux.

— Chad y sera, aussi ? demanda-t-elle.

— Et Jax ? ajouta Angelo, hostile.

Je haussai les épaules, mais mon pouls s'était accéléré. Bien que je me sois efforcée de ne pas penser à Jax pendant que je me pomponnais, je ne pouvais m'empêcher d'espérer qu'il me voie dans cette tenue de rêve. Je me trouvais, disons, très agréable à regarder.

— Tu sais à quoi t'en tenir avec celui-là, j'espère, grogna mon frère.

— Oui, ne t'inquiète pas. Je le sais parfaitement.

Mon téléphone sonna : le chauffeur de Lei venait d'arriver.

— Faut que je file !

Je trottinai sur le plancher refait du loft pour attraper mes escarpins, la pochette et le châle que j'avais laissé sur le banc de l'entrée et me retournai pour dire adieu de la main à Pam. En fermant la porte de style industriel qui donnait sur le palier, je décidai de prendre l'escalier plutôt que le vieil ascenseur capricieux. Le chauffeur de Lei avait, de toute façon, pris l'habitude d'avoir à attendre que j'aie descendu les trois étages.

Mes trois frères avaient acheté le loft dans l'idée de le retaper pour le vendre ensuite. Je m'y étais installée après la fin de mes études et, quand Nico avait déménagé dans le New Jersey, j'avais acheté sa part. Ensuite, Vincent et moi avions acheté le tiers d'Angelo, lorsque celui-ci avait emménagé avec Denise. Nous envisagions de vendre, mais c'est alors que Denise était tombée enceinte. Angelo et elle étaient revenus au nid commun pour faire des économies.

J'aimais rentrer le soir dans une maison pleine de monde et Nico me manquait. Laissée à mon sort, je ne sais pas trop ce que j'aurais fait de ma petite personne, et il me semblait que cette vie de famille m'avait aidée à moins sortir et à mieux me concentrer sur ma carrière. Ou alors c'était ce que je préférais croire, pour ne pas m'avouer que mon cœur brisé était encore convalescent… et qu'il aurait été peut-être plus sain d'ouvrir les yeux plus tôt. Quoi qu'il en soit, les circonstances m'y obligeaient à présent.

Le souffle court après avoir dévalé l'escalier, je m'engouffrai dans la limousine et nous mîmes le cap vers chez Lei. Son quartier était fort différent du mien. Il suffisait de traverser un pont et pourtant, c'étaient deux mondes différents. Nous franchîmes l'East River dans la lumière rasante de la fin de journée, le reflet du soleil sur l'eau troublé par le passage d'un remorqueur industrieux.

Et dire qu'à l'époque, j'en étais venue à croire que Jax pourrait s'intégrer dans cette ville ! A présent, il était dans mon esprit si intimement lié à Washington DC que je n'arrivais plus à l'imaginer ailleurs.

Sauf dans mon lit. Je n'avais aucun mal à l'imaginer dans mon lit…

Je songeais à la façon de soutirer des informations à Ian Pembry, lorsque la voiture s'arrêta au pied de l'immeuble de Lei.

J'avais bien sûr déjà vu sa robe au show-room, mais elle faisait encore plus d'effet grâce à la coiffure et au maquillage. Vert émeraude, coupée comme une tunique grecque, elle chatoyait sur son corps élancé lorsqu'elle quitta l'immeuble avec un sourire à l'intention du portier. La teinte saturée du tissu mettait en valeur son teint de porcelaine et rendait son rouge à lèvres encore plus percutant, tandis qu'un bijou de cheveux accentuait la mèche blanche sur sa tempe droite.

Elle s'assit à côté de moi et je fus aussitôt contaminée par sa tension.

— Tu vas bien ? demandai-je.

— Bien sûr.

Nous ne parlâmes pas pendant le court trajet vers l'héliport, chacune perdue dans ses pensées. A une intersection, mon regard tomba sur un parc canin. Des chiens fringants au pelage brillant couraient librement dans tous les sens.

Leur plaisir évident et leur exubérance enjouée me firent sourire en dépit de l'état d'esprit morose qui ne m'avait pas quittée de la journée.

A mon grand dam, le fait que Ian ait su que Jax m'avait invitée à déjeuner me mortifiait. Lorsque Jax m'avait appelée, j'avais cru que son geste venait du cœur. J'avais cru que c'était personnel et qu'il voulait se rapprocher de moi, même si ce n'était que pour me présenter ses excuses. Il s'avérait que j'avais toujours trop attendu de lui et que ma boussole perdait le Nord dès qu'il était question de lui.

Mon attention se tourna de nouveau vers Lei au moment où l'hélicoptère commençait à décoller. Les ceintures de sécurité nous tenaient fermement arrimées aux sièges. Lei regardait par la vitre. Je l'imitai, saisie par la beauté de ce décor unique. Au fur et à mesure que le sol s'éloignait, la ville devenait un tapis spectaculaire de macadam et de verre flamboyant dans les rayons dorés du soleil couchant. La journée avait été un fidèle reflet de ce que travailler pour Lei m'apportait. Ma famille avait une vision microscopique du monde et s'en satisfaisait amplement. Moi, j'avais toujours cherché des horizons plus vastes, une perspective depuis un angle beaucoup plus large.

— Tu sais où nous allons ? demandai-je.

Elle secoua la tête.

— Ian cherche à démontrer quelque chose avec cette sortie. Son but, je pense, est de nous en mettre plein la vue.

Il était près de 20 heures, lorsqu'une limousine nous déposa aux portes d'une imposante demeure, dans la capitale. Ma nervosité n'avait cessé d'augmenter depuis que nous étions montées à bord d'un jet privé à l'aéroport et que le steward nous avait annoncé notre destination.

— Il se surpasse, murmura Lei, lorsque Pembry descendit les larges marches du perron pour nous accueillir.

D'une élégance imposante, il portait un smoking classique et ses cheveux argentés étaient plaqués en arrière. Il me salua en premier d'un baisemain avant de tourner ses yeux bleus vers Lei.

— Attention, tu joues avec un membre de mon équipe, dit-elle en le fixant d'un air impassible, comme il embrassait sa main. Tu n'étais pas cruel, avant.

— Avant, j'avais un cœur, dit-il d'une voix traînante. Mais quelqu'un l'a brisé.

Je les regardai tour à tour, essayant de déchiffrer la tension qui vibrait entre eux. J'avais l'impression qu'on jouait un jeu autour de moi et que j'étais la seule à ne pas en connaître les règles.

Qu'à cela ne tienne ! Je savais qu'en gardant la bouche fermée et les oreilles ouvertes, je ne tarderais pas à les découvrir.

Ian se tourna vers moi et m'offrit son bras.

— Si vous voulez bien vous donner la peine…

Nous gravîmes les marches. Lei nous emboîta le pas. Je lui jetai un bref coup d'œil. Elle avançait d'un air majestueux, avec ce port de tête gracieux et altier que je lui enviais tant. La lumière coulait à flots par la double porte grande ouverte. Les limousines qui arrivaient sans discontinuer en bas des marches déposaient de petits groupes d'invités. Je n'avais pas besoin de franchir le seuil pour deviner que la fête serait grandiose.

— J'espère que les vols ont été plaisants, dit Ian.

Je le regardai ; il me fixait trop attentivement à mon goût.

— Oui, merci.

— Vous étiez déjà venue à Washington DC ?

— C'est la première fois.

— Ah, fit-il avec un sourire qui ne manquait pas de charme. Peut-être devriez-vous songer à y passer la semaine. J'ai une maison à Georgetown. Vous y êtes la bienvenue.

— C'est très aimable à vous.

Avec un rire bref, il dégagea son bras pour poser la main sur la cambrure de mes reins et me faire entrer devant lui.

— J'espère que vous prononcerez plus que quelques mots,

au fur et à mesure que la soirée avancera, mademoiselle Rossi. J'aimerais vous connaître mieux, d'autant plus que Jackson et Lei s'intéressent beaucoup à vous…

Je ralentis, voyant devant moi ce qui semblait être un comité d'accueil.

— En quel honneur, cette fête ?

— C'est un gala de levée de fonds privés, murmura-t-il tout près de mon oreille.

Je compris alors pourquoi Lei l'avait accusé de cruauté.

— En faveur d'un membre de la famille Rutledge ?

Sa voix prit une teinte amusée.

— De qui d'autre, sinon ?

Venir à bout de la ligne de réception ne prit pas longtemps. Les hommes serraient la main d'un geste ferme et rapide, les femmes avec un peu plus de chaleur. Ils étaient tous d'une élégance irréprochable, pas un cheveu qui dépassait, leurs sourires témoignaient d'une longue pratique de ce type de cérémonie et leurs dents d'un recours excessif aux techniques de blanchissage.

Je fus soulagée d'en avoir fini avec ces formalités et de pouvoir accepter une coupe de champagne offerte par un serveur souriant, mais je fus plus heureuse encore en apercevant Chad. Il semblait aussi mal à l'aise que moi et son visage s'illumina en nous voyant au milieu de ces têtes inconnues.

Il s'avança vers nous.

— J'ai pris la liberté de t'assigner Chad comme cavalier, Lei, dit Ian en laissant son regard glisser sur elle.

Je balayai la pièce du regard à la recherche de Jax. Je ne le vis pas, mais il y avait beaucoup de monde dans cette salle de bal où l'on nous avait conduits.

Une salle de bal, chez des particuliers ! Mais qui vivait de la sorte ?

Je pris une longue gorgée de champagne glacé. Jax… Jax vivait comme ça. L'homme d'affaires sophistiqué que j'avais revu au bureau appartenait à ce monde, mais pas l'amant que j'avais si bien connu.

Que *j'avais cru* connaître, en fait…

Chad se tenait à côté de moi. Il passa un doigt entre son cou et le col de sa chemise empesée.

— Je n'en reviens pas ! On vient de me présenter le gouverneur de Louisiane. Et il savait qui j'étais !

Ian sourit d'un air entendu. Moi, je n'arrivais pas à raccrocher les wagons.

— Quel rapport entre l'industrie de la restauration et le monde politique ? demandai-je.

— C'est un mariage inattendu, je vous l'accorde, répondit-il en me prenant des mains ma coupe vide pour la remplacer par une autre. Mais tout le monde mange.

— Tout le monde ne vote pas, en revanche, intervint Lei en prenant elle aussi une coupe.

— Tu as toujours été beaucoup plus sérieuse dans ce domaine que moi, admit Ian. Et toi, Gianna ? Je te tutoie, tu permets ? Tu exerces ton droit de vote ?

— Je pensais qu'il était plus prudent d'éviter de parler politique.

Je jetai un coup d'œil au plateau de hors-d'œuvre qu'on me présentait, mais j'étais trop nerveuse pour même envisager de manger.

— Et si on dansait, alors ? proposa-t-il.

Me doutant que je n'aurais pas tellement d'occasions de discuter en tête à tête avec lui, j'acceptai. Chad prit mon verre et le vida d'un trait.

— Je préfère te prévenir que je ne danse pas très bien, lui dis-je, pendant qu'il me conduisait sur la piste de danse.

J'avais pris quelques cours pour étayer ma confiance, mais je n'avais jamais eu à pratiquer les danses de salon en dehors du studio et je ne connaissais que quelques pas de base. Sans dire que c'était la première fois que je devais suivre un véritable orchestre qui jouait en direct !

— C'est tout simple, laisse-toi guider, murmura-t-il en me serrant contre lui.

Nous nous mêlâmes aux couples qui tournoyaient déjà sur la piste.

J'étais si concentrée pour ne pas lui marcher sur les pieds que je ne dis rien pendant une ou deux minutes.

— Raconte-moi comment tu as connu Jackson.

— Je ne le connais pas.

C'était la vérité, si on s'en tenait aux choses importantes.

Il m'examina avec un regard sceptique.

— Vous vous connaissiez avant hier.

— Je suis sûre que tu le savais avant de le mêler à cette affaire. Alors ce que je voudrais savoir, c'est comment vous vous êtes connus, vous deux.

— Je connais son père, Parker Rutledge. C'est lui qui nous a présentés.

Il regarda par-dessus mon épaule.

— Et en parlant du diable…

Je me raidis et, lorsque je tournai la tête, je vis un homme qui dansait avec une jolie femme sensiblement plus jeune que lui. Sa ressemblance inquiétante avec Jax me fit perdre le rythme.

Je fus prise d'un besoin pressant de m'enfuir. Je n'avais rien à faire dans un gala à visées politiques ; il n'y avait pas de place pour moi dans ce monde si différent du mien. Je ne comprenais pas comment j'étais passée des jumeaux Williams à cette inconfortable situation et le découvrir était, à cet instant précis, le cadet de mes soucis. Le pressentiment que la soirée ne pouvait que tourner de mal en pis devenait de plus en plus oppressant.

— Pourquoi nous avoir fait venir ici, Ian ?

Il répondit par une question.

— Jusqu'où va ton ambition, Gianna ?

— Ma loyauté va à Lei.

Il sourit.

— La mienne aussi, dans le temps. Malheureusement,

Lei a d'autres principes. Tu sais aussi bien que moi que Chad et Stacy ont tout intérêt à travailler ensemble. Ils ont besoin l'un de l'autre.

— Ils peuvent très bien réussir en solo. Ils sont tous les deux talentueux, dis-je avec une irritation croissante. Nous aurions pu débattre de ce sujet à New York.

— Je me bats pour ma survie. Il n'y a rien d'étonnant à ce que je mette toutes les chances de mon côté.

— Lei joue dans la même cour que toi. Mais pas moi.

— Tu ne te sens pas à ta place ici, n'est-ce pas ? demanda-t-il d'un ton doux qui se voulait rassurant. Je connais ces gens, je serais heureux de t'aider à te repérer et à élargir ton réseau.

— Pourquoi cette proposition ? Si c'est pour Jackson, tu fais fausse route : je ne cherche aucunement à retourner dans sa vie.

Le morceau toucha à sa fin, et je m'écartai de Ian, tout en songeant à me mettre en quête de Lei pour voir si, elle aussi, désirait partir.

Pembry, fine mouche, le comprit et me conduisit hors de la piste. Je me croyais presque tirée d'affaire, lorsqu'une longue silhouette s'interposa sur mon chemin. Je levai la tête et, pendant une fraction de seconde, je crus que Jax avait finalement fait acte de présence.

Mais il s'agissait de son père.

— Ian…, fit Parker en lui tendant la main.

Sa voix, son attitude, tout chez lui indiquait une personne habituée au pouvoir. Le patriarche des Rutledge se trouvait à la tête d'une famille de poids en politique, dont l'influence et l'emprise donnaient le tournis lorsqu'on y songeait, comme je ne pus m'en empêcher quand il braqua ses yeux sombres sur moi.

— Je ne crois pas avoir déjà rencontré votre charmante cavalière.

Je fus surprise par son accent, très léger, que je ne parvins pas à identifier.

Ian fit les présentations.

— Parker, voici Gianna Rossi. Gianna, Parker Rutledge.

— Bonjour, dis-je.

— C'est un plaisir, mademoiselle Rossi. Je vous présente mon épouse, Regina.

Je regardai la femme blonde à ses côtés, que j'avais déjà vue avec lui sur la piste, et constatai qu'elle était à peine plus âgée que moi. Et certainement trop jeune pour être la mère de Jax. Aucun chirurgien, aussi bon fût-il, n'était capable de préserver à ce point un visage.

— Bonsoir, madame Rutledge.

Son sourire ne monta pas à ses yeux.

— Regina, je vous en prie.

— Danse avec moi, Regina, lui demanda Ian en lui tendant la main avec une courbette.

Elle regarda Parker, qui acquiesça.

— Parle-moi du jeune chef que tu as amené ce soir, dit-elle ensuite à Ian. Quelle est sa spécialité ?

— Cuisine du Sud contemporaine.

— Très intéressant, fit-elle en se laissant entraîner vers le centre de la piste. Je donne un dîner dans quelques semaines. Tu crois que…

— On ne le devinerait pas en la voyant, fit Parker en posant sa main sur ma taille avant que j'aie pu refuser, mais Regina adore manger.

— J'ai du mal à comprendre les gens qui n'aiment pas.

Avec un geste galant, il m'entraîna sur la piste et je suivis le mouvement en me forçant à respirer calmement.

— Elle adore aussi les fêtes, reprit-il. Mais c'est qu'elle est jeune et belle. Comme vous.

— Merci.

— Il me semble que Ian a mentionné que vous étiez dans la grande hôtellerie. Vous devez aussi apprécier les grandes réceptions. Que pensez-vous de celle-ci ?

— C'est… Je n'ai pas encore eu le temps d'en prendre toute la mesure.

Il lâcha un éclat de rire qui n'avait rien à voir avec le rire tamisé et chaud de Jax. Il avait un rire tonitruant qui attirait l'attention, mais qui était aussi, de façon étonnante, terriblement contagieux. Malgré moi, je sentis le rire me gagner aussi.

— Gianna… Un prénom peu courant… Mon fils Jackson fréquentait une Gianna à Las Vegas, il y a quelques années.

Ainsi que je le craignais, la soirée prenait une tournure catastrophique. Alors que j'avais toujours supposé que notre liaison avait été un secret bien gardé, il semblait que Jax avait parlé de moi à tout le monde. Ce qui ne me fit aucunement chaud au cœur.

— C'est un prénom qu'on donne traditionnellement dans ma famille, répondis-je tendue et terriblement mal à l'aise.

— Le revoir a dû être une agréable surprise.

Je l'étudiai, me demandant si Jax lui ressemblerait, lorsqu'il aurait son âge. J'espérais que non ; j'espérais vraiment qu'il aurait plus de plis rieurs autour des yeux et que sa belle bouche ne serait pas cernée par ce rictus tendu.

— J'ai été surtout surprise du fait que Ian ait cru nécessaire de l'impliquer dans notre transaction.

— C'est moi qui ai impliqué Jackson, murmura-t-il en regardant par-dessus ma tête, les yeux plissés. Je ne pourrai jamais assez remercier Ian de m'avoir présenté Regina. Alors, le moins que je puisse faire, c'est l'aider quand l'occasion se présente.

Il me regarda de nouveau.

— Je n'étais pas au courant pour vous, mais je pense que Ian, lui, le savait.

Je me sentais comme un poisson clown qui nage parmi les requins : dépassée et en danger.

— Excusez-moi…

Seigneur !

La voix de Jax me fit vibrer de la tête aux pieds.

— Je crois que je vais te piquer ta cavalière.

Parker s'arrêta net et quand je me tournai, le cœur battant à tout rompre, je me retrouvai nez à nez avec Jax.

— Je ne pensais pas que tu viendrais, dit Parker à son fils.

Jax me regarda un instant avant de tourner les yeux vers son père.

— Tu ne m'as pas vraiment laissé le choix.

Le temps d'une seconde, je songeai à m'éclipser discrètement, les laissant à leur combat de coqs. Mais le bras de Jax, qui m'enlaça pour m'attirer contre lui et m'éloigner de son père, m'en empêcha.

Parker chercha mon regard.

— Je ne peux que m'effacer, mais je vous reverrai au dîner, Gianna. Amusez-vous.

— Tu es superbe, dit Jax doucement, en me serrant plus près, tandis que son père s'éloignait.

J'étais si crispée que j'en avais mal aux épaules.

— Ravie que ça te plaise.

Il commença à danser, je suivis.

— Respire, Gia, me gronda-t-il gentiment. Je suis avec toi.

— Je ne veux pas être ici.

— Nous sommes deux, alors, dit-il en caressant mon dos d'un mouvement rassurant. Je déteste ces trucs.

— Pourtant ça te correspond bien.

Ses yeux devinrent plus sombres sous l'effet d'une émotion que je ne sus pas déchiffrer.

La chaleur de son corps se communiquait au mien. Chaque inspiration que je prenais portait son odeur ; chaque mouvement qu'il faisait réveillait sur ma peau l'écho d'un souvenir.

— C'est mieux, comme ça, fit-il d'un ton enjôleur. Détends-toi. Je suis là, bébé.

— Ne commence pas !

— Tu es ici dans mon monde. C'est moi qui impose les règles.

Je secouai la tête.

— Si je suis là, c'est qu'on m'a tendu un piège !

Il me pressa contre lui, ses lèvres contre ma tempe.

— Je suis désolé.

— Il fallait vraiment que tu leur parles de moi ? Je ne comprends pas, je croyais être un sale secret que tu préférais passer sous silence.

— Pas sale, fit-il dans un murmure. Sauf quand tu voulais qu'on joue à ça. A ce que ce soit un peu cru, et même brutal. Oh ! Tu me mettais dans des états…

Je fis exprès de lui marcher sur le pied.

Son rire résonna contre moi.

— Tu as bu, l'accusai-je en percevant une trace d'alcool dans son souffle.

— Bien obligé, fit-il en s'écartant un peu et en carrant la mâchoire. Je ne savais pas que ce serait aussi dur de te revoir.

— Alors je vais te rendre les choses plus faciles. Aide-moi à trouver Lei et nous partirons.

— Pas encore.

Ses lèvres douces frôlèrent mon front.

— J'ai passé une nuit avec ta famille. Tu m'en dois une avec la mienne.

— Mais est-ce qu'ensuite j'aurai le droit de disparaître pour ne plus jamais donner de nouvelles ?

C'était vraiment ce que je voulais. Cendrillon au bal était redevenue la fille peu recommandable.

Il m'encercla de nouveau dans ses bras, son torse tout contre mes seins.

— C'est le plan.

Jax me garda sur la piste encore le temps de deux chansons, refusant sèchement de me céder à Ian et aux deux autres hommes qui tentèrent de danser avec moi. Il voulait faire passer un message et n'y serait pas mieux parvenu en le criant à tue-tête : j'étais arrivée au bras de Ian, mais à présent j'étais avec lui.

A ce point, je m'étais résolue à jouer le rôle de Cendrillon jusqu'au bout des ongles et je chaussai figurativement mes pantoufles de vair en faisant taire la voix intérieure qui depuis deux jours me déprimait à ressasser des mauvais souvenirs.

— Je veux du champagne, annonçai-je de but en blanc.

Jax me fixa, surpris.

— Du champagne ?

— Absolument.

Ses yeux s'éclairèrent alors d'une lueur canaille que je reconnus.

— Viens.

Ma main dans la sienne, il me conduisit hors de la piste et nous traversâmes la fête dont les invités ne cessaient de nous accoster sans qu'il prenne la peine de répondre par autre chose qu'un hochement de tête ou une repartie coupante. J'aperçus un visage connu, celui de la belle Allison Kelsey — l'épouse de l'homme dont l'enterrement de vie de garçon nous avait permis de nous rencontrer, Jax et moi —, ensuite je me trouvai dans un large couloir profusément éclairé. Jax me fit franchir une porte battante qui menait dans une cuisine grande comme celle d'un hôtel, fourmillant d'activité.

Je regardai autour de moi. Il y avait des fourneaux et des domestiques en uniforme noir et blanc comme je n'en avais vu que dans les films. Jax arracha une bouteille de champagne des mains d'un serveur, ferma son doigt autour de la tige d'une flûte avec l'habileté que donne la pratique et dans la foulée, poussa une porte qui donnait sur un autre couloir.

— Où est-ce qu'on va ? demandai-je pas très rassurée de me retrouver seule avec lui.

Parce que j'avais envie de lui. Mon désir ne s'était jamais éteint.

— Attends, tu verras.

Les bruits de la fête sonnaient de plus en plus proches, et je repoussai le pincement de déception que j'éprouvai à l'idée d'y retourner. Qu'est-ce que je voulais, à la fin ?

Une porte-fenêtre ouvrait sur une terrasse qui surplombait un jardin magique. Ce fut en tout cas l'impression que j'eus devant les petits sentiers éclairés par des torches et les arbres vieux et feuillus, adornés de lumières scintillantes.

— On est chez qui, Jax ? demandai-je en sortant.

— C'est une propriété qui appartient aux Rutledge.

J'eus l'impression qu'il était plus engagé affectivement, vis-à-vis de cette maison, qu'il ne voulait le laisser paraître.

— Je vois…

— Fais semblant d'avoir squatté la soirée, dit-il en descendant les marches vers un banc de marbre en forme de demi-lune.

Je le suivis, m'assis et le regardai verser le champagne dans la flûte, qu'il me tendit.

— Il me semble que depuis le début nous ne faisons que faire semblant, non ?

Il but directement à la bouteille et s'essuya la bouche avec le dos de la main, insouciant et un peu rebelle.

— C'est possible. Mais je te connais tout de même mieux que tu ne le penses.

— Moi, je n'ai pas l'impression de te connaître. Du tout.

— Essaie de me connaître, alors, me défia-t-il. De quoi as-tu peur ?

Je sirotai un peu de champagne.

— De déraper, de tomber sur une impasse.

— Tu ne peux pas juste profiter du voyage ?

Si, j'aurais adoré, Jax…

Une vague de nostalgie brûlante m'envahit.

Il posa la bouteille sur le banc, à côté de moi.

— Je vais t'embrasser.

Je cessai de respirer.

— Non, tu ne vas pas le faire.

— Essaie de m'en empêcher !

Je me levai d'un bond.

— Jackson…

— Tais-toi, Gia.

Il prit mon visage entre ses mains et s'empara de ma bouche.

Au départ, je fus incapable de réagir, tétanisée par le contact de ses lèvres, si douces et si fermes à la fois. Si douloureusement familières. Tendres. Sa langue s'insinua entre mes lèvres, que je finis par lui ouvrir avec un gémissement.

La flûte m'échappa des mains. Le bruit du verre brisé me parvint, lointain, mais je n'en avais cure. J'avais jeté mes bras autour de ses larges épaules, mes doigts jouaient avec ses cheveux soyeux et je m'abandonnai à ce baiser au goût de Jax et de champagne, hissée sur la pointe des pieds pour le sentir au plus près.

Comme toujours, il me donna ce que j'attendais de lui.

Ses mains contre mes joues, il dévora ma bouche, léchant et mordillant avec ses lèvres, sa langue douce comme du velours, ses dents. Il me savourait, faisant d'un simple baiser un instant d'un érotisme extrême qui me laissa pantelante.

C'était affreux, à quel point il me manquait ! Et l'effet qu'il avait sur moi me manquait aussi.

Il fit entendre une sorte de grognement dont la vibration se répercuta en moi. Ses mains glissèrent plus bas, vers mes épaules, sur mon dos. Je sentis le relief de son sexe durci à la jointure de mes cuisses et ma peau flamba, en proie à un désir intense. Jax sentait bon, plus que bon, la fragrance subtile de son savon se mêlait à l'odeur virile qui était à lui et rien qu'à lui. Je voulais m'étendre sur lui comme je le faisais autrefois, presser mon corps contre le sien jusqu'à ce qu'il n'y ait même plus de place pour que l'air passe entre nous.

— Gia, grommela-t-il, ses lèvres glissant sur ma joue. Dieu, que j'ai envie de toi !

Je fermai les yeux, les mains crispées sur ses cheveux. J'avais l'impression d'être en flammes, toutes mes terminaisons nerveuses survoltées et hypersensibles.

— Tu m'as.

— J'ai pris la bonne décision quand je suis parti, souffla-t-il contre ma tempe. Ce qui ne veut pas dire que je ne le regrette pas.

Une petite voix me criait de prendre mes jambes à mon cou.

— Tu vas finir par me faire mal.

— Je vais surtout te rendre folle de plaisir.

Il entoura ma nuque d'une main et cramponna l'autre à ma hanche, pour que je sente son sexe en érection contre mon clitoris.

— Souviens-toi comment c'était. Ces heures avec mes mains, ma bouche sur toi… Ma queue en toi…

— Pour combien de temps ?

Je sentais mon sexe se contracter comme s'il réclamait un orgasme.

— Des semaines, fit-il, la voix étranglée. Des mois. Je bande si dur que ça fait mal !

J'essayai d'échapper à son étreinte.

— Je veux plus que du sexe, Jax.

Il me relâcha, le regard fier et brûlant.

— Je te donnerai tout ce que j'ai.

— Pour quelques semaines ? Quelques mois ?

Je tremblais de l'effort de me tenir à distance, alors que je ne voulais que lui.

— Gia, fit-il en frottant son visage dans ses mains. Je t'en prie, prends ce que je peux te donner.

— Ce n'est pas assez !

— Il faut faire avec ! Ne me demande pas de te faire devenir comme eux !

Je reculai d'un pas, alarmée par sa véhémence.

— Qu'est-ce que tu veux dire ?

Il tourna le dos à la maison et ramassa la bouteille de champagne pour en boire une longue goulée.

Confuse, j'étudiai son visage, n'y trouvant qu'une détermination opiniâtre. Je regardai vers la salle de bal, vers les couples glamour qui y dansaient. Lei apparut alors à la porte-fenêtre, Chad à son bras.

Je compris à cet instant que je désirais déchiffrer l'énigme Jax au point de ne pas me soucier du prix à payer.

— Nous pouvons nous joindre à vous ? demanda Lei comme ils approchaient.

Son regard croisa le mien. Je me laissai tomber sur le banc, mon corps fourbu de désir inassouvi.

Je me tournai vers Jax. Du fond de ses yeux sombres, il me lançait un défi. Je tendis la main vers lui, il me passa la bouteille.

Je la pris et la levai pour porter un toast à ce défi.

6

« Ne disparais pas. Je veux te revoir… »

Ces mots, que Jax avait murmurés à mon oreille alors que je m'en allais, me hantèrent pendant le vol de retour à New York.

Si je retournais avec lui, je mettrais mon cœur en danger car je recommencerais à espérer. Je voulais tant de choses de lui… Mais avais-je le choix, si je voulais découvrir ce qui avait mal tourné la première fois et comprendre pourquoi il revenait à moi ? J'avais toujours cru que c'étaient mes origines, qui ne collaient pas avec qui il était ni ce qu'il voulait sur le long terme, la cause de notre rupture.

Je regardai Lei, assise en face de moi dans l'avion. Elle ouvrit sa pochette et en sortit une feuille de papier pliée. Elle la glissa sur la tablette. Je la lissai et parcourus le premier paragraphe, avant de sauter à la signature, apposée en bas.

Je relevai ma tête.

— Tu as réussi à faire signer Chad ?

— C'est un accord de principe, nuança-t-elle, qui ne prendra effet que si l'on parvient à convaincre également Isabelle et Inez — et à condition que tu supervises le premier restaurant. Mais il s'est engagé avec nous, c'est déjà ça.

— Waouh ! fis-je en repliant soigneusement le document, consciente de la haute responsabilité qu'elle me confiait. Je n'en reviens pas que tu aies apporté ça avec toi. Tu savais que Chad serait là ?

— Connaissant Ian, je m'en suis doutée.

Je lui rendis le contrat.

— Rutledge fils a pris soin de toi, ce soir… Ian a essayé de te jeter en pâture aux loups, mais Jackson t'a gardée trop près de lui pour qu'on puisse t'atteindre.

Et il me voulait plus près encore.

Il y avait une question implicite, qui demandait réponse, mais me touchait de trop près, alors je louvoyai.

— En fait, Parker Rutledge m'a expliqué leur connexion, dis-je. Ian lui a présenté l'actuelle Mme Rutledge.

Lei reçut cette information avec un haussement de ses sourcils finement arqués.

— C'est vrai ? Alors je ne peux qu'en conclure que Ian connaît intimement Regina Rutledge.

— Tu plaisantes ?

— Je crains que non.

— D'accord…

Elle reposa sa tête contre le dossier du siège.

— On va s'accorder un week-end de repos, Gianna. Eteins ton téléphone et oublie le travail. Ressource-toi. On réattaquera de plus belle lundi.

Je ne demandais pas mieux.

— Je suis plus que partante, Lei, mais je garderai mon téléphone près de moi au cas où tu aurais besoin de moi.

Elle sourit.

— Je n'aurai pas besoin de toi, promis. J'ai un rendez-vous, ce week-end.

— Tout le week-end ?

— Disons que j'ai des arriérés à solder…

Je ris. Je travaillais pour elle depuis un an, et à ma connaissance, elle n'était sortie avec personne durant tout ce temps. C'était dire si elle avait des arriérés ! Tout comme moi…

— Eclate-toi, dis-je.

Elle me lança un regard étincelant.

— J'en ai bien l'intention.

*
* *

Quand j'entrai dans le loft, il était bien 2 heures du matin et tout le monde dormait. J'enlevai mes chaussures et me dirigeai à pas de loup vers ma chambre, impatiente de me déshabiller, me démaquiller et retrouver mon lit.

J'étais en train de défaire la fermeture Eclair cachée dans la couture de la robe, lorsque je surpris mon reflet dans la porte en miroir du placard. Je m'examinai d'un œil critique. Est-ce que Jax se sentait attirée par cette femme d'affaires policée que j'étais devenue plus qu'il ne l'avait été par la jeune fille qu'il avait connue ? Et que devais-je en penser, si c'était le cas ?

— Seigneur !

Je m'assis au bord du lit, regrettant de n'avoir personne à qui parler. Si Nico avait encore habité avec nous, il aurait été réveillé, c'était un oiseau de nuit.

Sur un coup de tête, je pris le téléphone sur la table de chevet et l'appelai. La sonnerie retentit trois fois avant qu'il ne décroche.

— Allô, dit-il. J'espère que c'est quelque chose d'urgent, là.

Sa voix, essoufflée et légèrement irritée, me surprit. Puis je compris qu'il ne devait pas être seul.

— Nico. Salut. Désolée. Je te rappelle demain.

J'entendis le froufroutement des draps.

— Gianna… Qu'est-ce qui se passe ?

— Rien. On en parle demain. Ciao.

— T'avise pas de me raccrocher au nez ! Tu me voulais, tu m'as. Alors, crache le morceau, maintenant !

Mais je raccrochai malgré tout, pour qu'il puisse retourner à ce qu'il faisait, quoi que ça puisse être.

Une demi-seconde après, mon téléphone sonna. Je répondis tout de suite pour éviter de réveiller la maisonnée.

— Nico, allez… Ce n'est rien… Je suis désolée de t'avoir dérangé à une heure pareille.

— Gianna, si tu ne me parles pas tout de suite, je vais

débarquer pour te botter les fesses. C'est de Jackson qu'il s'agit ?

Je soupirai. J'aurais dû me douter qu'il avait appris la nouvelle par quelqu'un.

— Ce week-end je ne bosse pas et j'avais pensé venir te voir. Te rendre la vie compliquée, t'embêter un peu. Ou beaucoup.

— Tout de suite ?

A vrai dire, j'y pensais mais…

— Non, plutôt demain.

— N'importe quoi ! Tu ne m'aurais pas appelé à 2 heures du mat'pour me dire que tu voulais venir demain.

— Tu es occupé, là.

— Le temps que tu arrives, j'aurai fini.

Sa voix s'adoucit quand il ajouta :

— Tu es en état de conduire sans prendre de risque ?

— Nico…

— Je vais appeler un taxi, une voiture va passer te chercher.

Je fermai les yeux, touchée par sa prévenance et certaine qu'un peu de temps avec lui me ferait un bien fou. Je ne l'avais pas vu depuis des semaines. Trop longtemps.

— Je dois prendre une douche et me changer.

— Une demi-heure, d'accord ? A tout de suite.

Il raccrocha.

Je reposai le combiné sur son socle et commençai à me préparer à toute vitesse.

A 4 heures du matin passées, j'arrivai devant son immeuble. Il m'avait appelée quelques minutes plus tôt pour savoir où j'étais et m'attendait de pied ferme sur le trottoir. Avec son sweater à capuche et sa barbe mal rasée, il avait cet air de *bad boy* un peu dangereux qui attire les femmes comme le miel les mouches.

Il n'y avait qu'à voir dans quel état l'aura de mâle alpha de Jax me mettait, *moi* !

— Salut, dit-il en prenant mon sac de voyage des mains du chauffeur en même temps qu'il lui payait la course.

Puis il passa un bras autour de mes épaules et me conduisit chez lui.

— Je suis content de te voir, frangine.

— Tu es un fieffé menteur, répondis-je en lui donnant un coup de hanche qui nous fit chanceler tous les deux. Je suis désolée d'avoir gâché ta nuit.

— J'ai eu ce que je voulais, dit-il avec un sourire diabolique. Et elle aussi, donc tout va bien.

C'était un séducteur en série. Depuis toujours.

— Tu es affreux. Je n'ai pas besoin des détails, merci. C'est quelqu'un de spécial ?

— Ce n'est pas sérieux, en tout cas. Je n'ai pas le temps pour une relation, en ce moment. J'ai assez de pizzas sur la planche avec le Rossi's Deux.

Il se détacha de moi pour ouvrir la porte de l'allée qui conduisait dans la cour centrale. Je connaissais l'immeuble parce que je l'avais aidé à déménager, mais de nuit, il semblait différent. Trop silencieux, trop étranger. Je me demandai si Nico ne se sentait pas seul sans toute notre smala autour. Cette pensée me rendit triste.

— J'aimerais que tu aies quelqu'un qui prenne soin de toi, Nico…

— Je pourrais te dire la même chose, riposta-t-il en renvoyant la balle dans mon camp.

Il était très doué pour ça.

Nous montâmes les quelques marches qui menaient à son appartement. Une fois à l'intérieur, je m'aperçus qu'il s'était contenté d'un aménagement minimal. C'était la tanière typique d'un garçon célibataire — une déco sommaire et des meubles visant moins l'esthétique que le confort.

Un grand écran plat dominait le séjour, qui contenait par ailleurs un canapé et un fauteuil en cuir noir, une table basse et une autre, plus petite, au bout du canapé, sur laquelle se trouvait une canette de soda ouverte. La lumière provenant de la cuisine américaine et de la chambre ouverte semblait faire un effort pour éclairer au mieux l'espace dénudé où il n'y avait ni table à manger ni lampes.

— Donc Jax est de retour…, dit-il comme je m'écroulais sur le canapé. Vincent me doit cent dollars.

S'il y avait eu des coussins sur le canapé, je lui en aurais balancé un dans la figure.

— Tu plaisantes, là ? Vous avez parié sur Jax ?

— Sur toi, en fait, fit-il en s'installant à côté de moi, mon sac à ses pieds. Il était fou de toi, ce qui voulait dire soit qu'il allait te passer la bague au doigt, soit qu'il allait prendre ses jambes à son cou. Je me suis dit qu'il allait s'enfuir en courant puis revenir une fois la peur passée. C'est un mec, je te l'accorde, mais il n'est pas idiot. La question qui se pose maintenant c'est : est-il trop tard pour lui ? J'imagine que non ou alors tu ne serais pas ici.

— Peut-être que j'avais juste envie de te voir, rétorquai-je. Je me demande pourquoi, d'ailleurs.

— Peut-être, fit-il d'un ton qui sous-entendait qu'il me croirait quand les poules auraient des dents. Tu l'aimes encore ?

Je laissai aller ma tête contre le dossier en cuir et fermai les yeux, épuisée.

— Ouais. A mon grand dam.

— Et lui ? Il t'a donné des explications ?

— Il est paumé.

— Je devrais peut-être lui ficher mon poing dans la gueule ? Lui faire recouvrer ses esprits avec quelques coups de pied ?

Je ris doucement.

— Mon Nico… Que tu m'as manqué…

Nous dormîmes pratiquement jusqu'à midi, sortîmes déjeuner, puis nous installâmes sur le canapé pour jouer avec la console jusqu'à ce que j'aie mal aux pouces à force d'appuyer sur la télécommande. Mon téléphone était éteint dans mon sac, et je repoussai toute tentation de le rallumer. J'avais laissé un petit mot à Angelo et Vincent, leur expliquant où j'étais partie, et puisque Lei m'avait assuré qu'elle-même serait déconnectée, il n'y avait personne d'autre dont l'appel ne puisse attendre lundi.

— Tu aurais besoin d'une deuxième paire de mains Rossi ? demandai-je à Nico, tandis qu'il se préparait pour aller travailler

Son sourire s'agrandit.

— Certainement ! Je dois avoir un T-shirt propre quelque part.

A 19 heures, j'étais en plein travail et songeais à mon goût pour les aspects les plus manuels du métier. Je n'aurais pu passer ma vie entre la cuisine et la salle comme mes frères, mais cavaler avec un plateau me rappela qu'aider de temps en temps au restaurant était bon pour mon esprit. Avec le T-shirt Rossi, un jean et les cheveux attachés en queue-de-cheval, je me croyais presque encore au lycée. Je ne connaissais évidemment aucun des clients qui arrivaient, mais eux comprirent vite ma relation avec Nico, sans doute à cause du plaisir évident que nous prenions à nous chamailler.

Les bras croisés sur le bar, je me penchai légèrement en avant pour le taquiner.

— Ils sont où, les Bellini que j'ai commandés ? Tu te bouges, Rossi ? J'attends, là, et toi, tu te traînes !

— Vous entendez ça ? fit-il à l'intention d'une jolie rousse assise en face de lui. Elle veut brusquer l'excellence, n'importe quoi !

Je sentis une décharge qui hérissa la peau de ma nuque, un instant à peine avant qu'une main ne se pose sur ma hanche. Je tournai la tête et…

Je vis Jax.

Je cillai, puis le fixai, incapable de comprendre comment il pouvait se trouver là, avec un jean et un vieux T-shirt

Rossi sur lequel figurait l'ancien logo du restaurant et qu'il avait dû porter souvent, à en juger par l'usure du coton.

— Jax ? Qu'est-ce que tu fais là ?

— A ton avis ?

Il sourit.

Eh... merde... Je tombai encore une fois la tête la première dans le piège de sa fossette.

Je pivotai pour lui faire face, les coudes sur le bar, les pieds accrochés au rail en laiton. C'était une pose délibérément provocatrice qui obtint la réaction escomptée.

Il me passa en revue de la tête aux pieds. Deux fois. Avant d'arrêter ses yeux sombres sur ma bouche.

— Dîne avec moi.

— D'accord.

L'immédiateté de ma réponse parut le prendre au dépourvu.

— Ta commande..., annonça Nico derrière moi.

Il salua Jax d'un hochement de tête et lui serra la main.

— Jackson... Je parlais justement à ma sœur de te botter le cul.

Jax lui sourit.

— Moi aussi, je suis content de te voir, mec.

Nico lui fit un doigt d'honneur et retourna à ses cocktails. Tandis que je transférais les trois Bellini sur mon plateau, je sentis les mains de Jax se poser doucement sur mes hanches, dans un geste d'une possessivité sans équivoque. Ses lèvres frôlèrent ma nuque.

— Tu m'as manqué, murmura-t-il.

Ma main tremblait légèrement, lorsque je posai sur le plateau le dernier verre.

— Arrête de jouer avec moi, Jax. Ce n'est pas cool.

— Je t'ai manqué, aussi.

J'apportai leurs boissons à trois femmes qui passaient de toute évidence une soirée entre filles. Elles regardèrent Jax qui se tenait au bout de leur box, bras croisés, sans me quitter des yeux, pendant que je me penchais pour poser les verres.

— Vous le formez ? me demanda l'une d'elles, une brune, en adressant un grand sourire à Jax.

— J'ai essayé, plaisantai-je. Un échec sur toute la ligne !

— J'étais justement en train de demander une seconde chance, fit-il en leur adressant un clin d'œil.

Une manœuvre franchement perverse, qui mit, comme c'était à prévoir, les trois filles en émoi. Ou plutôt les quatre, parce que moi aussi.

— Tente le coup, beauté, m'encouragea la blonde. Essayer, c'est déjà la moitié du plaisir !

Je les laissais rire et discuter avec Jax pendant que je retournais au comptoir pour y déposer mon plateau vide.

— Ça va ? me demanda Nico en me barrant le passage.

Tout à coup, je pris une décision. Jax et moi pourrions passer des jours et des jours à nous tourner autour, si je ne prenais pas les choses en main. Or, je n'avais ni le temps ni la patience pour ça.

— Oui, répondis-je en carrant les épaules. Mais je vais devoir partir tout de suite, Nico.

Il hocha la tête et me pressa affectueusement la main.

— Rends-lui les choses difficiles.

— Compte sur moi !

Je me tournai et tombai pratiquement dans les bras de Jax qui m'avait suivie.

— Tu sais où tu passes la nuit ? demandai-je.

L'expression amusée sur son visage se changea en quelque chose de brumeux et de terriblement séduisant.

— Oui, j'ai pris une chambre.

— J'attrape mon sac.

Il me retint, m'attrapant par le bras.

— Gia…

Je soutins son regard. Sa main caressa ma peau.

— Il n'y a pas le feu.

— Depuis trois jours, tu te pointes systématiquement où je suis, et ce, dans trois Etats différents. Et maintenant, tu temporises ? C'est vraiment ce que tu veux, attendre ?

Un sourire étira lentement ses lèvres.

— Bien vu. Je vais chercher la voiture.

Une BMW aux lignes fuselées m'attendait devant le Rossi's. C'était une voiture de location, mais elle correspondait parfaitement au style de Jax. Il avait gardé la porte ouverte pour moi, et ses lèvres frôlèrent ma joue lorsque je me glissai sur le siège du passager.

Sa façon de me toucher, comme s'il ne pouvait s'en empêcher, était dangereuse comme une addiction.

Il s'installa au volant, le moteur ronronna et nous partîmes.

Confortablement installée sur le siège en cuir, je le regardais ; sa conduite assurée était terriblement excitante. Il tenait le volant d'une main légère, ses bras tendus de sorte que je ne pouvais qu'en admirer la perfection. C'était un homme foncièrement sexy et j'étais tellement amoureuse de lui que même le plus banal de ses gestes me semblait adorable.

Ce qui était à la fois injuste et idiot de ma part, car je ne m'étais jamais penchée sur ses défauts, alors qu'il en avait forcément. Je n'avais jamais pris le temps de songer aux tensions qui devaient peser sur lui, aux personnes et aux circonstances qui devaient l'entraîner dans des directions qui l'éloignaient de moi. Je n'avais jamais gratté le vernis pour savoir ce qu'il y avait en dessous.

Je tendis la main pour la poser sur sa cuisse et ma paume vibra en sentant le muscle qui se tendit à mon contact. Jax ne garda qu'une main sur le volant et posa l'autre, qui était sèche et chaude, sur la mienne.

Il me lança un regard.

— Tu es nerveuse ?

— Non, répondis-je sans mentir, car si je me méfiais de lui, je savais parfaitement ce que je faisais. J'ai envie de toi.

Nous ne dîmes rien d'autre de tout le trajet, pas même lorsque nous arrivâmes à l'hôtel. Il se gara et nous entrâmes dans la cour centrale du bâtiment grâce à la carte clé qui ouvrait l'une des portes latérales.

Dans l'ascenseur, nous nous tînmes chacun à un bout de la cabine, nous dévisageant ; l'ambiance entre nous était si électrique que j'avais du mal à respirer. J'entrouvris les lèvres pour essayer de faire entrer de l'air dans mes poumons, et ma poitrine se souleva comme sous l'effet d'un sanglot.

Je pouvais sentir le désir irradier de lui. Son envie de moi tendait ses muscles et aiguisait sa perception des réactions de mon corps vis-à-vis du sien. Il bandait déjà ; son sexe en érection se dessinait contre la braguette de son jean.

Et moi… Moi, j'étais déjà mouillée, prête, le sexe gorgé, les seins lourds. Mes tétons pointaient sans aucune pudeur vers lui.

Ses yeux s'attardèrent sur ma poitrine, caressants, et il passa la langue sur ses lèvres en une promesse éhontée de ce qu'il comptait faire, dès que nous serions dans la chambre.

La sonnette de l'ascenseur annonça que nous étions arrivés à l'étage et Jax en sortit, me prenant par la main pour m'entraîner avec lui. Un long couloir plus tard, il ouvrait la porte d'une suite et, une fraction de seconde après, il me serrait si fort contre lui qu'il me souleva du sol. Je laissai tomber mon sac et m'accrochai à lui.

Sa bouche avait déjà trouvé la mienne lorsque la porte se referma avec un clic. Un de ses bras enlaçait ma taille, l'autre retirait l'élastique dans mes cheveux. La délicatesse dont il avait fait preuve la veille avait disparu, ne laissant derrière elle qu'une faim animale. Ses lèvres me dévoraient, sa langue plongeait, insatiable, dans ma bouche, attisant mon envie de m'enrouler comme une liane à ce corps vigoureux.

Je serrai les jambes autour de sa taille et les bras autour de ses épaules, ondulant des hanches pour mieux me frotter contre son sexe dressé. Je lâchai un gémissement, folle d'anticipation, frustrée par les couches de coton qui s'interposaient entre nous et m'empêchaient de le sentir pleinement.

— Jax, fis-je dans un soupir qui trahissait mon impatience.

— Attends…

Il me plaqua contre la porte. Je reposai alors les jambes au sol pour défaire mon jean, entravée dans ma hâte par Jax, qui retroussait mon T-shirt.

Il enroba mes seins à travers le fin satin de mon soutien-gorge. Cette intimité soudaine entre nous, après tant de temps, me tenaillait la gorge d'émotion.

— Que tu es belle ! souffla-t-il en titillant en cercle mes mamelons dressés.

Puis il se pencha pour les lécher à travers le tissu, ses lèvres se pressant sans pitié autour de ma chair hypersensibilisée. Je frémis, la tête renversée, les mains crispées sur la porte.

— Jax… Maintenant !

Sa fossette se creusa fugacement, le temps qu'il me lance un sourire diabolique avant de m'embrasser encore, son corps tout en muscles durs contre le mien, ses mains entre nous pour ouvrir son jean. Dans les brumes du désir, j'eus seulement la présence d'esprit d'attraper son portefeuille, et pendant qu'il se débarrassait de son pantalon, j'y fouillai à la recherche d'un préservatif.

Je déchirai l'emballage avec mes dents en même temps qu'il tira sur ma culotte avec un geste d'homme des cavernes qui me fit chanceler. Je m'écroulai sur lui en riant et il m'enveloppa de ses bras pour m'allonger par terre.

J'envoyai valser mes chaussures, nos membres furieusement emmêlés pendant que l'on finissait plus ou moins de se déshabiller, dans une urgence désespérée.

Il arracha sa chemise, m'enleva mon jean, mais seulement une jambe, et déclara :

— Ça ira comme ça.

Ma culotte, il la déchira purement et simplement. Quand je déroulai le préservatif sur lui, il lâcha un juron haletant avant de me faire écarter les jambes et de plonger en moi.

Au premier coup de reins, je m'arc-boutai contre le sol.

— Gia…

Le cou et les épaules en tension, la peau perlée de gouttes de transpiration, il était d'une beauté au-delà des mots. Il me pénétra de nouveau. Je sentais son sexe gros et dur me remplir. J'enfonçai les talons dans la moquette, me déhanchant pour mieux le laisser venir en moi.

— Attends, bébé, fit-il d'une voix essoufflée. Ne bouge plus, je suis trop près…

— Jax ! S'il te plaît…

Il me fixa d'un regard brûlant, ses yeux brillant avec le reflet de la lumière qui entrait par les fenêtres.

— C'est ça que tu veux ? fit-il en se retirant, avant de me pénétrer de plus belle.

— Encore, gémis-je, pantelante. N'arrête pas !

Une main, puis l'autre, il enlaça ses doigts aux miens et me fit lever les bras au-dessus de la tête. Il roula des hanches pour entrer loin en moi, en même temps que son pelvis frottait le mien exactement comme j'aimais. En dépit de l'impatience qu'il avait montrée pour coucher avec moi, il prenait tout son temps, à présent qu'il y était parvenu.

Ses lèvres caressèrent mon oreille quand il murmura :

— Donne-moi tout, bébé. Laisse-moi te sentir.

Soulevant les hanches, j'enroulai alors mes jambes autour de lui et me laissai aller à la jouissance avec un gémissement long et traînant. Mon sexe palpita autour du sien dans une série de spasmes désespérés.

— Oui, c'est ça, fit-il d'une voix rauque, recommençant à bouger. Oh ! Gia, tu es incroyable !

Je n'avais pas encore repris mon souffle que ses coups de reins parfaitement maîtrisés me renvoyaient de nouveau dans la spirale ascendante du plaisir qui se déroulait dans mon ventre, répandant sa chaleur liquide.

J'adorais le sentir en moi.

— Tu es si dur, murmurai-je.

— C'est toi qui me rends comme ça.

Il m'embrassa sans cesser de bouger, ses mouvements à la fois efficaces et sensuels, fougueux et pourtant contrôlés.

— Gia… Oh ! Tu vas… me faire… jouir.

La cadence de ses poussées devint plus rapide, puis il se raidit, la tête renversée. Je regardai, ébahie, son corps si puissant trembler de plaisir. Le visage et le cou crispés, il cria mon nom et l'intensité de sa jouissance fut telle qu'elle déclencha de nouveau la mienne.

Je tournai la tête pour enfoncer mes dents dans la chair de son bras et étouffer mes cris.

— Gia…

Il me serra fermement et enfouit son visage baigné de sueur au creux de mon cou.

Enveloppée par ses bras, son sexe encore en moi, j'embrassai doucement l'empreinte laissée par mes dents sur sa peau, regrettant qu'il n'y ait pas une façon aussi simple de le marquer comme mien. A jamais.

7

Jax roula sur le dos à côté de moi avec un grognement.

— Je ne sens plus mes jambes.

Je me mis à rire : j'éprouvais la même sensation. Un fourmillement courait sous ma peau, de la tête aux pieds, comme si mon corps s'éveillait après une longue hibernation. Ce qui était, tout simplement, la triste réalité.

Il tourna la tête vers moi.

— Salut, toi, fit-il en portant ma main à ses lèvres pour y déposer un baiser.

— Salut, toi.

Je plongeai mes yeux dans ce regard doux et chaleureux qui m'avait tant manqué.

— Désolé de ne pas avoir été capable d'attendre d'être dans la chambre.

— Pas grave, répondis-je avec un sourire. Je ne m'en plains pas.

— Je t'y amène, dès que je peux marcher de nouveau.

— Tu te ferais vieux, Rutledge ? le taquinai-je, sachant parfaitement qu'à vingt-neuf ans, il était dans la force de l'âge.

Il fixa le plafond.

— Disons que je manque de pratique…

— Ouais, c'est ça !

Je repliai un bras sur mon visage pour cacher ma réaction. Je ne voulais pas l'imaginer avec une autre femme, ça me rendait folle de jalousie.

— Je lis les journaux, tu sais ?

— Accompagner une femme quelque part et coucher avec elle sont deux choses bien différentes, dit-il en retirant doucement mon bras pour voir mon visage. Mais j'aime savoir que tu gardes un œil sur moi.

— Non, pas du tout.

— Comme tu veux, fit-il en me décochant un sourire assorti de cette fossette renversante.

Puis il s'assit lestement pour retirer le préservatif. Ses gestes étaient agiles et spontanés, et la vue de son sexe encore à moitié bandé, glissant, me mit l'eau à la bouche.

Je me relevai en appui sur les coudes, me passant la langue sur les lèvres.

— Viens ici...

La réponse fut immédiate. Je vis son sexe s'allonger et grossir de nouveau.

— Oh ! Gia...

Je m'approchai.

— Douche, dit-il d'une voix rauque en même temps qu'il se mettait debout. Je vais avoir le goût du latex, sinon.

Ses jambes semblaient peiner à le maintenir, mais il me tendit la main.

— Je m'en fiche.

— Pas moi, répondit-il en m'éloignant de lui. Si je te laisse me prendre dans ta bouche, on ne bougera plus d'ici.

Je le contemplai longuement. Qu'il était sexy ! Grand, torse nu, le jean défait et tombant, le sexe bandé dans un angle impossible contre son ventre... L'érotisme mâle incarné, juste sous mes yeux !

C'était le Jax que je connaissais. Celui que j'aimais tant.

— Tu es vraiment quelque chose, murmura-t-il en frôlant du pouce ma lèvre. Tellement sexy. Et si douce, si belle...

— Ouais, c'est ça.

Je souris avec une pointe d'autodérision. Mon jean et ce qu'il restait de ma culotte pendaient sur l'une de mes jambes, mon T-shirt froissé et retroussé découvrait mes seins et… je préférais ne pas penser à l'état de mes cheveux.

— Ce sont bien les paroles d'un homme qui vient d'avoir un orgasme et n'aurait rien contre remettre le couvert.

— Ne fais pas ça, répondit-il en me prenant par le menton pour me faire relever la tête. Tu ne peux pas me demander de te donner tout ce que j'ai et ensuite me prendre à la légère. C'est injuste.

— Oui, tu as raison. Et ça fait mal, n'est-ce pas ?

Il eut un geste crispé qui me dit que j'avais bien fait passer le message : *il* m'avait prise, *moi*, à la légère… puis m'avait quittée sans explication.

Il s'accroupit pour m'aider à ôter mon jean, puis, me prenant par la main, contourna la table basse en fer et verre. Une épaisse moquette taupe absorbait le bruit de nos pas. Je le suivis dans la chambre, où trônait un lit de bois sombre *king-size,* assorti au bureau et à l'armoire. Il y avait aussi un petit canapé près de la fenêtre, laquelle montait jusqu'au plafond. Un arc sans porte d'une belle simplicité marquait l'entrée de la salle de bains. Jax alluma le plafonnier.

Je fis de mon mieux pour cacher mon ahurissement. Heureusement, il ne me regardait pas à ce moment-là, parce que je faillis lamentablement. Les dimensions de la pièce étaient impressionnantes. En plus d'une baignoire à jets, il y avait une douche assez grande pour contenir trois ou quatre personnes et un écran de télé encastré dans l'un des murs. Le meuble qui encadrait le double lavabo était du même bois massif que les meubles de la chambre.

Il fallait que je lui pose la question qui me brûlait les lèvres.

— Tu as pris cette chambre en pensant que tu réussirais à me convaincre d'y venir ?

— Je l'espérais, dit-il en lâchant ma main pour ouvrir le robinet de la douche.

Je sifflai, soufflée par l'effet cascade produit par le pommeau géant enchâssé dans le plafond.

Il se retourna vers moi avec un sourire renversant.

— Je peux finir de te déballer ?

Déballer ? Une douleur aiguisée comme une lame de rasoir me transperça. « Gia, bébé, tu es un beau cadeau que je m'offre après une dure et longue journée. » C'était, parmi d'autres, l'une de phrases inoubliables qu'il m'avait dites à Las Vegas et qui m'avaient fait tomber amoureuse de lui.

Et s'il était toujours comme ça ? S'il parlait toujours comme ça aux femmes avec lesquelles il sortait ? Peut-être qu'il n'avait pas la moindre idée de la façon dont ces petits mots pouvaient chambouler une fille. Ou peut-être que si ? Cette idée me déprima.

— Hé ! fit-il en me faisant relever le menton. Pourquoi cette tête ? Je suis ici, vraiment ici. Avec toi.

— Mais pour combien de temps ? Pour le week-end ?

Je reculai ; mon instinct me criait de fuir tant qu'il était temps.

— Je ne peux pas faire ça, Jax.

Sa mâchoire se crispa.

— Gia…

Je tournai les talons et traversai la chambre en vitesse pour aller récupérer mes vêtements.

— Putain, qu'est-ce qui se passe ? s'écria-t-il en m'arrêtant par le bras sur le seuil du séjour. Tu voulais venir.

— C'était une erreur.

Une grossière erreur. Ce que j'éprouvais pour lui était trop profond pour pouvoir tourner la page de cette façon.

Il m'obligea à me retourner, ses mains serrées autour de mes bras pour m'empêcher de lui échapper.

— N'importe quoi ! Pourquoi es-tu venue, alors ? Tu as dit que tu voulais, et tu voulais que je te fasse l'amour.

— Je voulais baiser avec toi, c'est vrai. Je voulais me débarrasser de la tension entre nous pour voir si, enfin, tu montrais ton véritable visage. Mais je ne veux plus de tes foutaises de beau parleur. Rien de tout ça n'est réel. Toi-même tu ne l'es pas.

J'avais parlé d'un ton si venimeux qu'il en frémit. C'était affreux.

— Qu'est-ce que tu racontes ? Bien sûr que c'est réel, aussi réel que ça peut l'être. Et tu le sais.

Je me libérai de sa poigne d'un geste brusque et traversai le séjour, me sentant terriblement ridicule avec mes seules chaussettes et mon T-shirt Rossi's.

— Je n'ai pas de temps pour ça.

— De temps pour quoi ? Pour moi ?

En deux foulées, il m'avait devancée. Il planta son pied sur la jambe de mon jean et croisa les bras sur la poitrine. L'énergie brute de son corps parfait irradiait de façon presque tangible. Il n'avait que faire de sa braguette ouverte, même s'il avait trouvé, je ne savais comment, le temps de remonter son boxer.

— Je n'ai ni le temps ni la patience de faire semblant de construire quelque chose avec toi, alors que ce n'est pas le cas.

Je resserrai ma queue-de-cheval afin de reprendre contenance — ou au moins de donner le change.

— Qui fait semblant ? riposta-t-il.

Je levai les bras au ciel, au comble de l'irritation.

— Tu ne t'en rends pas compte ou quoi ? Tu dis des conneries du genre « je peux te déballer », ou « tu m'as manqué » ! Tu pourrais au moins avoir la franchise de reconnaître que la seule chose qui se passe entre nous, la seule chose qui se soit jamais passée, c'est qu'on s'éclate au lit. Et rien d'autre.

— C'est plus que de la baise, Gia. On ne tombe pas amoureux juste à cause du sexe !

— Ah, parce qu'il faut que je sois amoureuse de toi ? Comme ça, tu prends encore plus ton pied ?

A mon grand dam, je sentis mes yeux se remplir de larmes.

— Jax, tu as vérifié que j'avais envie de coucher avec toi… Ça ne te suffit pas ? Je ne comprends pas pourquoi tu agis comme si c'était une histoire d'amour. Pourquoi rendre plus difficile quelque chose qui devrait être très simple ?

— Bébé, on n'a jamais fait dans la simplicité. Que veux-tu de moi, Gia ? fit-il dans un long soupir las.

— Je crois que ça irait plus vite si tu définissais ce que *toi*, tu veux de moi, puisque ce que je veux n'a aucune importance.

— Ce n'est pas vrai, rétorqua-t-il, piqué au vif.

Je le regardai, les poings sur les hanches.

— Je veux un engagement. Je veux te voir fournir un minimum d'effort pour tenter de découvrir si notre histoire peut aller plus loin. Mais comme tu m'as déjà fait comprendre que ce n'était pas la peine, il ne nous reste que ce que tu veux.

— Je te veux, toi.

— Tu veux baiser avec moi, corrigeai-je. Pourquoi tu n'assumes pas ?

— Gia, soupira-t-il en secouant la tête. Avec le reste du monde, je suis un salaud. Mais tu es la seule que j'aie jamais vraiment chérie. Ne gâche pas ça.

— Tu vois ? C'est de ça que je parlais ! Pourquoi tu me dis des choses comme ça ? Pourquoi tu ne dis pas juste que tu m'aimes bien ou quelque chose d'…

— Parce que ce n'est pas juste que je t'aime bien ! Je t'ai dans la peau. Je pense à toi *pratiquement* tout le temps et je bande ! Et quand je te vois, j'oublie qui je suis. Tu ne sais pas l'effet que tu me fais.

Sa voix devint plus basse, plus profonde.

— Je deviens fou comme un taureau en rut ! Je voudrais te prendre, te pénétrer et te baiser jusqu'à ce que mort s'ensuive. J'ai une soif de toi qui…

— Arrête !

Je tremblais de la tête aux pieds. L'envie que j'avais de lui se démultipliait en réaction aux ondes de désir brûlant qu'il dégageait.

— Gia, tu sais ce que je ressens parce que tu ressens la même chose. Laisse-moi te donner…

— Non !

J'avais beau refuser obstinément, je me sentais comme si l'on m'avait amputée d'une partie de moi avec un fil de fer barbelé.

— Donne-moi cette nuit, dit-il en tendant la main pour serrer la mienne avec trop de force. Une seule nuit.

Je lâchai un rire sans vie qui déguisait un soupir.

— Une nuit pour te faire passer l'envie de moi à force de baise ? C'est si cliché, Jax ! Et ça ne marche jamais. Les bons coups ne cessent pas de l'être juste parce qu'on en abuse.

— Alors, nous aurons passé une nuit incroyable avec le meilleur coup de notre vie. Nous le voulons tous les deux. Et nous en avons besoin.

— Non, pas moi.

Je tentai de récupérer ma main, mais il ne la lâcha pas.

— Tu ne crois pas à ce que tu dis, Gia.

Seule la vérité nue pourrait marcher avec cet homme… Outre qu'il lisait en moi comme à livre ouvert, il était beaucoup trop habitué à déceler les faiblesses de ses adversaires et à en tirer parti.

— Je ne peux pas le faire, avouai-je en le regardant dans les yeux. Je ne suis pas comme les femmes avec lesquelles tu as l'habitude de coucher. Je ne peux pas le faire pour le fun ou pour soulager une envie. Pas avec toi. J'ai craqué pour toi. Je ne peux pas me permettre de recommencer.

— Tu es encore amoureuse de moi, répliqua-t-il brutalement. Donne-moi alors une chance de faire en sorte que tu arrêtes de le regretter.

Je détournai le visage et laissai mon regard se promener sur ce séjour plus spacieux que ma chambre à la maison.

— Je veux que tu me ramènes au Rossi's.

— Ça, ça me pose un problème, fit-il en venant derrière moi pour m'enlacer. Car ce que moi, je veux, c'est t'emmener dans mon lit. Si tu ne veux pas m'entendre dire ces choses, je me tairai.

Je fermai les yeux pour mieux m'imprégner des sensations que son corps suscitait en moi : sa chaleur, l'odeur musquée de sa peau après nos ébats, la caresse douce de son souffle.

— Tu as laissé le robinet ouvert, dis-je pour éloigner la conversation du terrain de l'intime.

— Je le fermerais, si je ne craignais pas que tu en profites pour te sauver.

— Tu ne peux pas me retenir prisonnière ici.

— Je ne le veux pas. Je te veux de ton plein gré. Je veux la Gia qui m'a demandé de l'amener ici et de lui donner tout ce qu'elle voudrait.

Je le regardai par-dessus mon épaule ; ses yeux brillaient dans l'ombre qui sculptait son beau visage. Je sentis plus fort que jamais les lois de l'attraction qui nous poussaient l'un vers l'autre, cette force que je ne savais ni ne pouvais ignorer, comme si le cosmos s'était amusé à me formater pour que je désire cet homme avec toutes les cellules de mon être.

Est-ce que j'avais en moi ce qu'il fallait pour le convaincre de rester auprès de moi ? J'avais au moins, songeai-je, ce qui le faisait vouloir encore de moi. C'était un début.

— Une nuit ne suffit pas, dis-je tout bas.

— J'espère bien ! J'ai juste proposé ça pour essayer de te convaincre de m'accorder plus de temps.

— Tu ne peux pas non plus disparaître sans rien dire comme la dernière fois, dis-je en me tournant pour lui faire face. Il te faudra me regarder dans les yeux et me dire que tu en as assez, lorsque ce sera le cas.

Ses lèvres se resserrèrent en une fine ligne, mais il acquiesça.

— Je veux une relation exclusive.

— Et comment ! Je ne compte pas te partager.

— Je parlais de ta difficulté à rester monogame, dis-je sèchement.

— Je te veux, toi et rien que toi, Gia, fit-il, entourant mon visage de ses mains. Quoi d'autre ?

— Je n'ai pas d'horaires, le travail passe en premier.

— Je me suis déjà plié à ton rythme, je peux le refaire.

J'enserrai ses poignets. J'aurais pu continuer ma liste de souhaits, mais ce dont j'avais besoin, c'était d'un peu de distance pour examiner mes perspectives. J'avais aussi besoin de me rasséréner, de récupérer mon souffle et mes affaires, afin de mettre au point la bonne stratégie face à lui.

— Je veux que tu fermes ce fichu robinet et que tu m'emmènes dîner. Je meurs de faim.

Son rire me parut un peu forcé.

— Tu as toujours faim après une partie de jambes en l'air. On ne pourrait pas prendre cette douche avant ?

— Non, fis-je en me penchant vers lui. Je veux que tu me sentes sur ta peau pendant les deux prochaines heures.

— Tu veux me punir, gémit-il.

— Oui. Ça aussi.

Nico me lança un regard plein de sous-entendus en me voyant entrer au Rossi's avec Jax. Je lui tirai la langue.

Nous nous installâmes à table et commandâmes une bouteille de Shira, des lasagnes pour moi et du *pollo alla cacciatora* pour lui. Pendant que nous attendions nos plats, je ne pus qu'admirer la façon dont la petite bougie éclairait d'une lumière dorée le visage de Jax en le rendant, incroyable mais vrai, encore plus beau.

Il avait l'expression caractéristique de l'homme qui vient de faire l'amour et qui, tout en se sentant comblé, anticipe d'autres plaisirs à venir. J'aimais autant que je détestais être à l'origine de son expression, car j'avais pleinement conscience que non seulement ses mots risquaient de me tourner la tête, mais que tout, chez lui, me rendait vulnérable. L'effet qu'il me faisait venait en grande partie de l'effet que, moi, je produisais sur lui.

Je le rendais heureux. Satisfait. Et il m'était difficile, en dépit de notre passé, de ne pas croire que ça faisait de moi quelqu'un d'exceptionnel à ses yeux.

— Donc Regina est ta belle-mère…, demandai-je pour donner à mon esprit un os à ronger.

— Ouais, fit-il, le regard rivé à la nappe.

— Comment ça se fait ?

Allait-il parler de Ian et, du coup, ouvrir la porte à certains sujets ?

— Ma mère est morte il y a dix ans.

— Oh…

A la façon dont il s'était soudain renfermé, je sentis que j'avais touché un sujet sensible.

— Je suis désolée, Jax.

— Pas autant que je l'ai été, grommela-t-il avant de terminer, en trois goulées, son verre de vin à peine entamé.

Il se resservit, puis me regarda.

— Ta mère est superbe.

J'acquiesçai.

— C'est une femme heureuse. Ses enfants s'en sortent bien, les affaires tournent et elle va bientôt devenir grand-mère.

— Comment est-ce qu'Angelo vit sa future paternité ?

— Très bien. L'arrivée du bébé a retardé son projet d'ouvrir un autre Rossi's, mais c'est sans doute mieux ainsi. Denise, sa femme, vient de monter sa boîte et je crois qu'ils auraient subi trop de pression avec deux affaires naissantes et une famille toute neuve.

— Tu l'aimes bien, elle ? demanda-t-il en caressant du bout des doigts la tige de son verre.

— Je l'adore, elle est géniale.

Je regardai du coin de l'œil nos voisins, une famille de quatre personnes, qui commentaient avec délices le contenu de leurs assiettes.

— Il me semble avoir vu Allison à la soirée d'hier, ajoutai-je. Comment ça va, entre Ted et elle ?

Franchement, je me fichais du cousin de Jax et de sa garce d'épouse comme de ma première chemise, mais ce que je venais d'apprendre sur la mère de Jax m'avait fait prendre conscience qu'il en savait beaucoup plus sur moi que moi sur lui. Alison exceptée, je ne connaissais les membres de sa famille que parce que leur nom apparaissait dans la presse à cause de leurs activités politiques.

— C'est un couple solide, fit-il en reprenant une gorgée de vin. Elle est exactement la femme qu'il lui faut, s'il se présente comme candidat à la prochaine élection municipale.

— Ça doit lui faire du bien de l'avoir à ses côtés.

Il ricana.

— C'est à peine s'ils s'adressent la parole. Mais elle maîtrise bien les relations avec les médias et bosse dur pour son planning de campagne. Il l'a bien choisie. Elle lui convient comme Regina convient à mon père.

— Je croyais que ces mariages qui s'apparentent plus au partenariat politique qu'à autre chose n'étaient qu'un mythe hollywoodien.

— Eh non.

Il se pencha pour frôler ma main.

— Il faut se montrer pragmatique dans ses relations, dit-il. Un mariage d'amour finit toujours par foirer. Mes parents se sont choisis par amour et ils se sont rendus terriblement malheureux. En revanche, Regina et mon père… ils fonctionnent en parfait accord… Elle sait jouer le jeu.

— J'ai eu pourtant l'impression qu'il tenait vraiment à elle.

— Après ce qu'il a vécu avec ma mère, elle doit lui paraître un cadeau du destin.

Il but de nouveau, puis s'écarta légèrement pour permettre au serveur de poser les plats sur la table.

Son changement d'humeur me confirma qu'il valait mieux ne pas parler de sa mère ou alors aborder le sujet avec beaucoup de précaution.

— C'est Ian qui les a présentés, si j'ai bien compris ?

— Ouais, un véritable coup de chance pour lui aussi, dit-il d'un ton âpre.

— Tu dis ça parce que ton père lui est redevable et qu'il t'envoie lui sauver la mise ? Tu ne le peux pas, Jax.

Il haussa les épaules, le regard sombre.

— Ce n'est pas ce qu'on attend de moi. Je suis juste censé tenir Lei Yeung à distance. Et ça, je peux le faire.

Nico arriva, un plat de pâtes fumantes à la main.

— Puis-je me joindre à vous ?

Jax poussa du pied la chaise en face de lui.

— Plus il y a de Rossi, plus on rit !

Malheureusement, plus il y avait de Rutledge, plus il fallait prendre peur. La dynamique de sa famille avait façonné Jax en l'homme qu'il était.

Je réfléchis à la question pendant que Jax et Nico se lançaient dans un échange de piques potaches qui ne fit que souligner la facilité avec laquelle Jax se coulait dans ma vie… et le malaise que j'éprouvais dès que je posais un pied dans la sienne.

8

Après le dîner, avant de monter dans la voiture, je prévins Jax :

— Si nous retournons à ton hôtel, il faudra que tu me reconduises chez Nico après la fermeture du resto.

Il s'accouda à la portière qu'il me tenait ouverte.

— Parce que tu ne comptes pas passer la nuit avec moi ? J'aimerais pourtant…

Oui, moi aussi. De tout mon cœur.

A l'époque, je laissais tout tomber dès qu'il venait me voir et j'avais fini par lui en vouloir. Si je n'avais toujours pas appris à le tenir à distance, j'avais tout de même compris depuis deux ou trois choses concernant les principes d'une relation saine.

— Je suis venue passer du temps avec mon frère.

— Je comprends, fit-il avec un long soupir. Est-ce que tu pourras trouver un créneau dans ton agenda pour passer du temps avec moi ?

Nous nous tenions tout près l'un de l'autre, serrés dans l'angle exigu entre la porte et la voiture, mais un gouffre profond nous séparait. Et bien que ce soit moi qui l'aie créé, j'aurais préféré mille fois qu'il ne soit pas nécessaire.

— Quand ?

— N'importe quelle nuit de cette semaine et tout le week-end prochain.

J'en pris note d'un hochement de tête et me glissai sur le siège. Jax ferma la portière et contourna la voiture, ce qui me laissa le temps de songer à ce que le reste de la soirée me réservait. Encore plus de plaisir, encore plus de Jax. J'étais affamée de l'un et de l'autre, mais j'aurais aimé pouvoir en profiter sans tous ces doutes qui assombrissaient mon esprit. L'insouciance de notre passé me manquait. Mon insouciance, en fait, car lui, il avait dû compter les minutes tout du long.

Il s'installa au volant et ferma sa portière, mais ne démarra pas.

— Ecoute…, commença-t-il. Je veux que tu saches que c'est aussi très dur pour moi.

— Mais toi, tu comprends ce qui se passe, répondis-je d'un ton doux. Alors que moi, je n'en ai pas la moindre idée.

Il se tourna pour m'attirer contre lui, la main sur ma nuque. Je fermai les yeux, anticipant l'instant où ses lèvres se poseraient sur les miennes. Quand sa langue caressa ma bouche avec une lenteur délibérée, je me penchai vers lui, quémandeuse, impatiente.

— Si douce, murmura-t-il. Je vais t'étendre sur mon lit et te lécher de la tête aux pieds.

— Tu es très fort à ce jeu-là, fis-je, le souffle court, traversée par un frisson fébrile.

Il s'écarta comme s'il allait démarrer, mais se jeta de nouveau sur moi pour s'emparer de ma bouche dans un baiser affamé et vorace. Nous brûlions d'un même feu… J'empoignai ses cheveux et répondis à son assaut avec la même ardeur. Il enveloppa l'un de mes seins d'une main, pressant de façon délicieuse mon mamelon qui ne demandait que ça. Je gémis sans pudeur, excitée au plus haut point.

— Mon Dieu ! grommela-t-il en me lâchant pour se laisser aller lourdement contre le siège. Je te veux. Tout de suite.

L'idée ne manquait pas d'attrait, bien au contraire, et si nous avions été n'importe où ailleurs qu'à la porte du Rossi's, j'aurais enjambé le levier de vitesses pour chevaucher Jax sur-le-champ.

— Conduis vite, alors, dis-je.

Il lâcha un rire rauque et me regarda.

— D'accord. Mais quand nous serons au lit, je compte prendre tout mon temps.

— Jax !

Agrippée aux draps, je me cambrai pour échapper à la torture que sa bouche m'infligeait, même si je crevais d'envie qu'il continue. J'avais oublié à quel point il savait mettre mon corps à feu et à sang, sa capacité à prendre possession de moi jusqu'au plus intime, à me faire dire ou faire n'importe quoi, pourvu qu'il continue à me donner du plaisir.

Il avait plaqué mes cuisses contre le matelas et léchait mon sexe avec délices. Baignée de sueur, les jambes tremblant contre ses mains, en manque d'air à cause des caresses gourmandes de sa langue sur mon clitoris, je tendais de tout mon être vers la jouissance.

— S'il te plaît, suppliai-je d'une voix brisée, pressant les mains sur mes seins que je sentais lourds, leurs bouts sensibilisés après les longues minutes que sa bouche avait passées à dessiner dessus des arabesques mouillées et aguichantes.

Il releva la tête, ses cheveux soyeux caressant ma peau.

— S'il te plaît, quoi, bébé ?

— S'il te plaît… Fais-moi jouir.

— Encore un peu.

— Non ! S'il te plaît !

Je glissai ma main entre mes cuisses, désespérée. Il croqua mes doigts et je criai, pantelante.

Il replongea dans mon sexe. Sa langue suivit les contours de mes plis intimes et lécha mon clitoris avant d'aller jouer à l'orée de mon sexe.

Je plaquai mes mains sur sa tête pour le serrer contre moi en même temps que je luttais pour hisser les hanches vers sa bouche. Mais il était beaucoup plus fort que moi et me maintint contre le matelas, son souffle chaud contre ma chair sensible. Il me suça doucement, se déplaçant lentement le long de ma fente avec juste ce qu'il fallait de pression pour me rendre folle.

— Laisse-moi me tourner, soufflai-je. Je veux te sucer.

Il lâcha un rire empreint d'amusement coquin qui courut sur ma peau en soulevant des étincelles, puis il enfonça sa langue au fond de moi.

— Jax !

Il souleva mes fesses pour avoir un meilleur accès. Sa langue entrait en moi par petits coups rapides qui me poussaient inexorablement vers le point de non-retour. Ses grognements de plaisir vibraient contre mon clitoris ; son plaisir décuplait le mien.

Je serrais les poings dans ses cheveux, gémissant, les talons enfoncés dans le matelas pour me pousser contre ses lèvres.

— Ne t'arrête pas !

J'étais au bord de l'orgasme, le corps incendié.

Il se mit sur les genoux et écarta plus encore mes jambes pour exposer complètement mon sexe. Il me léchait avidement, comme si c'était sa seule mission sur cette Terre. Le plaisir que me donnaient ses coups de langue frénétiques était si intense que je crus que j'allais m'évanouir. Je le regardai, je savais que c'était ce qu'il voulait. La vue de sa tête brune entre mes cuisses, les mouvements hardis de sa langue, ses biceps bandés pour me maintenir… C'était d'un érotisme insoutenable et le besoin féroce qui ciselait son visage disait qu'il me pousserait au-delà du point de non-retour plus d'une fois avant d'en avoir fini avec moi.

Il était magnifique ! Il était tout ce que j'avais toujours voulu.

Un gémissement s'échappa de ma gorge sèche.

— Oh ! Jax… Je vais jouir.

— Attends. Je veux sentir ton sexe palpiter autour de moi quand tu jouiras.

Je lâchai un grognement frustré lorsqu'il s'écarta de moi

pour attraper un préservatif. Le temps d'un battement de cœur, il l'avait enfilé et se plaçait sur moi, mais j'étais trop impatiente pour rester à sa merci. Je jetai mes bras autour de son cou et l'enserrai entre mes jambes pour m'enrouler autour de lui. Il se laissa faire. Nous retombâmes sur le lit, ses mains à plat de chaque côté de mes épaules, les muscles de ses bras tendus comme des cordes.

Il glissa sa main entre nous pour guider son membre le long de ma fente humide. Je n'avais plus de souffle pour gémir. Ses yeux devinrent encore plus sombres et ses joues s'enflammèrent lorsqu'il pénétra mon sexe impatient. Enfin...

— Jax... Je vais... Je suis...

Il plongea en moi d'un coup de reins sauvage et profond qui m'arracha un cri, puis l'orgasme m'emporta. La tête ployée en arrière, paupières closes, mon sexe serré en spasmes autour de sa queue puissante, je m'abandonnai au plaisir qui m'envahissait.

— Oh putain que c'est bon ! fit-il sans cesser de bouger en moi.

Après la jouissance, il y avait encore de la jouissance. Ses mouvements rythmés contre mon clitoris, la sensation de son sexe allant et venant, infatigable, en moi ne me laissaient pas de répit.

Je tremblais de tout mon corps, emportée par le flot des sensations.

— C'est ça, bébé, murmura-t-il contre mon cou, le souffle chaud, entrecoupé. Griffe-moi !

J'avais enfoncé les ongles dans son dos glissant de sueur, je sentais le mouvement de ses muscles, le travail que son corps fournissait pour combler le mien. Ses fessiers se contractaient sous mes mollets, ses cuisses se tendaient pour donner à ses hanches l'impulsion nécessaire.

Il happa le lobe de mon oreille avec un grognement, son ventre musclé collé contre le mien, nos sueurs mélangées en un alliage qui soudait nos corps.

— Ces bruits que tu fais, Gia... Oh ! Mais regarde ce que ça me fait !

Je sentais mon effet sur lui : il bandait comme un âne. J'avais la gorge si sèche que je pouvais à peine parler.

— C'est si... bon. Oh ! Jax, si bon.

— Tu es faite pour moi, dit-il presque avec rage. Pour personne d'autre. Tu es à moi.

Chaque poussée lui donnait raison. Il me possédait avec une telle intensité que je ne pouvais penser à rien d'autre qu'au besoin de jouir encore.

Mon corps ne m'appartenait plus.

Jax était le seul homme capable de me mettre dans cet état... Le seul qui annihilait mes capacités rationnelles jusqu'à ce que je devienne... un animal. Je n'étais plus moi-même quand j'étais au lit avec lui ; je n'étais qu'à lui. Prête à faire tout ce qu'il voudrait et à prendre tout ce qu'il me donnerait, parce que je savais qu'il me ferait jouir encore et encore...

Je gémis en le sentant se tendre à l'approche de la délivrance.

Il frotta son visage ruisselant contre moi.

— Si serrée, si chaude... *Gia*...

Je m'aperçus alors qu'il s'accrochait à moi avec autant de désespoir que moi à lui, que chacun de ses mouvements, de ses gémissements, était empreint d'urgence. Il me pénétrait comme s'il allait mourir s'il arrêtait, comme s'il croyait qu'en me baisant encore plus fort il pourrait se fondre en moi.

Des larmes brûlèrent mes yeux lorsque je jouis de nouveau. Je ne pouvais plus respirer ; des points de lumière brouillaient ma vue. Le gémissement qui déchira alors ma gorge me sembla appartenir à quelqu'un d'autre.

Il m'embrassa comme s'il voulait boire ce son, ses mouvements ralentirent, son sexe toujours en érection se berçant en moi.

— Ah, ma belle Gia. J'adore ce bruit que tu fais quand

tu jouis. Il me dit que tu as aimé, à quel point tu aimes ma queue… ma bouche… mes mains.

A quel point je l'aimais.

Allongée sous lui, les jambes écartées, à la fois délivrée et prisonnière, j'avais l'impression qu'il n'était qu'un rêve. Un fantasme que j'avais conjuré par la force de mon désir.

— Sens-moi, souffla-t-il, s'écartant légèrement pour me regarder.

Ses yeux brillaient d'un feu noir qui semblait éclairer son visage ; la luxure aiguisait ses traits.

— Moi en toi, continua-t-il avec un déhanchement, prenant ma main pour la porter contre son torse trempé. Et toi en moi.

— Jax…

Il s'empara de ma bouche, sa langue chercha la mienne et, tandis qu'il dessinait des cercles lents avec les hanches, je sentais son sexe qui emplissait le mien. Ces mouvements sensuels et provocants me gardaient dans un état d'excitation insoutenable. Jax se souvenait de tout ; il savait exactement ce qu'il fallait faire pour que je reste des heures et des heures suspendue au fil du désir.

— Tu m'as manqué, Gia, murmura-t-il contre ma bouche. Toi aussi, tu avais mal, tellement je te manquais ?

Comme je ne lui répondais pas, il repoussa les mèches mouillées qui zébraient mon visage pour essayer de lire sur mes traits.

Mon sexe se serra autour du sien. Il ferma les yeux, la bouche entrouverte, le corps en tension.

— Pas encore. Je ne vais pas encore jouir.

— S'il te plaît !

Oui, j'en étais à le supplier sans la moindre pudeur. Je voulais qu'il jouisse, je le voulais très fort, j'en avais besoin comme de l'air pour respirer.

— Je ne suis pas pressé, je veux prendre tout mon temps.

Il chercha mon bras et le passa au-dessus de ma tête, puis,

glissant une main sous mes fesses, il me poussa contre lui sans effort apparent pour que nos corps bougent ensemble.

— Mmm... Parfait. Comme toujours.

J'aurais voulu l'aguicher, avoir l'air aussi tranquille que lui, mais j'en étais incapable.

— Arrête de cogiter et sens, bébé, murmura-t-il, titillant de la langue le coin de ma bouche. Laisse-moi te faire du bien. C'est tout ce que je veux. Que tu aies du plaisir.

Je tournai la tête pour attraper ce baiser et m'abandonnai à sa volonté.

Nico me regarda d'un air goguenard lorsque je m'assis au bar du Rossi's après la fermeture. Il avait compris d'un seul coup d'œil ce que voulait dire mon visage sans maquillage, suite à la douche que j'avais prise une demi-heure plus tôt. Il cessa de frotter le zinc du comptoir pour sortir une bière du réfrigérateur qu'il ouvrit avant de la poser devant moi.

— J'avais oublié à quel point j'aimais bien Jax, dit-il comme s'il parlait de la météo.

J'acquiesçai. Moi aussi, je l'aimais bien. Le problème, c'était que je ne savais pas quel Jax était le véritable Jax.

— Vous allez essayer de recoller les morceaux ?

— Non, c'est temporaire. Mais au moins, cette fois-ci, je suis au courant.

— Alors peut-être que je ne l'aime pas tant que ça.

Il se servit une bière et en but une longue gorgée.

— Il est amoureux de toi... Tu es au courant, non ?

— Il est en rut, rétorquai-je sèchement en grattant l'étiquette sur la bouteille. Et ça me va, je peux faire avec. Ce qui m'embête, ce sont les choses qu'il me dit parfois, comme s'il y avait quelque chose de plus entre nous. Ça, ça me prend le chou, parce que j'essaie de comprendre pourquoi il est parti puis revenu... C'est avec ça que j'ai vraiment du mal.

— Ma proposition de lui remettre les idées en place d'un bon coup tient toujours.

Je souris.

— Il serait peut-être plus simple de me remettre les idées en place à moi.

— Oh ! Si ça peut te rendre service…

Il cogna sa bouteille contre la mienne.

— Mais tu as la tête bien meublée, tu sais ce que tu fais… C'est juste que tu préférerais ne pas le faire. Alors que lui, de toute évidence, n'a rien compris, ou alors il ne prendrait pas le risque de te perdre. Il ne trouvera jamais mieux.

— Arrête avec la guimauve, je ne suis pas en état !

Je ne plaisantais qu'à moitié. Je me sentais fragile émotionnellement. C'était un des effets secondaires indésirables quand je couchais avec Jax.

Nico lâcha un rire attendri.

— Très bien. Alors bouge ton cul et aide-moi à terminer pour qu'on puisse se tirer d'ici !

Je quittai mon tabouret avec un soupir.

— Et merde ! Que je suis bête, j'aurais dû prendre la guimauve.

Des coups insistants à la porte d'entrée me réveillèrent le dimanche matin. Je roulai hors du canapé avec un juron et titubai pour aller ouvrir, avec la ferme intention de hurler contre l'imbécile qui venait troubler mon sommeil.

Lorsque je regardai à travers le judas, cependant, je vis les visages des gens que j'aimais le plus au monde.

Je retirai la chaîne de sécurité et débloquai le loquet pour ouvrir à mes frères et à Denise.

— Mais qu'est-ce que vous fichez ici ? grognai-je.

— Ouais, qu'est-ce que vous foutez ici ? répéta Nico qui sortait de sa chambre avec un pantalon en coton bas sur les hanches.

Qu'il soit mon frère ne m'empêchait pas de remarquer à quel point il était beau.

— Tu as vu l'heure qu'il est ?

Vincent entra le premier.

— L'heure de se lever.

Angelo entra derrière Denise. Ils étaient main dans la main.

— Tu as laissé Gianna dormir sur le canapé ? Sérieux ?

— Je lui ai proposé mon lit, se défendit Nico en croisant les bras. Mais elle n'en a pas voulu.

— Je ne l'en blâme pas, fit Vincent. Si ce lit pouvait parler, il aurait sa propre émission de télé-réalité.

— Ne sois pas jaloux, rétorqua Nico. Je suis sûr qu'un jour il se passera quelque chose dans ton lit. Après tout, tu es aussi un Rossi.

— Mais qu'est-ce que vous faites ici, enfin ? demandai-je une fois encore.

J'étais vraiment ravie de les voir. Me retrouver entourée de ma famille me ramenait au quotidien rassurant que la nuit avec Jax m'avait fait perdre. Je me sentais de nouveau comme Gianna Rossi — et d'ailleurs, je me demandais si c'était vraiment moi cette femme pantelante, gémissante et égarée qui avait joui une demi-douzaine de fois en quelques heures. C'était comme si j'étais deux personnes différentes.

Et tu en veux à Jax parce qu'il a deux visages !

— On attend que vous vous habilliez pour aller prendre le petit déj, répondit Denise.

Elle s'était coiffée avec deux couettes hautes qui encadraient son visage pâle et avait assorti son rouge à lèvres au rose de ses cheveux. On aurait dit une superhéroïne dans un film d'animation.

— Quelque chose ne tourne pas rond chez vous, les gars, grommela Nico. C'est beaucoup trop tôt pour manger ou quoi que ce soit d'autre.

— Il est 9 heures, lui fit remarquer Vincent.

Nico me regarda et lâcha, las :

— C'est bien ce que je disais.

Vers midi, notre repas terminé, nous avions pris possession du terrain de basket de l'immeuble où vivait Nico. Sans me vanter, j'étais assez bonne — si bonne, en fait, que j'avais obtenu une bourse à l'université du Nevada grâce à mes performances sportives. Bien sûr, tout ce que je savais, je le tenais de mes frères.

Je venais d'empêcher un panier à trois points et je répondais sans trop de mal aux railleries bon enfant et aux bourrades habituelles, lorsque j'aperçus Jax. Tandis qu'il approchait, j'admirai ses longues jambes qu'un short laissait à découvert. Il portait un T-shirt large, des lunettes de soleil et marchait en faisant tournoyer ses clés autour d'un doigt. Lorsque Nico lui envoya la balle, il la rattrapa en me lançant un sourire éblouissant.

— Hé ! dit-il en me saluant en premier d'un baiser sur le front.

— Tu nous as trouvés.

Heureusement que j'avais déjà le visage en feu à cause de l'exercice, parce que je rougis de plaisir. La veille, il m'avait rejointe puis déposée ensuite au Rossi's, aussi avait-il dû se donner du mal pour trouver où habitait Nico.

— J'étais triste de me réveiller dans un lit vide, murmura-t-il contre ma peau.

Ses fichues lunettes m'empêchaient de lire dans son regard. J'attrapai le ballon et reculai pour reprendre mon souffle.

— Rutledge..., le salua Angelo d'un ton tout sauf cordial.

— Bas les pattes, la bête, le gronda sa femme en se relevant de la chaise qu'il avait installée pour elle au bord du terrain. Salut... Moi, c'est Denise, la femme d'Angelo.

Jax lui serra la main.

— C'est un plaisir.

— J'ai beaucoup entendu parler de toi, dit-elle. Rien de bon, d'ailleurs. J'espère que tu vas leur prouver qu'ils ont tout faux.

Jax se tourna avec moi, l'air interrogateur.

— Oh ! Elle ne parle *jamais* de toi, précisa-t-elle.

Ce qui me fit sourire.

Elle savait vraiment quand et où lancer ses piques.

Vincent et Angelo se résignèrent à serrer la main de Jax, après quoi Vincent grommela :

— Alors, on joue ou quoi ?

— Je veux bien entrer dans le jeu quand ce sera possible, dit Jax, à ma grande surprise.

— Tu tombes bien, alors, fit Nico en se passant une main dans les cheveux. Prends ma place dans l'équipe de Gianna. Je suis lessivé à cause d'une bande de lève-trop-tôt à la noix qui m'a réveillé à point d'heure.

— Mauviette ! le railla Angelo.

— C'est ça. On était en train de vous mettre la pâtée.

— On voulait vous ménager, répondit Vincent en saisissant le ballon que je lui envoyai sans prévenir. Pour ne pas t'entendre geindre, surtout.

— Tu n'aurais pas à m'entendre, si tu étais resté chez toi !

— La ferme ! fis-je. On joue ou on joue ?

— Voilà une fille selon mon cœur, dit Jax avec un sourire.

On recommença. Jax était bon. Vraiment bon.

« Je joue avec des potes, à l'occasion. Mais pas comme toi. Je n'ai jamais pris le temps. »

C'était ce qu'il m'avait dit un jour où on parlait de tout et de rien pendant qu'il me câlinait après l'amour. Apparemment, il s'était entraîné depuis.

L'avait-il fait à cause de moi ? Ou était-ce moi qui voulais absolument y voir un indice de son intérêt pour moi ?

Il me passa le ballon et je marquai un panier.

Si seulement trouver la vérité sur lui était aussi facile !

9

Ce lundi-là ressemblait à n'importe quel lundi, et pourtant tout me semblait différent. J'avais un mal fou à chasser Jax de mes pensées. Du moins jusqu'à ce que j'arrive au bureau.

J'avais une demi-heure d'avance et pourtant Lei se trouvait déjà derrière sa table de travail, vêtue d'une jupe noire et d'un blazer égayé de broderies rouges. Elle portait les cheveux attachés en un chignon impeccable. Elle me regarda par-dessus ses lunettes à la monture rubis. Sa bouche formait une ligne serrée, dure.

— Ian a contacté Isabelle pendant le week-end et il l'a convaincue de signer avec lui, m'annonça-t-elle.

— Quoi ? Comment a-t-il su ?

— C'est une bonne question, fit-elle, se renfonçant dans son fauteuil.

— Je n'ai rien dit, me défendis-je aussitôt, me sentant terriblement mal à l'aise. A personne.

Elle me fit un sourire tendu.

— Je te crois, Gianna.

— Tu penses qu'Isabelle s'est servie de ta proposition pour négocier avec Ian ?

— C'est possible. Assieds-toi... Ian est plus connu que moi.

Grâce, entre autres, aux restaurants de stars qu'elle avait conçus et qu'il lui avait volés. Une ironie cuisante, songeai-je en prenant place en face d'elle.

— En même temps, j'en doute, reprit-elle. L'une des

raisons qui faisaient qu'Isabelle désirait travailler avec nous, c'était que Savor est dirigé par une femme. Ian a dû lui faire une offre qu'elle n'a pu refuser.

— Je me demande laquelle.

— Je compte bien le savoir. Je déjeune tout à l'heure avec elle pour essayer de lui soutirer l'info.

— Je devrais parler avec Chad. L'inviter pour le déjeuner.

— J'allais te le suggérer.

Elle me dévisagea.

— Tu as vu Jackson Rutledge ce week-end ?

J'hésitai une fraction de seconde avant de répondre. Etait-ce une question piège ?

— Oui, avouai-je. Mais nous n'avons pas parlé boutique. Même pas de loin.

— Tu lui fais confiance ?

— Je…

Je fronçai les sourcils. J'avais confiance en lui quand il s'agissait de mon corps ou de comprendre à quel point ma famille m'importait. Quant au reste…

— A quel sujet ?

Son sourire me dit qu'elle devinait la raison de mon hésitation.

— Qu'est-ce que tu comptes faire avec lui ?

Bien calée sur ma chaise, j'examinai longuement la question. Je me l'étais posée, sous cette forme et sous une bonne douzaine d'autres pendant tout le week-end, mais à vrai dire, je n'étais pas parvenue à prendre ma décision. Qu'est-ce que j'allais *faire* ? Je pris soudain conscience qu'avec Jax, je n'agissais jamais, je réagissais seulement. C'était lui qui avait décidé du début et de la fin de notre relation, des lieux de nos rendez-vous, de quand et de comment nous allions faire l'amour. Depuis toujours, je me pliais à ses quatre volontés.

Il était temps que je commence à imposer mes propres règles ! Des règles plus exigeantes que la simple demande d'être informée — lorsqu'il l'aurait décidé, *lui* — que c'était fini entre nous.

— Je ne sais pas encore, répondis-je en toute sincérité. Mais je comptais me pencher sérieusement sur la question.

Une fois à mon poste, j'appelai le Four Seasons et laissai un message pour Chad à l'accueil, lui demandant qu'il me rappelle. Il était encore très tôt et je ne voulais pas prendre le risque de le réveiller. J'avais besoin qu'il soit frais et dispos pour discuter avec lui de nos projets professionnels.

Isabelle nous avait filés entre les doigts. Nous avions besoin de la remplacer. Et vite.

Je passai en revue mes notes pour soupeser les candidats possibles parmi les chefs qui avaient attiré mon attention. Il n'y en avait pas tellement côté cuisine italienne. Etant donné mon histoire, j'étais difficile à impressionner. Sans dire qu'après la défection d'Isabelle, nous aurions du mal à convaincre la nouvelle recrue qu'elle n'était pas un pis-aller.

Je tapotai ma joue avec mon crayon, mon cerveau tournant à plein régime.

— Cuisine américaine, européenne…

Lei sortit de son bureau.

— Asiatique ! m'écriai-je.

Elle s'arrêta net, interloquée.

— Pardon ?

Je me levai.

— Chad représente la cuisine américaine. Inez, l'Européenne. Je crois que ce qu'il nous faut, c'est quelqu'un qui représente…

— L'Asie.

Elle croisa les bras.

— Tu te rends compte comme il sera compliqué de composer un menu duel autour d'une telle combinaison ?

— Moins que de convaincre le chef de notre choix que nous n'avons pas fait appel à lui en dernier recours.

— En effet, bien vu. Tu as quelqu'un en tête ?

— David Lee.

Je vis sa bouche se courber légèrement et ses yeux s'animer d'un regard approbateur.

— Il est bon, mais je ne suis pas sûre qu'il soit prêt.

J'acquiesçai ; j'étais du même avis.

— Pour le savoir, je pourrais conduire Chad au bistrot asiatique où Lee travaille. Les faire se rencontrer. Voir comment ils s'entendent. Ou pas… Chad pourrait guider David le temps qu'il prenne ses marques.

— Un mentor ?

Elle hocha la tête, une expression de concentration sur le visage.

— Je te laisse t'en occuper et on débriefe après le déjeuner. Il faut agir vite, mais nous avons jusqu'à ce soir pour nous décider.

Je lui étais reconnaissante de sa confiance et je comptais bien ne pas la décevoir.

— Merci.

Elle sourit.

— J'aime ta réactivité, tu penses vite. Je suis impressionnée !

Je lui rendis son sourire et me remis aussitôt au boulot.

Peu après 10 heures, on livra un magnifique bouquet de lys tigrés dans un joli vase rose, et c'est le souffle coupé que je vis LaConnie s'approcher de ma table avec la composition. Ce ne pouvait être que Jax qui l'avait envoyée. Il savait que c'étaient mes fleurs préférées.

— Qui t'envoie ça, beauté ? demanda LaConnie en posant le vase sur mon bureau. Il faut le garder, celui-là.

J'aimerais bien…

Je frôlai du doigt la petite enveloppe agrafée à la Cellophane, mais je ne voulais pas l'ouvrir devant qui que ce soit. Trop intime.

— Quelqu'un qui a bon goût.

Elle me lança un regard circonspect avant de tourner les talons.

— J'aime bien ta robe, dis-je, admirant sincèrement le beau fourreau noir gansé du même bleu néon que ses chaussures.

— Si tu crois que je vais me laisser distraire aussi facilement…

— Je te raconte plus tard, promis-je.

Elle secoua son index dans ma direction.

— Tu sais que je ne lâcherai pas l'affaire, n'est-ce pas ?

J'attendis qu'elle ait regagné son poste pour détacher l'enveloppe et sortir la petite carte.

« Dîner ce soir ? »

Cette façon si directe de poser une question ressemblait tellement à Jax que je ne pus que sourire. Je n'oubliai pas pour autant que cette fois-ci je voulais que les choses se passent autrement. Il avait empreint si fort ma vie de sa présence que j'étais restée prisonnière de mes souvenirs jusqu'à mon départ de Las Vegas alors que moi, c'était à peine si j'avais frôlé son monde. Lorsqu'il romprait de nouveau, je risquais de vivre la même chose à New York — son souvenir me poursuivrait partout. Alors que lui serait à l'abri de mon fantôme.

Un changement s'imposait. Cette fois-ci, j'allais hanter Jackson Rutledge comme il m'avait hantée !

Je cherchai dans le répertoire de mon téléphone le numéro depuis lequel il m'avait appelée, le soir où j'avais dîné avec Chad dans le salon de Denise. Je lui envoyai un SMS.

Seulement si tu cuisines. Chez toi ?

Après cinq bonnes minutes, mon téléphone vibra sur la table.

A quelle heure veux-tu que je vienne te chercher au bureau ?

Mon ego poussa un cri de victoire.

17 h 30. Et merci pour le bouquet. Superbe.

Et lui de m'envoyer :

Mais pas autant que toi.

Je pianotai alors en vitesse :

Dixit le mec le plus beau que je connaisse.

Voyant les minutes passer, je crus que l'échange en resterait là. Puis il envoya :

En surface seulement.

Des mots qui ne me quittèrent pas de la matinée.

Lorsque Chad me rappela, je lui demandai de me rejoindre au siège de Savor, parce que lui rappeler le succès et le pouvoir de Lei me semblait être une bonne chose.

Il arriva peu avant midi, très beau avec son pantalon kaki et une chemise habillée dont il avait laissé le col ouvert et retroussé les manches.

Je l'attendais à l'accueil, mais prétextai de devoir récupérer mon sac pour lui montrer une fois encore nos beaux bureaux.

— Je suis content que tu aies appelé, me dit-il en marchant à mes côtés. Je commençais à avoir des doutes à propos de ce qu'on essaie de faire.

— C'est normal. Au bout d'un certain nombre d'écueils, on se demande en effet s'il ne faut pas les prendre comme un signe…

— C'est exactement ça, dit-il avec un sourire empli de gratitude. Je vois que tu me comprends.

— Absolument. C'est pour ça aussi que tu peux me faire confiance pour te dire, si nécessaire, qu'on doit jeter l'éponge.

Nous étions arrivés à mon bureau. Je me retournai vers lui.

— Je n'ai aucune intention de te rouler, Chad. Tu as ma parole.

Il fourra les mains dans ses poches.

— Je suis au milieu du feu croisé de Lei et Ian, et je ne peux m'empêcher de penser qu'il n'y a que toi qui t'occupes vraiment de moi, alors que je ne suis personne.

— N'importe quoi ! Tu es, à l'heure actuelle, l'un des chefs les plus talentueux du monde et je compte faire tout mon possible pour que ça se sache.

Il se pencha légèrement pour prendre ma main dans la sienne.

— Merci.

— C'est moi qui te remercie. C'est grâce à toi que j'ai une chance de mener à bien ce projet.

Son regard s'arrêta sur le bouquet de lys.

— Magnifiques. Tu as un admirateur et moi un rival ?

— Comment veux-tu que j'aie quelque chose de sérieux en trimant comme je le fais ? dis-je en prenant mon sac et en fermant le tiroir. Je suis mariée à ma carrière, c'est ma passion.

Il hocha la tête.

— Je connais ça. Je me réjouis d'avance de tout le temps qu'on va devoir passer ensemble dans les mois à venir — enfin, si tout se passe bien. Peut-être qu'on arrivera même à voler quelques heures pour s'amuser. Sans engagement.

Je lui souris.

— Peut-être. Tu es prêt ?

— Je le suis depuis que je t'ai rencontrée, beauté.

J'attrapai son bras en riant et nous sortîmes.

— Rutledge Capital…

Je levai les yeux vers Lei qui venait d'arriver. Je l'attendais avec impatience pour lui annoncer la bonne nouvelle : David Lee était une carte gagnante. Il s'était entendu à merveille avec Chad dès la première seconde. Et lorsque j'avais évoqué vaguement notre projet pour Mondego, il n'avait pas hésité. Il m'avait dit franchement qu'il espérait depuis un bon moment qu'une opportunité comme celle-là se présente.

— Qu'est-ce qui se passe, avec RC ?

— D'après Isabelle, Rutledge Capital s'est engagé à investir une somme considérable dans Pembry Ventures. Elle dit avoir discuté dimanche avec Jackson Rutledge en personne et qu'il le lui a confirmé.

Ce fut comme si un roc glacé m'était tombé dans le ventre.

— Hier ?

Pendant le week-end qu'il avait passé avec moi. En moi…

Tétanisée, je me laissai aller contre le dossier de ma chaise.

Lei hocha la tête avec une grimace amère.

— Ian a offert à Isabelle des avantages faramineux pour qu'elle signe. Elle aurait été folle de refuser.

Elle ferma les yeux et se pinça l'arrête du nez.

— C'est tellement stupide, de la part de Ian. Et si mesquin ! Ses agissements n'ont aucun sens. Même chose pour Rutledge.

J'étais à peine sortie de son lit que Jax m'avait planté un couteau dans le dos…

Il ne fallait pas que j'y pense. Je devais me concentrer sur l'objectif à atteindre. Si je donnais le meilleur de moi-même, ça pouvait marcher.

— Nous aurons David Lee, dis-je d'une voix rauque. Il aime l'idée du trio. Ça lui enlèverait un peu de pression et lui laisserait du temps pour trouver ses repères.

— Oh ! fit-elle sèchement. C'est très humble de sa part ! Tu y crois, toi ?

— Il avance ses pions avant de se lancer en solo, ce qu'il fera dès qu'il le pourra. Mais je crois qu'on peut compter sur lui pendant au moins deux ans.

Elle poussa un long soupir.

— J'ai pris les devants et j'ai signé avec Inez avant que Ian ne cherche à la débaucher. C'est bien sûr subordonné à un deal avec Mondego, mais ça assure nos arrières.

— Nous sommes retombées sur nos pieds, alors ?

Je regardai le bouquet. Si Jax comptait me faire ses

adieux ce soir, il allait avoir une surprise ! Je n'allais pas lui permettre de laminer ma vie une nouvelle fois.

La vengeance est une salope. Et moi aussi, lorsqu'on m'y forçait.

— Tu vas bien ? me demanda Lei qui étudiait mon visage.

— Ça va, répondis-je d'une voix calme, alors que la sensation glacée dans mon ventre se répandait en m'engourdissant. Nous devrions faire signer David au plus vite.

— Complètement d'accord. Je m'en occupe.

— Je pense que ce serait une bonne idée d'organiser pour Chad un séjour au complexe Mondego d'Atlanta. Qu'il sente que ça bouge.

— Tu veux le faire.

Ce n'était pas une question.

— Je crois que m'éloigner d'ici quelques jours me ferait du bien.

Elle s'appuya légèrement sur ma table.

— T'éloigner de Jackson ?

— En fait, je dîne avec lui tout à l'heure.

Quelque chose dans mon ton dut me trahir, parce que sa bouche se plissa en une moue narquoise.

— Ça peut s'avérer intéressant.

— Tu peux parier là-dessus !

Sans plus pouvoir me retenir, je lâchai un soupir dans lequel se mêlaient à parts égales douleur et colère. Mais une autre préoccupation leur vola soudain la vedette.

— Lei. Tu n'as rien contre le fait que je voie Jax. Si ?

— Je n'ai pas oublié pourquoi je t'ai embauchée, Gianna, dit-elle en regagnant son bureau. Ne t'inquiète pas. Moi, je suis tranquille et toi, tu vas bien t'en sortir.

Je le savais. Mais je n'y étais pas encore. Loin s'en fallait.

Il était 17 h 30 à ma montre et mon excitation monta d'un cran. Pas seulement parce que Chad avait accepté de partir pour Atlanta le lendemain et que j'étais ravie de quitter la ville. La vérité, c'était que je me sentais prête à voir Jax et à lui régler son compte. Pourtant, quand je le vis qui m'attendait sur le trottoir devant nos bureaux, je dus me forcer à ralentir. Je pris la démarche nonchalante de celle qui a du temps devant elle, parce que tout va pour le mieux dans le meilleur des mondes.

Il m'attendait bras et chevilles croisés, détendu et sexy, adossé contre une McLaren noire, voiture dont je reconnus la marque parce que l'un des chefs de Lei s'en était offert une pour célébrer le cinquième anniversaire de son premier restaurant. Des lunettes noires protégeaient ses yeux des reflets que le soleil arrachait aux façades des gratte-ciel alentour. Il portait un pantalon noir, une chemise blanche, une cravate grise. Il avait les cheveux ébouriffés, comme s'il s'était passé la main dedans et avait arrêté là la coquetterie.

Les femmes le regardaient ; certaines se retournaient même sur lui. Les hommes, à sa vue, modifiaient légèrement leur démarche, reconnaissant d'instinct le mâle alpha au repos. Jax exerçait cet effet-là sur les gens. Il dominait instantanément le territoire où il se trouvait.

Carrant les épaules, je poussai la porte à tambour et me dirigeai vers lui. Je portais une robe Nina Ricci très cintrée, une pièce classique et élégante qui allait à merveille avec les Louboutin beiges à bout ouvert que mes frères m'avaient offerts pour mon anniversaire.

Je ressemblais aux femmes qu'on pouvait voir au bras de Jackson Rudledge. Encore mieux, je me sentais comme l'une d'elles.

Sans changer le rythme de mon pas, j'arrivai devant lui, empoignai sa cravate et me hissai sur la pointe des pieds pour l'embrasser. Avec passion.

Mon geste fut récompensé, comme escompté, par un grognement guttural, suivi d'un mouvement rapide de son corps imposant. Une main sur ma nuque, l'autre sur ma hanche, il m'attira à lui avant que j'aie pu réagir et riposta par un baiser à pleine bouche.

Debout dans la rue, des voitures et des passants autour

de nous, nous nous embrassions comme si nous étions seuls au monde.

— Salut, beauté, fit-il d'un ton bourru, lorsque je m'éloignai pour offrir un peu d'air à mes poumons.

Il pressa sa joue contre la mienne.

Je m'écartai avec un déhanchement insolent et fit claquer ma main sur sa figure.

Sa tête en partit sur le côté, sa respiration devint sifflante. Il se frotta la mâchoire et me lança un regard incendiaire.

— Je crois deviner que ce n'est pas parce que tu cherches un peu de sexe sauvage...

— Tu m'as baisée ! Juste après m'avoir baisée au sens propre. Tu as pris une douche d'abord, ou tu avais encore mon odeur sur toi, lorsque tu as passé ce coup de fil ?

— Monte dans la voiture, Gia.

— Tu es un salaud !

J'essayai de contenir ma colère, une colère tournée contre lui. Contre moi. Contre la situation. Mais surtout contre lui.

— Je l'ai toujours été, convint-il, mordant, en ouvrant la portière du passager, ce qui impliquait de la déboîter avant de la soulever vers le haut. Tu as mis du temps à t'en rendre compte.

Je le regardai, droite dans mes Louboutin. Il soutint mon regard, les yeux cachés derrière ses lunettes, sa bouche serrée en une ligne implacable.

— Ne perds pas ton assurance maintenant, me taquina-t-il non sans douceur.

Mon esprit tournait à plein régime, comme il l'avait fait toute la journée durant. Pourquoi voulait-il que je l'accompagne ? Pourquoi les fleurs et l'invitation à dîner ?

— Tu tiens tellement à faire tes adieux après une dernière partie de jambes en l'air ?

— Je ne cherche pas à finir quoi que ce soit. Je te veux, toi. Ça, ce n'est pas nouveau.

Son attitude brusque et cavalière me fit grincer des

dents. C'était comme s'il me mettait au défi d'être celle qui partirait en premier.

Je glissai sur le siège et croisai sur ma poitrine la ceinture de sécurité.

Il se pencha pour me regarder par-dessus ses lunettes noires.

— Pour ta gouverne, la gifle était de trop. Tu m'avais déjà mis K.-O. avec le baiser.

Il se redressa et ferma la portière.

Je souris, sournoise. Autant dans la salle de réunion que dans la chambre à coucher, Jackson Rutledge allait comprendre de quel bois je me chauffais.

Nous entrâmes dans le parking souterrain de son immeuble et deux concierges vinrent nous accueillir. Tandis que l'un d'eux m'ouvrait la portière, je fus, une fois de plus, frappée par l'écart abyssal de nos situations financières. Sa richesse ne m'intimidait pas, mais il se pouvait que le décalage lui pose problème, à lui.

Cette réflexion n'égaya pas mon humeur.

Il me tendit la main, enlaça ses doigts aux miens et me conduisit jusqu'à l'ascenseur. Je m'étais plus ou moins attendue à ce qu'on s'envole vers la Virginie ou Washington DC, et je pris brusquement conscience que je n'avais jamais envisagé qu'il ait à passer pas mal de temps à New York. Alors que ça semblait couler de source qu'il ait un appartement dans cette ville, centre financier du pays.

Dès que les portes de l'ascenseur se refermèrent, il me prit dans ses bras. Je ne résistai pas. Il s'appuya contre le rail en laiton et écarta les jambes pour que je vienne tout contre lui, tandis que ses mains couraient le long de mon dos.

Il s'était passé beaucoup trop de temps depuis la dernière fois qu'on m'avait étreinte avec une telle tendresse.

Dire qu'il était à New York pendant tout ce temps...

Les yeux fermés, je me laissai envahir par la chaleur

de son corps, l'odeur de sa peau, la caresse de son souffle contre ma tempe.

Je m'étais refusée pendant trop longtemps le doux réconfort d'un contact masculin.

— Ta journée s'est bien passée ? murmura-t-il.

— Débordée. Et toi ?

— Je ne pouvais pas arrêter de penser à toi.

Je fermai les yeux, m'accrochant avec entêtement à ma colère. Une tâche qui me coûtait plus qu'elle n'aurait dû.

Il posa son front sur le mien.

— Je suis désolé, Gia.

— De quoi ? D'avoir aidé Pembry à ruiner l'accord que j'essayais de mettre en place ?

Il soupira.

— Tu connais la situation. On en a déjà parlé.

— Ce n'est pas une raison, je n'accepte pas tes excuses.

— Je ne t'en blâme pas, mais ce n'est qu'une complication mineure que tu surmonteras sans problème.

Je cherchai son regard.

— Ça, je le savais sans que tu me le dises.

La sonnette de l'ascenseur annonça que nous arrivions à son étage. Lorsque je me tournai et vis le hall d'entrée et sa double porte, je compris qu'il habitait au penthouse, l'appartement qui occupait tout le haut de l'immeuble. Ce qui expliquait aussi pourquoi l'ascenseur était monté directement depuis le garage.

Il prit ma main et j'avançai avec lui sur le sol en marbre aux veines dorées. Il plaça sa paume sur le scanner de sécurité encastré dans le mur.

— Je parie que tes conquêtes adorent tes gadgets à la James Bond, dis-je alors que l'épaisse porte en noyer s'ouvrait automatiquement.

J'avais réussi à lancer ma pique avec désinvolture, mais la jalousie me rongeait tandis que je l'imaginais avec d'autres femmes.

— Et qu'en penses-tu, toi ? demanda-t-il en me regardant par-dessus son épaule.

— Oh ! moi… Je suis une fille aux goûts simples.

Mon regard se promena sur le salon, en contrebas, avec sa moquette blanche comme neige, ses chaises chromées en cuir noir et son tapis bleu saphir. Une garçonnière typiquement masculine et sans âme.

Je fronçai les sourcils.

— Ce n'est pas toi, ça.

La porte se referma derrière nous.

— Non ?

Je m'étais attendu à une pièce aux couleurs chaudes, habillée de textiles variés et de tableaux contemporains, c'est-à-dire à un espace reflétant la personnalité dynamique, un peu brute de décoffrage et occasionnellement excentrique de l'homme que j'aimais.

Devant ce salon, je fus en proie à une profonde déception.

M'étais-je trompée à ce point sur son compte ?

— Tu veux boire quelque chose ? demanda-t-il à mi-voix, tout près derrière moi.

Si près que je sentais la chaleur irradier de son corps.

— Absolument.

Sa fossette tenta de m'amadouer.

— Tu ne vas pas me l'envoyer dans la figure. Si ?

— J'avoue que je suis tentée, répondis-je sèchement.

Il posa les mains sur mes épaules.

— Tu te souviens de cette nuit au Palms ?

Je serrai les poings.

— C'est un coup bas, Jackson.

Je n'oublierais jamais cette nuit magique où il m'avait tenue dans ses bras, alors que nous nous trouvions sur la terrasse du cinquante-cinquième étage, buvant du vin blanc dans le même verre. La ville et le désert au-delà se déployaient à nos pieds à perte de vue ; le scintillement des néons s'estompait dans un ciel noir d'encre.

« C'est superbe », avais-je dit, blottie contre lui, me sentant heureuse comme jamais. Je sortais avec l'homme parfait, un homme qui rendait mes nuits chaudes et mes journées lumineuses. *Il va changer ma vie*, avais-je pensé. *Il va me changer,* moi. *Avec lui, je vais grandir.*

Que ça me semblait ridicule à présent ! Grandir, changer, ça ne pouvait venir que de moi. Avoir un type super dans ma vie n'était qu'un bonus.

J'essayai de m'éloigner de lui, mais il me retint.

— Je suis désolé, répéta-t-il.

J'insistai et finalement, il me lâcha.

— Alors, pourquoi tu l'as fait ? demandai-je, plongeant mes yeux dans les siens.

— Pourquoi je fais les choses que je fais ? fit-il d'un ton sombre, aussi sombre que son regard était dur. Parce que je suis un Rutledge. Nous roulons les gens à tour de bras. C'est ce que nous sommes, tout simplement.

— C'est trop facile, Jax.

— C'est la vérité.

Je m'éloignai de lui sans savoir où poser mon regard.

— Si tu veux partir, dit-il d'un ton calme, je ne te retiendrai pas. Mais j'aimerais que tu restes.

Je me retournai vers lui. Oh ! Que je détestais quand il me montrait ce visage impassible !

— C'est ce que tu veux, non ? Tu veux que ce soit *moi* qui en finisse. Tu veux m'énerver pour que je parte en claquant la porte. Ce ne serait pas une rupture calme ; il y aurait certainement quelques cris, mais elle serait néanmoins rapide et définitive. Juste comme tu les aimes.

— Je le regrette de tout mon cœur, Gia, mais je ne suis pas bon pour toi.

Il passa à côté de moi pour aller dans la cuisine.

Je lançai mon sac dans un fauteuil.

— Il faut croire que je suis maso.

Il sortit une bouteille de vin blanc du Frigidaire puis la posa sur le plan de travail. La cuisine, tout en surfaces d'un blanc étincelant, était aussi dépourvue de personnalité que le salon. Seule la machine à expresso indiquait que quelqu'un y habitait. Venant d'une famille où la cuisine était le cœur de la maison, je trouvais celle de Jax déprimante.

Il me regarda déchausser mes escarpins.

En même temps que je défaisais mes cheveux, je le prévins :

— Je peux suivre ton couteau dans le dos et je relance avec une nuit de sexe orageux.

Il porta la main à sa bouche lorsque je passai la mienne sous ma robe pour enlever ma culotte.

— Gia…

— Je sais jouer à ce jeu, fis-je en la lui lançant, le gratifiant d'un sourire dur lorsqu'il la rattrapa. Et je peux même le gagner.

10

Jax mit ma culotte dans sa poche et s'approcha de moi, délaissant le vin.

Ses mains sur mes joues, il se pencha pour m'embrasser. Ses lèvres sur les miennes étaient très douces. Ses mains glissèrent sur mes épaules, puis le long de mon dos, en même temps que ses doigts ouvraient sans difficulté la fermeture Eclair de ma robe.

Je commençai à dénouer sa cravate, constatant comme la colère s'accouplait bien avec la luxure pour faire naître un désir furieux. Je me concentrai sur lui, sur nous. Sur le contact avec sa peau et sur cette odeur que j'aimais tant et qui n'était qu'à lui, sur la façon dont sa respiration devenait plus lourde et sur son cœur qui s'agitait, dans la tempête de notre passion.

Ce genre de choses, je ne les avais jamais remarquées chez quelqu'un d'autre, ce qui rendait d'autant plus difficile à accepter le fait que, peut-être, Jax et moi n'avions pas d'avenir ensemble.

— Tu avais déjà cet appartement quand nous sommes venus ensemble à New York pour que tu rencontres ma famille ?

Nous avions logé à hôtel, ce week-end-là. S'il avait déjà un endroit à lui, cet élément jetait une lumière nouvelle sur ses sentiments pour moi. Un homme qui préfère sauter une fille à l'hôtel plutôt que dans son lit ne tient probablement pas beaucoup à elle.

— Non. Je l'ai acheté l'année dernière. Gia…

Je le regardai, debout devant moi, sa chemise ouverte sur son torse bronzé, son corps aux muscles fermes et bien définis, ses yeux tour à tour chaleureux et tourmentés…

Je le pris par la main et nous quittâmes la cuisine. L'anticipation coulait dans mes veines en même temps que quelque chose d'autre, quelque chose de plus sombre. De plus pervers.

Jax se crispa sur le drap, le ventre en tension, lorsque je refermai mes lèvres sur le bout soyeux de sa queue ; l'excitation y fit perler une goutte transparente que je léchai avec délices. Les doigts fermés autour de la base de son sexe, je commençai à le sucer, accompagnant avec la main les mouvements de ma bouche. Que j'aimais ces bruits et ces jurons qu'il lâchait sans retenue !

— Oh ! Dieu, souffla-t-il dans un tressautement, alors que ma langue suivait le relief d'une veine.

Je glissai mes lèvres entrouvertes sur toute sa longueur, vers le haut, vers le bas, aguicheuse, attisant son désir avant de le pousser au-delà du point de non-retour.

— Arrête de m'allumer, Gia, grogna-t-il. Suce-moi ou baise-moi, mais fais-moi jouir !

Je souris, les yeux rivés au quadrillage serré que formaient ses abdominaux. Un voile de sueur patinait son visage magnifique, ses yeux brillaient sur ses pommettes enflammées. Sachant qu'il me contemplait, je le pris tout entier dans ma bouche, très profondément.

— C'est ça…, dit-il d'une voix rauque, tout en se cambrant. C'est trop bon… Ta bouche…

Il m'appartenait. Jackson Rutledge était à moi. Au moins le temps de cet instant-là.

Ses doigts jouèrent dans mes cheveux, glissant sur leurs racines humides. Il repoussa les mèches qui tombaient sur mon visage.

— Ah, Gia… Suce-moi comme ça, bébé.

Son sexe palpitait contre ma langue, j'étais accro au goût de sa peau, à son désir. J'aimais ça. J'aimais être celle qui le faisait trembler de plaisir.

— Je vais jouir, je vais jouir très fort, gémit-il.

Je le lâchai alors, m'assis sur le lit, puis me relevai.

— Gia. Merde ! dit-il en cherchant mon regard. Ne me laisse pas comme ça !

— C'est dur, hein, quand tu t'es donné du mal pour quelque chose, que tu sens l'excitation monter, que tu t'y crois déjà… et que quelqu'un arrive et te coupe l'herbe sous les pieds. Pas vrai ?

Il se redressa d'un coup avec un rugissement.

— Reviens ici !

Je me penchai avec un sourire pour ramasser sa chemise.

— Je pense qu'il faut d'abord que tu te calmes un peu…

— Et moi, je pense qu'il faut que tu amènes d'abord ici ce beau cul.

Il bondit du lit, tout en muscles bandés et peau hâlée, comme un fantasme érotique devenu réalité. Il bandait dur, sa bite si tendue qu'elle ne bougeait pas, alors qu'il avançait vers moi. Son corps était parfaitement proportionné, incroyablement masculin.

Et moi, j'avais un mal fou à résister à l'envie de sauter dans le lit et le laisser me baiser jusqu'à plus soif.

Il tendit son bras vers moi ; je l'esquivai agilement dans un éclat de rire.

La sonnette de la porte retentit à ce moment.

Jax l'ignora, tout à sa détermination de m'attraper. Je tourbillonnai, essayant en même temps d'enfiler sa chemise. Le tissu portait son odeur. J'adorais ça.

— Tu devrais aller ouvrir, dis-je.

— Gia, dit-il d'un ton d'avertissement. Si tu veux être à l'aise quand je te baiserai, tu as intérêt à retourner au lit ! Parce que je compte te prendre sans te laisser le choix.

On sonna de nouveau ; je lui échappai de peu.

— Quelqu'un est à la porte, Jax !

— Ça attendra, fit-il en refermant la main autour de sa queue. Mais pas ça.

Je feintai vers la droite, puis vers la gauche, forte de mon expérience de basketteuse. Ses abdos ruisselants de sueur, son regard avide et brûlant, son corps tout en muscles… Qu'il puisse me pourchasser nu comme un ver sans perdre de sa superbe me sidérait.

Il parvint à m'attraper à la porte de sa chambre. Ses bras se fermèrent autour de moi, durs comme l'acier, son torse lourd contre mon dos.

— Jax…

— Si tu ne veux pas, dis-le, et je te lâcherai, fit-il, le souffle court. Sinon, je vais te prendre, bébé.

Son ton désespéré me fit chavirer. J'étais sur le point de céder. Etre désirée par cet homme, c'était ma drogue.

— *Jackson* ?

Nous nous raidîmes tous les deux en entendant la voix de Parker Rutledge dans le salon.

— Je sais que tu es là, poursuivit-il. Je dois te parler, fils.

Jax marmonna un juron. Sa main glissa entre les pans de sa chemise et il s'empara de mon sein, en un geste possessif.

— Donne-moi une minute ! cria-t-il en reculant pour fermer la porte.

Je crus qu'il allait me laisser partir, mais à la place, il m'obligea à pivoter et m'embrassa jusqu'à en perdre haleine, une main dans mes cheveux, l'autre serrée sur mes fesses.

Lorsqu'il me relâcha, je chancelai, ébranlée par la voracité de son baiser.

Puis il passa dans la salle de bains attenante et enfila un peignoir de soie noire qu'il ceintura rageusement.

— Reste là.

— Tu ne veux pas que je fasse coucou ? demandai-je avec une ironie tendue.

— Je ne compte pas lui donner cette satisfaction, répliqua-t-il sans me regarder.

La porte claqua un peu trop fort derrière lui, puis j'entendis sa voix, son ton tout sauf accueillant. Je cherchai mes vêtements à la hâte. Je n'allais pas me cacher dans la chambre comme une vilaine ado prise en flag !

Une fois habillée, je tendis l'oreille. Je n'entendais plus leurs murmures. J'ouvris la porte. Silence…

Je marchai sur la pointe des pieds jusque dans la cuisine pour récupérer mes chaussures. Avec mes beaux escarpins à semelles rouges, je me sentais plus d'attaque pour affronter Parker… Je regrettais seulement que mes cheveux soient lâchés.

En attendant que Jax et son père réapparaissent, je fis le tour du salon à la recherche d'un indice qui me révèle quelque chose de l'amant que j'avais cru si bien connaître. Les seuls effets personnels que je trouvai furent quelques photographies encadrées, presque toutes montrant une très belle femme blonde. Sa mère, présumai-je.

J'observai les clichés en noir et blanc, où elle avait un visage lisse et frais, puis ceux en couleur, plus récents. La transformation racontée par les images faisait froid dans le dos. Les traits doux de sa jeunesse s'étaient durcis au cours du temps pour ne devenir qu'une façade policée puis disparaître. La courbe rieuse de sa bouche s'était affaissée. Une photo volée la montrait abandonnée et rêveuse en train de regarder par une fenêtre. L'expression de son beau visage évoquait une profonde solitude.

Prenant cette photo pour mieux l'examiner, je remarquai un petit cadre posé à plat, le verre contre l'étagère. Je le fis glisser vers moi, puis le retournai. Je me figeai en découvrant sur l'image le visage de Jax… à côté du mien.

C'était Vincent qui nous avait photographiés avec son portable le jour où Jax avait dîné avec nous au Rossi's pour la première et la dernière fois. J'étais assise sur les genoux de Jax. On riait tous les deux. Il me tenait par la taille et j'avais posé mes bras sur les siens. Vincent m'avait envoyé la photo et je l'avais fait suivre à Jax. Elle devint un temps le fond d'écran de mon téléphone, puis je l'avais effacée lorsque l'avoir sous les yeux était devenu trop douloureux.

Je la remis à sa place et reposai le portrait de la mère de Jax devant, mon cœur aussi affolé que mes pensées.

Où diable était passé Jax ?

Un silence inquiétant régnait dans l'appartement. Je me disposais à le chercher, lorsque mon regard tomba sur le petit écran du moniteur de sécurité monté au-dessus de la porte d'entrée. Jax et son père se trouvaient devant l'ascenseur. Jax avait les bras croisés sur la poitrine, son père les mains fourrées dans les poches. Alors que leur ressemblance physique était frappante, la façon dont ils étaient habillés n'aurait pas pu être plus en décalage. Jax n'avait cependant pas l'air intimidé. Pas le moins du monde.

J'étudiai la distance à laquelle ils se tenaient et la manière dont ils la maintenaient, se dévisageant avec méfiance. Leur dynamique familiale m'était étrangère, car elle était à l'opposé de la chaleur protectrice dans laquelle mes parents nous avaient élevés.

Les Rutledge étaient exigeants. Je ne connaissais pas l'enfance de Jax dans le détail, mais je savais qu'il avait grandi dans un environnement sous pression. Il ne cachait pas le peu d'estime qu'il avait pour les gens de son clan, lui inclus, mais il les avait préférés à moi — il avait fait en sorte que Ian puisse saboter notre accord avec Montego juste après m'avoir dit que j'étais la seule personne qui ait jamais compté pour lui.

J'avais négligé trop de facteurs. Une recherche poussée s'imposait.

Je retournai dans le salon, prête à tout pour trouver une réponse. Il me devait quelque chose, et si je devais fouiller pour récupérer mon dû, eh bien, je le ferais !

Je m'arrêtai sur le seuil de ce qui était sans aucun doute son bureau. Une pièce, enfin, qui ressemblait à ce que j'avais imaginé de lui. La déco était toujours contemporaine et masculine, mais les murs étaient peints d'une nuance naturelle, réchauffée par le bois couleur miel des étagères, où s'entassaient de nombreux volumes, aussi bien des classiques avec de belles reliures que des livres de poche ayant visiblement vécu. Il y avait un autre portrait de moi sur l'un des rayons, celui-ci bien en vue. J'y apparaissais seule, sans lui. L'image était récente, elle datait tout au plus de six mois.

Mes mains devinrent moites : Jax avait donc gardé un œil sur moi ?

D'autres questions surgirent, mais grâce à ce portrait, je venais d'obtenir une réponse très importante et on ne pouvait plus claire. Je n'arrivais pas pourtant à décider si ce que j'éprouvais était de la joie ou du chagrin. Un mélange des deux, probablement.

La table de travail de Jax était ensevelie sous un amas de feuilles et de classeurs ouverts, mais je leur tournai le dos. J'en avais assez vu.

Je regagnai le salon pour récupérer mon sac, puis je me dirigeai vers la porte. Lorsque je l'ouvris, Jax et son père, surpris, cessèrent de parler. Je leur adressai un bref hochement de tête et avançai d'un pas assuré vers l'ascenseur.

— Gia ! appela Jax en faisant un pas vers moi. Ne t'en va pas.

— Je descends avec vous, mademoiselle Rossi, fit alors Parker avec un sourire trop poli pour être honnête. C'est un plaisir de vous revoir.

— Monsieur Rutledge…

— Oh ! S'il vous plaît : Parker.

— Papa, grommela Jax en s'approchant davantage. Nous n'avons pas fini cette conversation.

Parker lui tapota l'épaule.

— Nous la reprendrons plus tard, fils.

— Nous sommes censés dîner ensemble, dit Jax en me regardant.

— Il faudra remettre ça à un autre jour.

— Ne me fais pas ça, Gia.

Les portes de l'ascenseur s'ouvrirent, Parker m'invita à passer devant d'un geste galant.

Jax me retint par le coude.

— Donne-moi cinq minutes.

— Je préfère t'appeler tout à l'heure, dis-je en m'apercevant que je n'étais même pas tentée de rester.

J'étais trop fragile, j'avais les idées trop confuses et besoin de respirer.

Il serra les dents.

— C'est tout bon, Jackson, fit Parker à mi-voix. Je l'accompagne.

Jax tourna la tête lentement vers son père, ses traits figés comme ceux d'une statue.

— Je pensais ce que j'ai dit.

— C'est toujours le cas, répondit son père, narquois.

Voyant que les portes se refermaient, je me précipitai dans l'ascenseur. Parker me rejoignit, mais c'était Jax que je regardais. Il serrait les poings. Son visage arborait une expression tendue, déterminée. Mais ses yeux… ses yeux bruns et profonds… recelaient les mêmes promesses que toujours. A présent, je pouvais les croire. J'en avais une preuve.

La cabine commença à descendre ; Parker se retourna vers moi avec un sourire.

— Comment allez-vous, Gianna ?

— J'ai été mieux. Et vous-même ?

— J'ai l'impression de commettre un impair si je vous dis que j'ai passé une bonne journée.

J'eus un sourire amer.

— Ça a aussi été une bonne journée pour votre ami Ian.

Ses yeux prirent une expression amusée.

— Ah… Je vous en prie, n'en tenez pas rigueur à Jackson.

Je haussai les épaules.

— C'est comme ça, les affaires…

— Vous me semblez être une femme pragmatique. C'est

sans doute l'une des nombreuses raisons pour lesquelles il est si épris de vous. D'ailleurs…

Il se balança sur ses talons.

— J'aimerais mieux vous connaître, Gianna. Si vous veniez dîner un soir, avec Jackson ? Un dîner au calme dans notre maison des Hamptons, qu'en dites-vous ?

— C'est une bonne idée.

Tout ce qui pouvait m'en apprendre plus sur Jax me semblait une bonne idée.

— Excellent. J'en parle à Regina.

Son sourire s'estompa légèrement lorsqu'il ajouta :

— Ne laissez pas Jackson vous convaincre d'annuler. Il veut vous garder pour lui tout seul.

— C'est vrai, ça ?

Il devint sérieux.

— Il est très protecteur.

— Et de quoi veut-il me protéger ?

— Nous, les hommes, nous ne sommes pas toujours rationnels en ce qui concerne nos femmes, vous savez…

Je hochai la tête, songeant qu'il était tout aussi énigmatique que son fils. Comme s'il y avait un gène chez les Rutledge qui les rendait difficiles à déchiffrer.

L'ascenseur s'arrêta et les portes s'ouvrirent sur un lobby d'après guerre restauré avec méticulosité, qui sentait le fric et les privilèges à plein nez.

— Une voiture m'attend, dit-il. Je vous dépose quelque part ?

— Je vous remercie, mais ce n'est pas la peine.

Je ne voulais même pas imaginer son expression, s'il voyait où j'habitais. Comparé à l'entrée somptueuse de cet immeuble, où ne manquait ni concierge ni portier, notre bâtiment lui aurait semblé… peu reluisant. Je n'avais pas honte du loft, encore moins de ma famille, mais il me sembla plus judicieux de ne pas le laisser me soupçonner d'être une chasseuse de fortunes, avant qu'il ait pu me connaître un peu mieux.

— Très bien, si c'est que vous voulez…

Il marqua une pause comme s'il voulait me donner le temps de changer d'avis, puis, comprenant que je ne le ferais pas, il ajouta :

— J'indiquerai à Jax le jour et l'heure, pour le dîner. J'ai hâte, Gianna.

Je songeai à l'homme resté au penthouse, seul dans sa tour d'ivoire, ce parfait étranger à bien des égards qui pourtant me connaissait comme personne.

— Moi aussi.

J'entendis la musique qui provenait du loft avant même que l'ascenseur névrosé ne s'arrête avec un grincement fatigué à notre étage. En sortant, je reconnus le riff inoubliable de *Welcome To The Jungle*, le vieux morceau de Guns N'Roses. Une bande-son fort pertinente après ma soirée avec les Rutledge.

En ouvrant la porte, je fus frappée de plein fouet par la puissance du système hi-fi de Vincent, que je trouvais en train de faire des tractions de bras sur la barre qu'il avait fixée à deux des piliers du séjour. Il était trempé et serrait les dents, ses abdos contractés au possible quand il montait les genoux vers la poitrine. Il portait les cheveux plus courts que mes deux autres frères, une coupe presque militaire qui seyait bien à ses traits typiquement italiens.

J'avais lu des romans où l'on comparait le profil du héros à ceux gravés sur les pièces de la Rome antique, et j'avais toujours pensé que Vincent n'avait rien à leur envier. Torse et pieds nus, portant seulement un short, il était taillé dans le bois dont les rêves de certaines femmes sont faits. Au contraire de Nico, Vincent était un amoureux en série. Mais si s'engager dans une relation ne lui posait pas de problème, s'en dégager non plus.

— Oh là ! protesta-t-il lorsque je baissai le volume.

— Tu es toujours en bons termes avec Deanna ? demandai-je,

en faisant référence à la journaliste avec laquelle il était sorti pendant quelque temps.

— Ouais.

Il se laissa tomber et se pencha pour attraper la serviette et la bouteille d'eau qui l'attendaient sur le plancher.

— Pourquoi ?

Je laissai mon sac sur le banc de l'entrée et me déchaussai d'un coup de pied.

— J'ai besoin d'infos sur les Rutledge.

Il s'essuya les cheveux avec un grognement.

— Ce mec est un salaud, dit-il. Il ne te mérite pas.

Je m'affalai sur le canapé.

— Je ne vais pas te contredire, répondis-je les yeux rivés aux poutres apparentes du plafond. Mais ça ne veut pas dire qu'il ne peut pas se racheter.

— Oublie ton envie de le sauver et trouve-toi un mec capable de comprendre ce que tu vaux dès le coup d'envoi.

Il pencha la tête en arrière pour finir la bouteille jusqu'au bout.

— Tu es en train de me dire que tu n'as jamais foiré avec une fille ni que tu lui as demandé ensuite une seconde chance ?

— Pas pareil. Tu es une Rossi. Il n'a aucune excuse, ce mec. Enfin, si, une : il est con.

— Tu lui demanderas, à Deanna ?

— D'accord, dit-il en se dirigeant vers la cuisine. Mais seulement parce que j'espère qu'elle trouvera quelque chose qui te convaincra que tu dois faire une croix sur lui.

— Merci.

— Tu ne crois quand même pas qu'un simple merci va suffire, si ?

Il lança la serviette sur son épaule et se lava les mains. La seule partie du loft qui était presque finie, c'était, sans surprise, la cuisine. L'électroménager en acier brossé était flambant neuf ; il y avait deux fours à double porte, un piano de cuisson professionnel et un îlot massif avec un évier.

— Parce que j'ai une corbeille de linge sale dont il faut s'occuper…

Je me redressai.

— Tu plaisantes, j'espère ?

— Eh non. Et tu devrais te dépêcher, fit-il avec son plus grand sourire. Je n'ai plus de T-shirts pour le resto et j'y retourne dans deux heures.

Je venais de fermer les portes à persiennes qui cachaient la machine à laver et le sèche-linge, lorsque j'entendis la sonnerie de mon téléphone. Je courus dans ma chambre pour décrocher, mais j'arrivai trop tard. Avant que j'aie pu vérifier l'identité de l'appelant, on réitéra l'appel.

C'était Jax.

J'appuyai sur le bouton « répondre » de l'écran, prenant une longue inspiration.

— Hé…

— Tu étais censée m'appeler, dit-il, accusateur.

— Toi aussi, ripostai-je. Et ça t'a pris deux ans !

Il poussa un soupir agacé.

— Seigneur ! Pourquoi es-tu partie, tout à l'heure ?

— Il le fallait. Ton père nous a invités à dîner.

— On n'ira pas.

Je haussai les épaules.

— J'irai sans toi.

— Hors de question ! Putain, Gia ! Tu nages parmi les requins et tu te comportes comme si tu étais en vacances !

— Figure-toi que j'ai justement vu des choses que je n'avais pas vues auparavant. Les photos dans ton appart, par exemple. Encadrées. Depuis combien de temps tu me fais suivre ? C'est inquiétant, d'ailleurs.

Il lâcha un juron.

— Tu couches avec un Rutledge. Tu dois t'attendre à être surveillée et à voir ton intimité envahie.

— Je ne couchais pas avec toi, lorsque cette photo dans ton bureau a été prise.

— Tu es entrée dans mon bureau ? Tu as fouillé pour trouver ces photos ? A quoi ça rime, Gia ?

Je souris en apprenant qu'il possédait d'autres clichés de moi.

— Je vais me mêler de tous les aspects de ta vie, commence à te faire à l'idée.

Il laissa s'écouler un bon moment avant de demander, calme :

— Qu'est-ce que ça veut dire, tout ça ?

— Que j'ai enfin compris que tu es amoureux de moi, Jax.

Le silence qui suivit me laissa le temps de savourer la plaisante sensation de triomphe qui m'envahissait.

— N'empêche, tu m'as larguée. Et maintenant, tu sabotes non seulement mon travail mais aussi tes chances avec moi.

— Gia…

— Tu ne me la feras plus, Jackson Rutledge ! dis-je d'une voix aiguisée, inflexible. Je vais découvrir qui se cache derrière ton masque.

— Je suis un livre ouvert.

— Tu es un piège ouvert, Jax, dis-je en allumant mon ordinateur. Mais tes jours d'homme-énigme sont comptés.

Sur ce, je raccrochai. Je poussai du pied la valise que j'étais censée préparer pour le lendemain et m'installai à mon bureau, mon téléphone en veille. J'avais besoin de toute ma concentration pour mener mon enquête.

AFTERSHOCK

1

— En plus, il est vraiment canon ! Il peut venir prendre ma commande quand il veut.

Je lançai un regard hargneux à l'écran télé de ma chambre d'hôtel. Dieu savait peut-être pourquoi j'avais arrêté mon choix sur ce magazine matinal, mais moi, je ne m'attendais certainement pas à voir l'homme que j'aimais à l'écran… ni à entendre une animatrice incroyablement glamour faire des gorges chaudes sur son niveau de sexytude.

Son comparse renchérit :

— Peut-être qu'il va installer des cabines de vote dans tous les restos de son ami Pembry.

Le comble.

Je m'enfuis dans la salle de bains. La blessure que Jax m'avait infligée en investissant dans Pembry Ventures me faisait encore mal, mal au point que je doutais de pouvoir lui pardonner un jour de m'avoir roulée de la sorte. Peut-être que j'avais tort de le prendre personnellement, peut-être que ce n'était « que du business », mais il y a des choses qu'on ne fait pas à ceux qu'on aime et mettre en péril leur job — un job adoré en plus — était l'une d'elles.

J'étais déterminée à découvrir ses raisons et… à lui rendre la monnaie de sa pièce. J'étais amoureuse de lui, certes, mais ça ne changeait rien à l'affaire. Je n'étais même pas sûre que ça change quoi que ce soit dans l'absolu.

Je venais juste d'accrocher ma trousse de maquillage au porte-serviettes, lorsque le téléphone de la chambre retentit.

Chad qui s'impatientait, probablement. Me doutant que j'avais pris beaucoup plus de temps que lui pour défaire mes valises, j'imaginai qu'il était déjà prêt pour partir visiter l'emplacement de son futur restaurant, dans ce même hôtel. L'Atlanta Mondego était en passe de devenir une destination avec un grand D, et j'aurais bientôt de la poussière de ciment dans les semelles de mes Jimmy Choo pour le prouver.

Je décrochai depuis la salle de bains.

— Ça va ? Déjà installé ?

— Gia, bon sang ! Rallume ton portable !

Profonde, sexy, la voix de Jax s'empara de mes sens en libérant un flot de souvenirs précieux et torrides, et quelque chose au fond de moi vibra de plaisir à l'idée qu'il s'était donné du mal pour me retrouver. Jackson Rutledge était pourtant un homme débordé, qui avait l'embarras du choix côté femmes. Me suivre aux quatre coins du pays était franchement excessif. Et terriblement flatteur.

Je m'appuyai au meuble du lavabo.

— Flash info : je t'évite.

— Essaie toujours !

Je serrai les dents. Peu importait qu'il soit une bête au lit. Ou que je sois heureuse d'entendre sa voix. J'étais toujours en colère contre lui.

— Je vais raccrocher.

— Tu ne peux pas me fuir, dit-il d'une voix tendue. Et ne me ressors pas les mêmes conneries qu'hier. Il faut qu'on en parle.

— Tout à fait d'accord, sauf si tu me rappelles une fois de plus que je ne suis pour toi qu'un plan cul, et que ça ne changera pas, sans m'expliquer pourquoi au juste. J'en ai ma claque de tourner en rond. Tant que tu ne sauras pas me donner de vraies réponses, Jax, je ne te donnerai plus de mon temps.

— Tu vas me donner beaucoup plus que ton temps, Gia !

Ce ton… Je ne le connaissais que trop bien. C'était son ton « je vais te faire l'amour jusqu'à plus soif ».

— Dans tes rêves.

— Mon avion est sur le point d'atterrir, Gia. Je serai à ton hôtel dans moins d'une heure et tu vas prendre le temps de me voir.

— *Quoi ?*

Mon cœur, ce traître, bondit d'excitation. Depuis que j'avais quitté Jax la veille, ma libido tournait en quatrième vitesse, impatiente de franchir la ligne d'arrivée.

— Je n'en reviens pas que tu m'aies suivie à Atlanta ! Comment as-tu su ?

— Ta belle-sœur.

Oh ! Denise allait m'entendre ! Elle savait parfaitement quand se taire, ce qui voulait dire qu'elle avait parlé exprès.

— Eh bien, tu peux faire demi-tour sur-le-champ et rentrer chez toi. Je bosse, là, et je ne peux pas te faire confiance en ce qui concerne mon travail.

Je l'entendis inspirer sèchement : j'avais fait mouche.

— Très bien, rétorqua-t-il. Je t'enverrai une voiture. On se retrouvera à mon hôtel.

— J'ai à faire, aujourd'hui. Je te préviendrai si je peux me libérer et on trouvera un endroit neutre pour le rendez-vous.

Un bar, ou peut-être un centre commercial... Ou peu importe le lieu, tant qu'il n'offrait aucune intimité. Je ne pouvais pas me faire confiance, à présent que je savais ce qu'il éprouvait pour moi.

— A mon hôtel, Gia, insista-t-il. Ce n'est pas la peine de chercher protection dans un lieu public. On va baiser en long et en large où qu'on se trouve, de toute façon. Alors autant s'éviter la prison et les gros titres pour attentat à la pudeur, non ?

— Il faut vraiment que tu penses à soigner ton ego hypertrophié.

— Bébé, je ramperai à tes pieds s'il le faut.

Ce fut à mon tour de retenir mon souffle. Il savait parfaitement où appuyer pour mettre à bas mes défenses et me laisser à sa merci. J'essayai d'utiliser la même tactique.

— Dis-moi que tu m'aimes, Jax.

Silence, puis :

— Le manque d'amour n'a jamais été notre problème.

Et il raccrocha en me laissant suspendue à une connexion sans correspondant. Comme d'habitude.

— Ça commence à paraître réel, dit Chad en balayant du regard la zone des travaux.

Je souris.

— Heureuse de l'entendre.

Il chercha ma main et la pressa. Il m'avait rejointe sur le chantier. Une chemise sans cravate, un jean un peu large, ses cheveux auburn un chouïa trop longs de sorte qu'une mèche barrait un de ses sourcils, mettant en valeur le vert impossible de ses yeux… Pas de doute, Chad Williams était à tomber !

Des femmes s'étaient retournées sur son passage quand on était arrivés, mais il n'en avait pas fait cas. J'espérais que son indifférence se prolonge au moins jusqu'à ce que le premier restaurant ouvre. J'avais vu quelques chefs devenir trop imbus de leur personne à cause de l'attention qu'on leur prêtait, ce qui se répercutait immédiatement sur la marche de leurs affaires.

— Et ensuite ? demanda-t-il en se tournant vers moi.

— Mondego n'attend que les contrats signés pour lancer sérieusement les travaux. L'architecte doit adapter les plans originaux pour accueillir trois chefs, mais dès que tu nous donnes ton accord, on finit de tout signer et ils se mettront au boulot.

— Mon Dieu, fit-il avec un soupir qui déboucha sur un large sourire. J'ai hâte de les voir.

— Demain, on jettera un œil aux plans, ce qui devrait déjà nous donner une idée de l'agencement. Une fois de retour à New York, tu commenceras la composition des menus challenges avec Inez et David. Ce serait bien de penser à des variations incluant les spécialités régionales, selon l'emplacement de chaque hôtel.

Il acquiesça.

— Dans quelle mesure Inez et David ont-ils leur mot à dire ?

— La création des plats leur revient, évidemment, répondis-je sans détour. On les a choisis pour leur talent et il faut qu'ils aient tout loisir de le déployer. Mais à part ça, c'est toi qui as le dernier mot. Tu es la star, ils ne font que surfer sur ta vague.

Sa bouche se plissa en une moue soucieuse.

— J'espère que ça ne posera pas de problèmes.

— J'aurais tendance à croire que ce sera plus facile que travailler avec ta sœur.

— Ha ! Ça, c'est sûr.

Il plaisantait, mais je vis une ombre traverser son regard si expressif. Tout se serait mieux passé si Stacy s'était engagée avec lui dans cette aventure. Jax avait une grande part dans la brouille entre les jumeaux, ce qui était fort ironique quand on pensait à sa dévotion pour sa propre famille.

— Tu l'as appelée depuis le contrat entre Rutledge Capital et Pembry Ventures ? demandai-je d'un ton prévenant.

Son expression se durcit.

— Pourquoi ? Pour qu'elle se vante ?

— Pour la féliciter. Tu sais, lui tendre un rameau d'olivier.

— Elle risque de me rire au nez.

— Peut-être, dis-je en posant la main sur son épaule. Mais tu te sentiras mieux après l'avoir fait. Et plus tard, lorsqu'elle aura recouvré la raison (sera revenue vers toi ?), tu pourras toujours l'asticoter avec.

L'argument le fit rire.

— Je vais y réfléchir.

— En attendant, est-ce que tu as faim ?

— Une faim de loup ! Allons manger.

Il me tendit son bras, que j'acceptai.

— J'ai vu plein d'endroits proposant des gaufres et du poulet frit.

— Gaufres et poulet frit ? A la fois ?

— C'est une combinaison délicieuse, ma belle. Tu n'as pas vécu tant que tu n'y as pas goûté.

— Je risque surtout de trépasser après un tel repas. Ou de me retrouver avec dix kilos de trop dont je n'ai nullement besoin.

Il porta ma main à ses lèvres et y déposa un baiser.

— Dans ce cas, je t'aiderai à t'en débarrasser.

— Tu es un très vilain garçon, Chad Williams !

Sa façon inoffensive de flirter était un changement bienvenu par rapport à Jax, dont toutes les facettes présentaient un danger.

Comme s'il avait lu dans mes pensées, Chad crut bon de préciser :

— Je tiens à te dire que Lei m'a raconté qu'il y a quelque chose entre Jackson Rutledge et toi.

Je me raidis, surprise, avant de comprendre que Lei avait eu raison de lui en parler. Il valait mieux devancer les problèmes éventuels que mon passé pourrait poser à Chad, plutôt qu'attendre qu'il découvre les choses par lui-même et en conclue qu'on les lui avait cachées sciemment.

— On est sortis brièvement ensemble il y a deux ans.

— Et en ce moment ? demanda-t-il en me regardant du coin de l'œil. C'est lui qui t'a envoyé des fleurs ?

— Oui. En ce moment…

Je songeai à Jax, dans son jet privé, volant vers moi. Pour me voir. Et pour dormir avec moi.

— Il est de retour dans ma vie et il se mêle de mon travail, ce que je n'apprécie pas du tout.

— Qu'est-ce qui te pose problème ? Le côté perso ou le côté pro ? Les deux, peut-être ?

— Mon métier c'est ma vie, dis-je comme nous sortions de l'hôtel à la recherche d'un taxi. Mais sois rassuré, il ne peut plus te causer le moindre problème. Inez, David et toi êtes à présent sur l'égide de Mondego. Tout roule.

— Mais à toi ? Il peut en causer ?

— Ne t'inquiète pas pour moi.

Il passa sa main sur mes épaules et me serra contre lui.

— Bien sûr que si, je m'inquiète pour toi. Tu es mon ticket gagnant !

Je lui donnai un coup de hanche.

— Dans quelle tombola ?

— Comme si tu ne le savais pas, ma chère Gianna : celle de la gloire et de la fortune.

Je dus me rendre à l'évidence : le duo poulet frit-gaufres était irrésistible. Je mangeai plus que je n'aurais dû de sorte qu'en rentrant à l'hôtel, j'avais l'impression de me dandiner comme une oie gavée. Mon corps réclamait instamment une sieste, mais je devais rencontrer le manager de l'hôtel avec Chad à 15 h 30 et je ne voulais pas m'y rendre encore dans les vaps. Ce n'était pas une réunion importante, plutôt un simple café de bienvenue, mais cela faisait tout de même partie de mon travail.

En attendant l'heure du rendez-vous, je m'installai au bureau avec mon ordinateur portable pour traiter mes e-mails. Je répondis aux deux messages de Lei à propos de David Lee, avant d'ouvrir celui de Deanna Johnson que j'avais tout de suite repéré dès que mon courrier s'était affiché.

Je sortis mon portable de mon sac, le rallumai et composai le numéro qui figurait sous la signature de la journaliste, ignorant royalement les notifications de messages sur mon répondeur et les SMS de Jax.

— Deanna Johnson, répondit-elle d'un ton dynamique.

— Salut. C'est Gianna Rossi.

Au cours de mes recherches, j'avais enregistré son profil LinkedIn dans mes « favoris ». Je cliquai sur le lien et regardai sa photographie. C'était une jolie brune avec de longs cheveux bruns et des yeux marron. Quand elle sortait avec Vincent, ils formaient un beau couple, de ceux qu'on dit bien assortis. Leur histoire n'avait pas duré, mais c'était rare que mon frère reste longtemps avec la même fille. Même s'il aimait avoir une copine régulière, ses horaires au Rossi's faisaient de lui un amoureux très irrégulier.

— Gianna, hé ! Comment ça va ?

Je laissai aller ma tête contre le dossier et étirai mes jambes, tout en me débarrassant de mes escarpins.

— Très bien. Et toi ?

— Comme toujours, à la recherche d'un scoop.

Sa voix changea, devint plus professionnelle.

— Vincent m'a dit que tu voulais que je vérifie quelque chose pour toi ?...

— Jackson Rutledge.

— Eh oui, c'est bien ce qu'il m'a dit, fit-elle avec un soupir. Puis-je te demander pourquoi ?

— Nous... nous sommes sortis ensemble.

Elle rit doucement.

— Un millionnaire énigmatique avec plus de secrets que de dollars ? Je connais le genre !

Je me pinçai le haut du nez, sachant qu'il vaudrait mieux pour ma santé mentale que je laisse tomber, mais parfaitement consciente que je ne le ferai pas.

— Je veux juste le cerner un peu mieux pour savoir à quoi m'en tenir avec lui et si je perds mon temps rien qu'en songeant à essayer de faire marcher notre relation.

— Tu le perds probablement, répondit-elle sans prendre de pincettes. Quel aspect de lui t'intéresse, au juste ? Je ne suis pas détective privé, Gianna, et il y a des tonnes de livres et d'articles sur la famille Rutledge et ses membres divers et variés. Si ce sont ses ex qui t'intéressent, Google peut t'en donner la liste en un clic.

— Non, ce n'est pas ça, mais peut-être que tu ne peux pas m'aider. Peut-être que je cherche quelque chose dont lui seul connaît la réponse, fis-je avec un soupir. Je ne comprends pas pourquoi il est prêt à faire n'importe quoi pour sa famille, alors que j'ai l'impression qu'il ne les aime pas. Par exemple, il passe son temps à me mettre en garde contre eux. Je croyais qu'il me cachait comme une mauvaise habitude, mais dernièrement, j'en suis venue à penser que… qu'il veut plutôt me protéger d'eux.

— Ça se pourrait bien, s'il tient à toi. Ces Rutledge, ils sont comme des requins-tigres — les embryons, dans le ventre de la mère, s'entre-dévorent jusqu'à ce qu'il ne reste que le plus fort.

Je me figeai en me rappelant ce qu'il m'avait dit la veille : « Tu nages parmi les requins et tu te comportes comme si tu étais en vacances. »

— D'accord, dis-je prudemment en pensant au père de Jax. Qui est le requin le plus puissant dans la famille, alors ? Parker Rutledge ?

— Sans l'ombre d'un doute.

Jax avait dit que le mariage d'amour de ses parents avait fini lamentablement…

— Et que sais-tu de sa mère ?

— Leslie Rutledge ? Là, on frise l'énigme. Pas d'apparition en public ou quasi pendant les cinq ans précédant sa mort, mais avant déjà, elle évitait la lumière des projecteurs.

— Jax ne veut pas parler d'elle.

— Je peux tâter le terrain et voir ce que je trouve, mais ça va prendre du temps. Les Rutledge cachent très bien leur linge sale, et dès qu'on s'en approche, ils lâchent les chiens.

Je soupirai de nouveau. Je m'étais naïvement voilé la face, quand je rêvais d'une « vie normale » avec Jax.

— Je suis preneuse de ce que tu trouveras. Bien entendu, je te dédommagerai pour ton temps…

— Pas de souci.

Je comptais interroger directement Jax à propos de sa famille, mais avoir un plan B me rassurait, surtout compte tenu de la façon dont les choses s'étaient passées jusque-là.

— Merci, Deanna.

— Eh, tu fais bien attention à toi, d'accord ? Un mec

comme lui peut vraiment foutre en l'air ta vie, si tu ne fais pas gaffe.

— Oui, je sais. Merci. Prends soin de toi, toi aussi.

Je raccrochai et laissai le téléphone sur la table. La sonnerie annonçant un nouveau SMS retentit bientôt. Je consultai l'écran : Jax. Mes pieds dansotèrent gaiement sur le tapis avant que je m'aperçoive de ce qu'ils faisaient.

Je sais que tu es en train de penser à moi.

Je ricanai et répondis :

De toute évidence, toi, tu penses à moi.

La réponse arriva aussitôt :

J'ai rêvé de toi.

Ça me fit sourire. Rêver de Jax était le vice préféré et incontrôlable de mon esprit.

J'espère que c'était un cauchemar où je ruinais une affaire importante que tu étais sur le point de conclure.

Une minute plus tard :

C'était un rêve érotique et je ruinais ta coiffure pendant que tu me suçais.

Je ris. Il avait changé de stratégie depuis notre dernière conversation : au lieu de jouer au dur, il jouait tout simplement. Il sentait toujours quand une stratégie ne marchait pas.

Je commençai à pianoter une réponse, mais il me devança et appela. Je décrochai et il parla avant que j'aie même pu lui dire « bonjour ».

— Et c'était si bon, murmura-t-il, que je ne pouvais même pas respirer. Tes jolies lèvres toutes chaudes allaient et venaient sur ma bite, et tu faisais ces trucs avec ta langue… mmm… et avec ta main, bien serrée… Puis tu me faisais jouir et tu avalais tout, bébé. Jusqu'à la dernière goutte.

Le temps d'un instant, je fus incapable de répondre ; mon esprit avait bien trop à faire avec les images que Jax venait de susciter ! J'aimais lui faire des fellations. J'aimais la texture de son sexe, son odeur, sa saveur… Et plus que tout, j'aimais qu'il s'abandonne dans le plaisir et avec moi sans aucune pudeur. C'était lors de ces moments que j'éprouvais cette sensation d'intimité que je désirais si ardemment.

— Tu as toujours aimé me sucer, fit-il d'une voix de velours. Et Dieu sait que je passerais ma vie dans ta bouche, si je le pouvais !

Je recouvris enfin l'usage de la parole.

— Salaud d'égoïste !

— En ce qui te concerne, oui, soupira-t-il. Je suis seul, dans mon lit, Gia, nu, à me demander ce que tu fabriques au lieu de venir me rejoindre.

— Tu n'as donc rien à faire ?

— Si, l'amour avec toi.

J'entendis à l'autre bout de la ligne un « ping » signalant l'arrivée d'un e-mail.

— Menteur ! Tu bosses.

Dans le temps, on était assez doués pour le sexe au téléphone et, le plus souvent, nous finissions par jouir simultanément. Rien ne m'excitait plus au monde que de l'entendre dire mon prénom en plein orgasme.

— Je plaide coupable, avoua-t-il sans la moindre contrition dans la voix. Je voulais te chasser de mes pensées, mais j'ai échoué lamentablement.

— Ça doit être parce que tu travailles sur le deal où tu m'as niquée.

— Tu m'avais promis un round de sexe enragé, justement, dit-il, la voix suintant l'anticipation. J'attends toujours, bébé.

— Pas sûr que tu veuilles ta bite près de mes dents tant que je suis encore aussi en colère contre toi.

Il éclata de rire et je fondis. Il avait un rire incomparable, profond, charpenté.

— Même avec ce genre de menace, tu ne pourras pas me faire débander. Viens, Gia.

— Peux pas. J'ai un rendez-vous pratiquement tout de suite.

Je me relevai et marchai jusqu'à la fenêtre, en proie à une agitation incontrôlable. Je repoussai les voilages et contemplais la ville d'Atlanta en contrebas. Où était Jax ? C'était une question que je m'étais posée chaque jour depuis deux ans. Lui n'avait pas eu à se la poser, puisqu'il m'avait fait suivre.

— En plus, tu n'avais pas dit qu'il fallait qu'on parle ? Or, je doute fort que tu veuilles discuter quand j'arriverai.

Il laissa passer un moment avant de répondre.

— Tu as une famille exceptionnelle. J'ai toujours su à quoi m'en tenir avec eux, aux bons comme aux mauvais moments. Ils sont taillés d'une pièce et ne perdent pas de temps avec des mesquineries. Ce sont des gens bien.

— Merci, murmurai-je.

J'appréciai sincèrement le compliment. J'étais fière de ma famille, fière d'être une Rossi.

— Ma famille n'est pas comme eux, Gia. Ne te fais pas avoir par le charme de Parker. Il ne fera jamais le moindre geste pour quelqu'un qui ne lui est pas utile.

— Je n'ai rien, Jax.

— Tu m'as moi, fit-il d'une voix amère.

— Est-ce à dire que ton père pourrait m'utiliser contre toi ?

— Peut-être. Ou t'utiliser tout court. Ça pourrait être n'importe quoi, bébé. Mais crois-moi : il a toujours une idée derrière la tête.

Je dus prendre un instant pour comprendre le sens profond de ses mots et m'arrêter sur cette idée pour moi inconcevable d'un père et d'un fils qui se méfiaient l'un de l'autre.

C'est à cause de lui que tu es déterminé à me quitter de nouveau ?

— Je me suis éloigné de toi pour ton bien, Gia.

Je n'allais pas me contenter de cette réponse qui n'en était pas une.

— Pourtant tu es ici. Pourquoi devrais-je te voir, Jax ? Donne-moi une seule bonne raison…

— Parce que j'ai envie de toi.

— Tu n'iras pas très loin, avec ça !

Il lâcha un soupir désespéré.

— Parce que j'ai envie de toi. Parce que j'ai besoin de passer du temps avec toi. Tu me fais me sentir… humain, Gia. Etre avec toi me permet de ne pas me voir comme un fumier de la pire espèce.

Je fermai les yeux et pressai une main sur ma poitrine, comme si ce geste pouvait effacer la douleur de mon cœur. Je voulais comprendre pourquoi il se rabaissait toujours, pourquoi il ne se croyait pas digne de moi et… je savais que j'allais lui céder de nouveau, retourner avec lui, rien que pour essayer d'avoir une réponse. Pourtant, je me devais — et lui devais — d'être franche.

— Moi, être avec toi me fait me sentir seule. Ce qui finit immanquablement par me rappeler que je veux partager ma vie avec quelqu'un de fiable, quelqu'un sur qui je pourrai toujours compter.

— J'aimerais tellement être cet homme-là, dit-il tout bas.

— Oui. Moi aussi, Jax, j'aimerais…

2

J'invectivai ma belle-sœur dès qu'elle décrocha.

— Traîtresse !

— Donc il t'a appelée…, lâcha Denise, cessant de décliner le nom de son salon de beauté.

— Il est même ici !

Je m'assis au bord du lit, poussant un gémissement désemparé.

— A Atlanta ? Sérieux ?

Elle fit entendre un sifflement épaté. J'entendis un grincement métallique et l'imaginai aussitôt perchée sur le tabouret fuchsia, à l'accueil de l'institut.

— Il t'a grave dans la peau, dis donc !

— Je n'en reviens pas que tu m'aies balancée comme ça ! Tu ne crois pas que si j'avais voulu qu'il sache où j'étais, je le lui aurais dit ?

— Gianna, je ne t'ai jamais vue regarder un mec comme tu le regardes. Alors, tu ne vas pas me reprocher de vouloir ton bonheur !

— Il a bien mérité que je le fasse mariner, Denise. Je veux lui manquer et je veux qu'il se demande où je suis et avec qui.

— Oh ! Vu comme ça… Je suis désolée…

J'étirai mes jambes et fixai mes orteils dans le rouge du vernis.

— Arrête, tu n'es pas crédible.

— Je suis *un peu* désolée, corrigea-t-elle. Donc vous allez vous donner un bisou et faire la paix ?

— Elle n'est pas aussi simple que ça, notre histoire.

— Elle est comment, alors ?

— Garçon rencontre fille, garçon largue fille, garçon surgit de nulle part deux ans plus tard, garçon baise avec fille pour mieux la baiser ensuite sur le plan professionnel, garçon veut encore baiser fille dans les deux sens du terme, mais cette fois-ci, garçon annonce tout de suite la couleur en prévenant qu'il compte larguer fille dans futur proche.

— Hum, fit-elle et j'entendis son chewing-gum claquer à mon oreille. Si je n'avais pas vu garçon regarder fille, je te dirais de le jeter au rebut.

— Probablement l'option la plus intelligente. Qu'est-ce que tu proposes, comme alternative ?

— Le rendre fou au lit. Chambouler ses repères. Lui montrer ce qu'il a raté. Qu'il souffre tellement à l'idée de te quitter qu'il ne puisse pas s'y résoudre.

Si seulement c'était aussi simple !

— Denise, ton plan est parfaitement… stupide !

— Peut-être, fit-elle en riant.

Je ne pus que sourire malgré moi.

— Mais, continua-t-elle, c'est quand même un sacré spécimen masculin, que tu as là, Gianna. Il y a pire, pour une fille, que passer quelques heures au lit avec un mec canon et amoureux d'elle.

Elle était en train de me donner exactement ce que je voulais : une excuse pour continuer avec Jax au lieu d'arrêter les frais et de prendre la poudre d'escampette.

— Tu me pousses au crime, Denise !

— J'assume. Jackson n'est peut-être pas bon pour toi, mais pense aux bénéfices du sexe. C'est un sport très complet, c'est bon pour la peau et excellent pour le moral…

— Je vais raccrocher, là !

— Je t'aime, ma chérie, lança-t-elle.

— Moi aussi.

Je coupai et réfléchis, debout, tapotant machinalement le portable contre mon menton.

J'aimais Jax au point qu'il m'était impossible de tourner les talons, même pour sauver ma peau. Lui m'aimait au point que tourner les talons était la seule fin qu'il pouvait considérer. Peut-être que Denise avait vu juste. Peut-être qu'au lieu de refuser en bloc ce qu'il m'offrait, j'avais intérêt à lui donner mon amour sans compter. Qu'il puisse le sentir pour de bon et le regretter profondément quand il disparaîtrait, de sorte qu'il ne pourrait que revenir vers moi.

Le problème, cependant, c'était qu'il avait fichu en l'air le plus important deal de ma vie. Et ça, je ne pouvais pas le laisser passer. La blessure avait été trop profonde.

Chad et Rick, le directeur de l'hôtel, s'entendirent à merveille d'emblée. Je passai un agréable moment à les entendre parler avec l'accent du Sud, à me laisser charmer et amuser. Mais quand Rick proposa que nous dînions tous ensemble et que Chad eut accepté, je déclinai pour lui laisser les coudées franches. Il me semblait important qu'il s'approprie pleinement le projet sans m'avoir constamment sur le dos. Je n'étais pas sa baby-sitter et je ne voulais pas qu'il pense que je ne lui faisais pas confiance pour gérer ses affaires tout seul comme un grand.

De retour dans ma chambre, j'appelai Lei.

— Gianna ! Comment ça se passe, à Atlanta ?

— Chad est en pleine forme. Je le sens en confiance, détendu et vraiment emballé. La visite a donné le résultat escompté.

— Parfait, et toi ? En pleine forme aussi ? demanda-t-elle avec son sixième sens habituel.

— Jackson m'a suivie jusqu'ici.

Je ne lui livrai pas cet élément de ma vie personnelle pour papoter avec elle, comme je l'aurais fait avec Denise ou une autre de mes copines. Je lui en parlai car il se pouvait qu'il existe un conflit d'intérêts et je me devais de l'en informer. Je ne permettrais pas que Jax nuise davantage à ma carrière.

— Il t'a suivie…, fit-elle d'un ton pensif. Toi… Quel est ton ressenti face à ce geste ?

— Je ne sais pas trop, répondis-je pour me reprendre aussitôt. Non, en fait, je suis en colère, parce qu'en investissant dans Pembry Ventures, Jax a rendu encore plus compliquée une relation qui l'était déjà assez. Et par-dessus le marché, il a appelé Isabelle en personne pour s'assurer qu'elle nous laissait tomber. Je ne peux pas lui faire confiance, Lei.

Je m'emportais, comme chaque fois que je repensais à ce qu'il avait fait.

— Ça, c'est un défaut rédhibitoire, commenta Lei.

— Je sais.

En même temps, je n'arrivais pas à me défaire de l'impression que Jax avait délibérément mis cette pomme de discorde entre nous, sans toutefois pouvoir décider si ça le rendait moins dangereux ou, au contraire, plus redoutable encore.

— Lei, dis-moi franchement si je suis en train de risquer mon poste.

— Tu sais que c'est le cas, Gianna. Je ne vais pas te renvoyer à cause de ton choix de petit ami. Ça, c'est ton affaire. Mais si Jax agit de nouveau dans un sens qui me laisse soupçonner qu'il a obtenu des informations par ton biais — que ce soit volontaire de ta part ou non —, je devrai me séparer de toi parce que mes affaires seront concernées. Je pense que tu me comprends.

Mon estomac se noua.

— Absolument.

— Très bien, dit-elle d'un ton plus doux. Quel est le programme de demain ?

Je lui en donnai les détails, mais en dépit de mon ton posé, je sentais une peur grandissante coloniser mon esprit. Tous mes projets d'avenir tournaient autour de mon travail et je n'avais pas de plan B.

— Fais-moi savoir ce que pense Chad des propositions

des architectes dès qu'il les aura vues. Et prends soin de toi, Gianna. Tu es plus qu'une simple employée pour moi, j'espère que tu le sais.

Je hochai la tête même si elle ne pouvait pas me voir.

— Oui, Lei. Merci beaucoup.

Je raccrochai et jetai le téléphone sur le lit. Un mal de tête insidieux commençait à me tenailler les tempes ; j'enlevai la barrette qui gardait mes cheveux attachés sur la nuque en un chignon strict. Sur le moment, je détestai Jax de tout mon cœur. Je ne savais pas comment faire face aux émotions contradictoires qu'il suscitait en moi depuis qu'il était revenu dans ma vie. Tantôt je voulais le guérir de ses blessures, tantôt je songeais à la façon dont je pourrais le blesser moi-même.

« Ping ». Un SMS.

Je deviens fou en t'attendant.

C'en était trop ! Je lâchai la bride à ma colère.

Tout ce qui n'allait pas dans ma vie était sa faute et il fallait que je le lui dise. Je composai son numéro.

— Dis-moi que tu es à la réception de mon hôtel, fit-il d'une voix rauque en guise de salutation.

Je n'y allai pas par quatre chemins.

— J'aime mon travail, Jax. C'est la chose la plus importante dans ma vie et à cause de toi, je risque de le perdre.

Il lui fallut moins d'une seconde pour changer de registre.

— Bordel, Gia !

— Si tu m'aimes un tant soit peu, tu dois me dire tout de suite si cette histoire va me mettre ou non au chômage. Tu n'as qu'à claquer des doigts pour te trouver une nana. Tu n'as pas besoin de moi.

— Mes affaires avec Ian Pembry n'iront pas plus loin, dit-il avec un soupir las.

Une non-réponse, encore une fois. C'était tout ce que j'obtenais de lui, quelle que soit ma question. J'en avais ma claque.

Je raccrochai et lançai rageusement le téléphone sur le lit.

Je commençai à me déshabiller. J'avais besoin d'une longue douche pour essayer de me laver de cette sale journée.

Mon portable se mit à sonner et cette fois-ci, je l'éteignis pour de bon. Je n'allais pas laisser une machine me pourrir aussi ma nuit !

Pour faire bonne mesure, je décrochai le combiné de la chambre avant que Jax n'essaie de me joindre par ce moyen. J'étais venue à Atlanta pour passer du temps loin de lui et j'avais besoin de ce répit, en dépit des protestations de mon corps à l'idée de devoir me passer de lui.

— Je n'ai pas besoin de lui pour avoir un orgasme !

Ce qui ne tenait pas compte de ce que j'aimais le plus dans le fait de coucher avec Jax : l'homme lui-même.

Vingt minutes plus tard, tandis que je parlais au téléphone avec le service d'étage, une serviette en turban sur la tête, des coups à la porte, impatients et même rageurs, me prirent tellement au dépourvu que j'en sursautai.

— Ouvre cette putain de porte, Gia !

Jamais un hôtel d'une telle renommée ne donnerait le numéro d'une chambre. Mais une fois encore, Jax avait, semblait-il, bénéficié d'un passe-droit. Et ça m'indignait plus que tout qu'il trouve toujours le moyen de contourner les règles qui valaient pour le commun des mortels !

Je reportai mon attention sur ma communication.

— Excusez-moi, mais plutôt qu'un verre, apportez une bouteille de Ste-Michelle. Merci beaucoup.

Jax frappa avec plus d'impatience.

Je raccrochai et fixai la porte d'un regard assassin.

— Va te faire foutre, Jax !

— Arrête tes enfantillages, Gia…

Même étouffée par la porte, sa voix vibrait de rage.

— T'as pas compris ? C'est pourtant simple : je ne veux pas te voir !

— Dommage pour toi. Tu ne peux pas rester indéfiniment dans cette chambre, mais moi, je peux assigner un vigile devant ta porte qui veillera à ce que tu viennes directement me voir dès que tu en sortiras. A toi de choisir.

Remontée comme une pendule, je cognai sur la barre de sécurité pour lui ouvrir. Il avança sur moi comme un rouleau compresseur, et j'eus à peine le temps d'apercevoir la présence d'un type en costard derrière lui, avant qu'il ne claque la porte.

Je reculai sans le quitter des yeux. Il portait un costume noir, une chemise anthracite et une cravate dans la même gamme sombre. Il avait les cheveux en pagaille comme s'il n'avait pas arrêté de se passer la main dedans ; les mèches plus longues retombaient sur son front dans un désordre sexy. Le front barré d'un pli courroucé, le regard brûlant, il me détailla de la tête aux pieds.

Il avait dit plus d'une fois que j'étais sexy « à en crever » quand je me fâchais, et j'en pensai autant à son sujet, devant son mètre quatre-vingt-cinq vibrant de virilité en colère. La tension aiguisait ses beaux traits, sa mâchoire semblait plus déterminée, la courbe de ses lèvres plus sensuelle. Il avait un air dangereux qui décuplait son pouvoir de séduction.

— Je commence à en avoir assez de tout ça, Gia, dit-il en serrant les dents.

— Comme je te comprends !

Il haussa les yeux vers le plafond comme pour demander patience à Dieu.

— Yeung te rend la vie difficile ?

Je croisai les bras sur ma poitrine, regrettant de n'avoir sur le dos que le peignoir de l'hôtel, trop léger à mon goût.

— Non. Elle s'est même montrée d'une bienveillance remarquable étant donné les circonstances.

Il m'étudia longuement. Son corps massif emplissait l'entrée, tout en bloquant la sortie, le placard et l'accès à la salle de bains. Le Mondego était un très bel hôtel à la décoration élégante, mais la suite que j'y occupais était loin d'être aussi fabuleuse que celle que j'avais partagée avec lui dans le New Jersey.

— Mon contrat avec Pembry n'a rien à voir avec toi, dit-il.

— Je ne te crois pas.

L'arc impérieux de ses sourcils s'accentua.

— C'est toi ou c'est Yeung qui ne me croit pas ?

— Moi. Je veux bien croire que tu avais plusieurs raisons pour travailler avec lui, mais je suis certaine d'être l'une d'elles. Ta manœuvre a si bien marché que je me suis demandé à quel point tu représentais un risque pour ma carrière et ce que tu allais encore inventer qui me ferait te haïr. Car c'est ton but, non ? Tu veux que j'en finisse avec nous deux, parce que tu n'y arrives pas ?

Son visage ne montra aucune émotion, mais l'expression de ses yeux changea.

— Pourquoi je ferais ça ?

— Parce que tu as peur de moi. Plus précisément, tu as peur de tes sentiments pour moi.

— D'où tu sors cette idée ?

— Si ce n'est pas ça, alors c'est que ton père t'effraie.

— Je t'ai dit comment il est, dit-il plus doucement.

Moi aussi, je m'adoucis.

— Alors j'ai plus de foi en toi que toi-même ! Je suis persuadée que tu peux le tenir en respect, Jax. Je sais que tu prendras soin de moi.

Il lâcha un bref éclat de rire, sans aucune trace d'humour et qui tenait plus d'un aboiement.

— D'après toi, je serais en train de te protéger du grand méchant loup ?

Je le regardai, choquée par ce côté cynique que je ne lui connaissais pas. La seconde d'après, j'étais encerclée par ses bras puissants ; il pressait son corps contre le mien, son visage penché sur moi. Il était vraiment d'une beauté impossible ! C'était l'homme le plus renversant qu'il m'ait été donné de voir. Et il était sérieusement en colère.

— C'est moi, le grand méchant loup, murmura-t-il. Tu veux être avec moi ? Devenir ma petite amie ? Tu veux m'accompagner à des fêtes… à des soirées… aux repas de famille ?

— Oui ! fis-je en me hissant sur la pointe des pieds. J'en ai ma claque d'être uniquement un plan cul pour toi, Jax. Tu as des douzaines de femmes, pour ça. Je mérite mieux.

— Des douzaines ? Je mène quasiment une vie de moine depuis que je t'ai rencontrée ! Je n'ai été qu'avec deux femmes, Gia. Deux. Et puisque tu as baisé avec deux mecs, tu n'as rien à dire pour ces filles qui, en plus, n'ont compté pour rien.

Je restai sans voix, horrifiée qu'il m'ait surveillée d'assez près pour savoir avec combien d'hommes j'avais couché, depuis qu'on s'était séparés.

— Tu veux la totale ? fulmina-t-il. Très bien ! Mais je te préviens… Ta vie est sur le point de changer complètement ! Ta vie privée, tu peux faire une croix dessus. Tu vas…

— Comme si j'avais une vie privée ! J'hallucine ! Tu m'as fait suivre pendant deux ans ! Pour qui tu te prends !

— Gia, le moindre petit écart que tu pourras commettre va faire la une des journaux people, dès qu'on saura qu'on est ensemble. Il en sera de même pour tes frères, tes parents, tes amis… Dès que tu feras une apparition en public, tu auras une meute de paparazzi à tes trousses. Pour qui tu votes, ce que tu portes, tout servira de pâture à ces vautours.

J'avalai ma salive avec difficulté, effarée par sa véhémence.

— Tu vas emménager chez moi. Mais alors que tu seras à l'abri dans mon immeuble, je ne peux pas te promettre la même chose pour tes frères. Ni ta belle-sœur. Tu auras un garde du corps vingt-quatre heures sur vingt-quatre. Et je ne veux pas t'entendre te plaindre que c'est invivable d'avoir quelqu'un sur le dos constamment et de devoir lui soumettre tous tes déplacements !

— Tu n'arriveras pas à me faire peur, murmurai-je.

C'était un mensonge. L'anxiété faisait déjà battre mon cœur à tout rompre. J'avais toujours été très protectrice avec ma famille, une véritable tigresse. A la moindre menace, j'accourais, toutes griffes dehors.

— Oh que si, me prévint-il. Jusqu'ici, tu n'as vu que mes bons côtés, mais puisque tu veux tout, tu auras tout. Le meilleur comme le pire. Et le pire est infect, crois-moi !

— Vas-y, envoie…, le défiai-je.

Il se comportait comme un connard et j'étais de nouveau en colère.

— Je voyage très souvent. Tu vas passer des soirées à mourir d'ennui qui t'enverront au lit à point d'heure même si, le lendemain, tu dois te lever pour aller travailler. C'est moi qui te dicterai ce que tu porteras, ce que tu diras et comment te comporter. C'est mon métier, Gia. L'image est tout en politique et dans les affaires, mais ça, tu le sais déjà, n'est-ce pas ? Tu as déjà pas mal avancé sur ce terrain. Parfois, c'est à peine si je te reconnais.

Révoltée, je m'écartai de lui brusquement.

— Merci, Jax. Tu as rendu mon choix beaucoup plus facile.

Sa bouche se courba en un sourire cruel.

— Je t'ai effrayée ?

J'étais tellement frustrée par son discours que j'aurais pu hurler. Nous n'avions jamais été méchants l'un envers l'autre. Mais là, je voulais qu'il s'en aille. Sur-le-champ.

— J'aurais affronté tout ça et bien plus encore pour un homme qui m'aurait aimée, dis-je froidement. Mais je ne vais pas me cogner une vie de merde pour un salaud.

Je crus qu'il allait enfoncer son poing dans le mur.

Je lui montrai la porte.

— Va-t'en, s'il te plaît. Là, je ne peux même pas te regarder.

Encore un mensonge. Jamais je n'aurais pu me lasser de son visage. En revanche, j'étais fatiguée de traiter avec lui. J'avais besoin d'une trêve.

— Je te dis simplement à quoi t'en tenir et tu montes sur

tes grands chevaux, lâcha-t-il avec un juron, en se passant les mains sur le visage.

— Non. Tu as cherché à m'effrayer et tu as eu ce que tu voulais. D'accord pour le plan cul, mais c'est moi qui décide quand, pas toi. Je t'appellerai quand j'aurai envie de toi, alors ce n'est pas la peine que tu me téléphones — je ne répondrai pas. Et arrête de te pointer aux endroits où je suis, c'est flippant.

— Gia, bon sang !

Il avança d'un pas, les bras tendus vers moi.

Je reculai lestement.

— Ne me touche pas.

Il plongea ses yeux sombres dans les miens.

— Autant me demander d'arrêter de respirer. Qu'est-ce que tu attends de moi ? Je t'offre ce que tu réclames et ce n'est pas assez ?

— Tu m'as montré un chemin semé d'embûches, sans aucune alternative. Comment veux-tu que je m'engage là-dedans ?

— Vivre sous l'œil des médias fait parti de ma vie. Je n'y peux rien.

— Mais tu aurais pu formuler tes propos autrement, dire par exemple quelque chose comme : « Ecoute, Gia, partager ma vie ne sera pas facile mais je t'aime. Je te promets de faire tout mon possible pour que notre vie privée compense l'enfer public. »

— Seigneur ! fit-il avec un grognement frustré. On n'est pas dans un putain de roman à l'eau de rose ! Je ne suis qu'un gars qui essaie de te donner ce que tu veux pour te conquérir.

Mouais, bien sûr. Il savait parfaitement ce que je voulais et il le repoussait constamment.

— A partir d'aujourd'hui, Jax, tu auras ta vie et moi — quand je serai d'humeur.

Je levai une main pour l'empêcher de m'interrompre.

— Pas maintenant. Mais ne t'inquiète pas. Je t'appellerai, une fois rentrée à New York.

— Très bien. Comme tu veux.

Il tourna les talons et se dirigea vers la porte, le dos raide et les épaules tendues.

Une partie de moi voulait céder et dormir avec lui, sentir l'intimité incroyable, l'abandon sensuel que je n'avais éprouvé qu'avec lui. Mais une autre partie, la plus raisonnable, pensait que nous avions encore matière à réfléchir à propos de nous deux et surtout, besoin de temps — et d'espace — pour le faire.

Il ouvrit la porte et sortit dans le couloir. Je ravalai les mots que je n'avais pas dits et récupérai mon téléphone pour fixer mon attention sur autre chose que sur son départ.

La porte se ferma et mes yeux aussi. J'inspirai lentement, tremblant de la tête aux pieds. Notre relation n'allait pas se remettre de cette conversation. Tout allait changer entre nous. A jamais.

— Gia, je…

Mon cœur s'arrêta de battre quand j'entendis sa voix.

— Je t'aime, d'accord ? Je t'aime tellement que j'en deviens fou.

Mes jambes se dérobèrent sous moi. Je cherchai appui sur la chaise du bureau. J'attendais ces mots depuis deux ans, mais à présent qu'il les avait prononcés, ils refusaient de faire sens dans mon esprit. Le choc m'empêcha de comprendre que lui aussi était en vrac, jusqu'à ce qu'il me prenne les épaules et enfouisse son visage dans mon cou.

— Je te veux chez moi, dit-il tout bas. Je veux me réveiller à côté de toi, m'endormir contre toi, rentrer et dîner avec toi. Je veux ce qu'on avait à Las Vegas, mais là-bas tout était différent. Je t'avais rien que pour moi. Ce ne sera plus possible.

Je levai la main droite pour la poser sur sa main gauche.

— Je comprends. Et je peux vivre avec.

— Je l'espère, dit-il en me faisant pivoter face à lui. Parce que je ne pourrai pas te laisser partir après ça, Gia. Pour le meilleur et pour le pire, tu es à moi.

3

— Si tu essayes encore de me faire peur, murmurai-je, chamboulée, il va falloir trouver mieux que ça.

Jax rit doucement.

— J'ai assez peur pour nous deux.

Il prit mon visage entre ses mains et l'inclina vers le haut pour m'embrasser. Lorsque ses lèvres touchèrent les miennes, l'amour transperça mon cœur. Ça faisait mal, mais c'était bon. L'enlaçant, je me hissai sur la pointe des pieds pour m'abandonner à son baiser. Le goût de sa bouche, son odeur que j'aimais tant, son corps tout en muscles… Une envie de lui, urgente et chaude, m'envahit.

Il gémit en m'enveloppant dans ses bras. J'avais faim de lui depuis si longtemps qu'il me semblait impossible de pouvoir un jour être rassasiée.

Nos langues se retrouvèrent, dansèrent enfin ensemble ; j'explorai sa bouche avec une gourmandise éhontée.

— Viens ici…, dit-il en tirant sur la ceinture de mon peignoir.

Il l'ouvrit pour le faire glisser sur mes épaules, mais mes coudes pliés l'empêchèrent d'aller plus loin. Je m'écartai de lui juste le temps de baisser les bras pour que le peignoir tombe à terre.

— Gia…

Il m'attira de nouveau contre lui et mon corps épousa les contours du sien. Les boutons de sa veste, qui s'enfonçaient dans ma chair, me firent prendre conscience qu'il était encore tout habillé. Quand il venait à Las Vegas, il ne portait jamais ses tenues d'homme d'affaires. Je tournai la tête vers le miroir mural. Nous formions un beau couple — lui, strict et ténébreux, homme d'affaires dangereusement sexy, moi, nue et sans honte.

— Regarde-nous, murmurai-je en observant son reflet dans la glace, constatant à quel point le désir donnait à son visage une beauté sauvage.

Il frotta son menton contre ma tempe en fermant les yeux.

— Tu es si belle, bébé. Ta beauté incendiaire me fait flamber dès que je te regarde. Mais j'ai tellement peur de foirer avec toi, tellement peur de me réveiller un jour et de découvrir que la lumière qui éclaire tes yeux quand tu me regardes a disparu.

— Jax…

Dans ses bras, j'étais toujours la reine du monde. Pourtant, en dépit de l'excitation que j'éprouvais, le chagrin qu'il m'avait causé me lançait encore comme une blessure à vif.

— Tu m'as fait très mal, dis-je tout doucement. Tu m'as brisé le cœur.

Il colla son front au mien.

— Je nous ai blessés tous les deux. Je voudrais te promettre que ça n'arrivera plus jamais, mais je ne peux pas prévoir ce qui va se passer, ni comment tu vas supporter mon mode de vie.

— Je ne suis pas infaillible, non plus, dis-je en ouvrant un par un, avec une lenteur délibérée, les boutons de sa veste. Il ne nous reste qu'à nous aimer.

Il s'empara de nouveau de ma bouche et m'embrassa si tendrement que j'en eus les larmes aux yeux. Ses mains remontèrent lentement sur mes côtes, puis il frôla du bout des pouces la courbe de mes seins, dont les bouts se durcirent. Je frémis, mon sexe se liquéfia. J'avais tellement envie de lui que c'en était douloureux !

Ça s'était toujours passé comme ça avec Jax. On aurait

dit que mon corps reconnaissait le sien comme celui qui lui était destiné.

Sans crier gare, il me souleva comme si je ne pesais rien et m'allongea sur le lit. La serviette qui enveloppait mes cheveux se détacha et tomba.

Il vint sur moi, en appui sur ses mains pour ne pas m'écraser, et fit courir son nez le long de mon décolleté.

— Dis-moi que tu as un préservatif.

A mon grand dam, je répondis par la négative.

Il ferma les yeux avec un long soupir.

— Je garde mes fringues.

— Jax…

Ma voix n'était que pure détresse. Je n'imaginais pas ne pas le sentir en moi. Si long, si dur, si gros.

Il releva la tête, les yeux brûlant de désir contenu. Je savais exactement ce que ça ferait, de le laisser se déchaîner sur mon corps.

— Je ne pourrai pas me retirer, dit-il d'une voix rauque. Impossible.

J'ouvris la bouche pour lui dire que ce n'était pas un souci… que je prenais la pilule… que je voulais le sentir jouir en moi sans rien entre nous… Mais la sonnette retentit, et une voix annonça : « Service d'étage. »

Je lâchai un gémissement et Jax grimaça, visiblement à l'agonie.

— Sauvés par la cloche ! fit-il avec un rire résigné.

— Attends…

Mais il avait déjà ramassé mon peignoir pour m'en couvrir.

— Ne bouge pas, m'ordonna-t-il.

Il alla ouvrir la porte et s'occupa de la commande dans la petite entrée pour que le serveur n'ait pas à entrer. Il revint, portant d'une seule main — et avec une assurance épatante — le plateau sur lequel trônaient une bouteille, un verre et un plat couvert d'une cloche argentée.

Il le posa sur le bureau et je me redressai pour m'asseoir

sur le lit, les jambes allongées devant moi. Il ne me quittait pas des yeux.

— Tu me tues, là.

— Tu le mérites.

Il se força à sourire.

— Je sais. Mais un homme désespéré a ses limites. Il vaut mieux que je parte.

— Rabat-joie !

— Ramène ces fesses superbes à New York et tu auras tout ce que tu veux et plus, fit-il en remettant ses cheveux en ordre. Je vais commencer les préparatifs pour ton retour.

— Les préparatifs ? m'étonnai-je. Pour me baiser ?

— Non, pour ton déménagement. Je vais aussi te laisser manger, tu as besoin de prendre des forces pour résister à tout ce que je compte te faire, quand tu seras dans mon lit.

Comme je me relevai pour lui dire au revoir, il m'attira contre lui et déposa un baiser bref mais très senti sur ma bouche.

— Et si tu veux vraiment coucher avec moi sans protection, on le fera comme il faut : chez nous, dans notre lit.

Je déglutis avec difficulté.

— Je dois parler à mes parents. Et à mes frères.

— On leur parlera ensemble.

— Tu vas vite pour un mec qui s'est fait forcer la main.

Son expression s'adoucit.

— J'y pensais depuis un bon bout de temps. J'ai essayé de tout planifier dans ma tête… de trouver la solution idoine pour que ça marche pour nous…

— Peut-être que ce sera moins dur que tu ne le penses.

Il repoussa mes cheveux mouillés derrière mes oreilles.

— Les médias vont t'adorer, Gia. Tu es un rêve érotique ambulant, sexy en diable ; tu as un corps inoubliable. Ils vont te regarder et me regarder te regarder et ils vont fantasmer comme des malades sur nos parties de jambes en l'air sauvages et torrides. Ils n'en ont pas l'habitude !

Je le repoussai.

— Un peu de sérieux !

— Ils vont se planter sur nous et penser que je te veux juste pour passer du bon temps. Ils vont spéculer sur la durée de notre relation. Ils vont nous inventer des partenaires et bidouiller de faux scoops, rien que pour avoir un prétexte pour publier une photo de toi.

J'avais vu ce qu'il disait arriver à d'autres couples. Mais lui et moi étions différents. Nous n'étions pas des célébrités. J'étais une parfaite inconnue, et lui, tout en étant un Rutledge, travaillait dans les coulisses des cercles politiques qui avaient fait la renommée de sa famille.

— Tu ne veux pas me croire, fit-il, sa tempe contre la mienne. Mais il va falloir que tu me fasses confiance. J'ai vu ce qui peut arriver. J'ai vu des personnes broyées par le stress.

Un soupçon insidieux me poussa à lui demander :

— Quelqu'un à qui tu tenais ?

— Ouais.

— Qu'est-ce qui s'est passé ?

Il s'écarta de moi, et je vis à son expression qu'il ne voulait pas s'attarder sur le sujet.

— Elle n'est plus là, dit-il d'une voix plate. Mais je ne permettrai pas que ça se reproduise avec toi.

Je serrai les doigts autour de sa taille. C'était dur de l'imaginer amant de quelqu'un d'autre. Et c'était encore plus dur d'apprendre que cet amour l'avait blessé si profondément qu'il m'avait repoussée de peur de souffrir de nouveau.

Il m'embrassa sur le front.

— Quand est-ce que tu rentres ?

— Après-demain.

— D'accord. Tu vois si c'est possible qu'on dîne avec ta famille le soir même ? Et je prépare tout pour que tu emménages le lendemain.

J'avais l'impression d'être au bord d'une falaise, sur le point de sauter, sans la moindre idée de l'endroit où j'allais atterrir.

— Ça va si vite ! Tu me fais tourner la tête.

Il recula d'un pas et me fis un clin d'œil.

— Je te rends la monnaie de ta pièce, bébé !

— Tu as l'air très loin, Gianna…

La voix de Chad me tira de mes pensées. Nous étions dans l'avion, assis côte à côte.

— Désolée, fis-je avec un sourire d'excuse.

— Est-ce que je dois m'inquiéter ?

Je fis « non » de la tête.

— C'est perso.

Il haussa les sourcils, l'air intrigué.

— C'est peut-être une bonne nouvelle pour moi, mais je dirais que pour toi ça ne l'est pas. Tu veux m'en parler ?

Je considérai un instant le degré d'intimité que je pouvais me permettre avec lui, puis, finalement, je demandai :

— Tu as déjà vécu avec une petite amie ?

— Pas vraiment. Une ou deux filles avec qui je sortais passaient beaucoup de temps chez moi, ce qui était très pratique pour le sexe mais beaucoup moins quand je voulais être seul ou avec mes potes. Je crois que je préfère attendre d'être marié pour m'engager autant. Pourquoi cette question ?

— Je crois que je suis d'accord avec toi sur le niveau d'engagement.

L'expression amusée de ses yeux s'estompa.

— Rutledge t'a demandé d'emménager avec lui ?

— Quelque chose comme ça, oui…

En fait, Jax me l'avait pratiquement ordonné, mais bon…

Chad marqua une pause, puis il dit :

— Ça pourrait me poser un problème.

— Oh ?

Je me tournai autant que possible vers lui pour bien voir son visage.

— Tu m'as dit que ton histoire avec lui remontait à deux ans. Mais, comme par hasard, il revient à la charge pile quand tu commences à travailler avec moi… Il commence par casser le projet avec Stacy, ensuite il débauche Isabelle. Et maintenant, il veut habiter avec toi, toi qui détiens toutes les infos concernant ma carrière et mes projets.

J'essayai de voir les choses de son point de vue.

— Quand nous en avons parlé, avant-hier, ma relation avec lui ne semblait pas te poser de problème.

— J'ai pris le temps d'y réfléchir depuis.

Eh m… ! J'avais l'impression d'avoir été attaquée depuis mon angle mort.

— Je ne crois pas que ce soit une question personnelle, Chad. De fait, je sais même que ça ne l'est pas. Jax dit toujours qu'on ne devrait jamais prendre les affaires comme une question personnelle.

— Pour moi, ça l'est, rétorqua-t-il.

Je le comprenais de tout mon cœur. J'avais répondu à peu près la même chose à Jax, lorsqu'il m'avait sorti cette réplique.

— Et pour Stacy, encore plus. Réussir ne lui suffit pas, elle veut réussir mieux que moi. Gagner plus, être plus célèbre. Me montrer que j'ai pris la mauvaise décision, et Rutledge est de son côté. Pembry a parié gros sur elle. Ils vont tout faire pour qu'elle soit heureuse.

Il n'avait pas tort, malheureusement.

— Ça marche dans les deux sens, raisonnai-je posément. Moi aussi, je serai au courant de ses activités.

Je n'avais pas vraiment considéré ma relation avec Jax sous cet angle, comme une situation délicate où je devais marcher sur des œufs. Je n'en avais pas envie. Je voulais penser que notre histoire était vraie, sincère et belle. Mais ceux avec lesquels je traitais au quotidien ne partageaient pas mes espoirs, Jax inclus. Certes, il s'attendait à ce que les attaques viennent de l'extérieur, mais dans tous les cas, je devais de toute urgence devenir un peu plus réaliste quant à ce qu'être avec lui impliquait.

Tu nages parmi les requins…

Chad hocha la tête comme s'il lisait dans mes pensées.

— Sans vouloir te vexer, Gianna, j'aurais tendance à croire que tu ne joues pas dans la même cour que Rutledge.

— C'est tout à fait le cas. Mais ça ne veut pas dire que je ne peux pas faire face. Cela dit, ajoutai-je en prenant une grande inspiration, si tu préfères que quelqu'un d'autre chapeaute tes projets avec Savor, je comprendrais parfaitement.

Il fit une grimace contrite.

— C'est bien malgré moi, mais je pense que ce serait mieux, en effet.

Mon intention était de me rendre directement au bureau après avoir atterri à La Guardia, mais il me sembla plus judicieux de passer chez moi d'abord. La conversation avec Chad m'avait secouée et j'avais besoin de temps pour me ressaisir, avant d'annoncer à Lei les dernières nouvelles.

Je fis glisser la grande porte métallique du loft. Sur le canapé du salon, mes frères jouaient avec la console.

— Chope celui-là, mec ! hurla Angelo en penchant sa télécommande vers la droite. Vite ! Ce salaud va me mettre dehors !

Vincent bondit, cliquant frénétiquement sur les touches.

— Tiens bon ! J'en ai six sur le dos.

Je m'arrêtai sur le seuil, soulagée de me retrouver à la maison.

— Derrière toi ! criai-je à Angelo, alors qu'un zombie rampait vers son avatar.

Dans un sursaut parfaitement synchronisé, ils se tournèrent tous les deux vers moi, leurs yeux sombres fulminant de colère.

— Putain, tu m'as fait peur ! râla Vincent en appuyant sur « pause » pour arrêter le jeu sur sa moitié de l'écran.

— Salut, fit Angelo en retournant à son jeu. C'était comment, Atlanta ?

— Chaud, répondis-je sèchement en me tournant pour refermer la porte.

L'appartement sentait le bacon et je pouvais voir les restes du petit déjeuner sur le plan de travail et l'évier. Mes frères étaient décidément trop habitués à ce que les plongeurs du resto s'occupent de la vaisselle sale !

— Tu as pris ta journée ? demanda Vincent en s'approchant de moi.

Le voir habillé d'un simple short me rappela pourquoi mes copines de lycée sautaient sur la moindre occasion pour venir chez moi.

— Nan. Je dois retourner au bureau, mais je voulais poser mes affaires d'abord.

— Eh, ramène tes fesses, grommela Angelo. Je suis en train de me faire massacrer.

— C'est trop con que tu ailles bosser, sœurette, fit Vincent. J'espérais que tu prennes ma place. Il n'y a qu'Angelo et toi qui aimez cette connerie.

— Désolée, je ne peux pas. Mais avant que j'oublie : merci de m'avoir mise en contact avec Deanna.

— Je t'en prie, dit-il avec un énorme sourire. Merci d'avoir fait mon linge.

En prenant bien soin de le bousculer au passage, je me dirigeai vers ma chambre. L'appartement, à l'origine, n'était qu'un immense volume, mais on avait posé quelques cloisons, afin de créer des chambres et un semblant d'intimité. Plus que de véritables pièces, elles tenaient du box, mais faisaient l'affaire le temps de finir les travaux.

J'étais consciente que je songeais à quitter un endroit où je me sentais totalement en sécurité pour aller vivre avec un amant à qui je ne faisais pas vraiment confiance quarante-huit heures plus tôt.

Assise au bord de mon lit, j'agrippai mes genoux de mes mains moites. Je renonçais à beaucoup pour être avec Jax, mais lui ? Qu'est-ce qu'il risquait, de son côté ? Rien, que je sache.

Mon portable sonna. Je tâtonnai dans mon sac pour le saisir. Voir « Jax » sur l'écran ne me surprit pas.

— Salut.

— Salut, bébé, roucoula-t-il de sa voix de velours. Content que tu sois de retour.

— C'est fou comme tout peut changer en seulement deux jours.

— Quelque chose ne va pas ?

C'était tout de même ironique qu'il me connaisse aussi bien. Peut-être que Chad avait raison de craindre qu'il lise en moi comme dans un livre ouvert.

— Je me demande plutôt si quelque chose va.

Son ton se fit plus brusque.

— Tu peux être plus précise ?

— Chad Williams s'inquiète, et on le comprend, parce que son chef de projet couche avec l'ennemi. Aller vivre avec toi risque de me coûter cette affaire.

— Qui va aller vivre avec qui ? demanda Angelo depuis la porte de ma chambre avec une expression renfrognée.

Avec son mètre quatre-vingts, il était le plus petit de mes frères et celui qui portait les cheveux les plus longs. Ils tombaient, ondulés, autour de son beau visage, jusqu'à frôler ses épaules.

— Merde, marmonnai-je en regrettant qu'il n'y ait pas un bouton « reset » que j'aurais pu presser pour reprendre ma journée au tout début. Angelo : dehors !

— Je ne suis pas dans ta chambre, rétorqua-t-il. Et tu as laissé la porte ouverte.

— Eh bien, ferme-la.

— Tu t'es remise avec ce trouduc ?

Je me levai d'un bond.

— Je ne t'ai pas demandé ton avis !

— Gia ! aboya Jax à l'autre bout de la ligne.

— Ne quitte pas, dis-je en lançant un regard assassin à mon frère. Je suis au téléphone, Angelo. Ferme cette porte et mêle-toi de tes affaires !

— C'est à Jax que tu parles, là ? dit-il en s'avançant dans la pièce comme si je ne venais pas de l'envoyer bouler. Passe-le-moi.

— Mais ça va pas ? !

— Gia ! s'impatienta Jax. Eh ! Parle avec moi.

— Je suis occupée, répondis-je sur le même ton. Je te rappelle.

— Ne t'avise pas de…

Je coupai la communication au milieu de sa phrase et lâchai le téléphone sur le lit avant qu'Angelo ait pu me l'arracher des mains.

— Tu as perdu la tête ou quoi ? hurlai-je.

— C'est Rutledge qui l'a perdue s'il croit que tu vas emménager avec lui !

— Qu'est-ce qui se passe ?

Vincent venait de se matérialiser sur le pas de la porte.

— Débarrasse-moi de lui ! fis-je en désignant du doigt Angelo.

Angelo croisa les bras sur la poitrine et me lança un regard noir.

— Rutledge veut que Gianna s'installe chez lui, dit-il.

Vincent écarquilla des yeux incrédules.

— Tu as une bague de fiançailles ?

Je levai les bras au plafond.

— Mais j'hallucine ! On est au XXIe siècle ! Vous êtes au courant ?

— Les règles n'ont pas changé pour autant. S'il veut le lait, qu'il achète la vache.

J'aurais pu le tuer.

— Tu viens de me traiter de vache ? Pour info, je ne suis plus vierge. J'ai déjà couché avec lui. Et plus d'une fois !

Tous les deux, comme des gosses, se bouchèrent les oreilles. Angelo se mit même à fredonner.

— Vous êtes ridicules ! Je suis majeure. Je peux faire ce que je veux.

Vincent laissa retomber ses mains le long de ses cuisses.

— Et ce que tu veux, c'est vivre avec ce mec ? Vraiment ?

— Peut-être. Mais c'est mon choix.

— Tu vas briser le cœur de notre père.

— Seigneur, Angelo !

Je me frottai les tempes, une migraine pointait son vilain nez.

— Tu essaies de me faire culpabiliser ? Pour ce que ça vaut, Jax voulait qu'on s'assoie tous autour d'une table pour en discuter ce soir.

— Et alors ? ricana Vincent. Ce n'est pas pour ça qu'il va remonter dans mon estime…

— Dans la mienne, si, répondit Angelo de façon inopinée. Il faut en avoir pour affronter les frères et les parents d'une fille et leur annoncer que tu veux vivre avec elle.

Vincent secoua la tête avec une expression hargneuse.

— S'il tient tant que ça à t'avoir auprès de lui, il n'a qu'à te passer la bague au doigt !

— Sans qu'elle ait pu savoir avant où elle met les pieds ?

Nous nous retournâmes tous les trois d'un même mouvement. Jax… Sur le seuil de ma chambre… Il portait une tenue d'homme d'affaires : costume ardoise, chemise blanche, cravate noire. Je compris qu'il devait déjà être en chemin lorsqu'il m'avait appelée et, malgré tout, j'eus un petit frisson d'excitation.

— Il n'y a aucune sécurité, ici, signala-t-il âprement. Aucune ! J'ai pu entrer comme si j'avais les clés.

Vincent replia les bras, les poings fermés, comme un boxeur.

— Je l'ai là, ta sécurité. Viens la prendre !

J'attrapai mon téléphone et mon sac, et m'élançai vers la sortie. Puisque tout allait imploser aussi bien à la maison qu'au travail, autant suivre l'apocalypse au calme dans mon bureau.

— Gia !

Jax m'arrêta en me prenant par les avant-bras.

— Gia. Tout est sous contrôle. Ne stresse pas.

— C'est facile à dire pour toi, répondis-je en me redressant. Tu ne prends aucun risque.

Il serra les dents.

— Je t'aime. Je risque tout ce qui m'importe.

4

Quand j'arrivai au travail, Lei faisait les cent pas dans son bureau en parlant dans le microcasque. Elle m'adressa un petit signe en guise de bonjour et me sourit, ce qui me fit me sentir plus mal encore, compte tenu des nouvelles que j'avais à lui annoncer.

Comme elle était occupée, je m'installai à mon bureau pour noter les messages qu'elle avait reçus et ceux qu'on m'avait laissés pendant mon absence. En temps normal, le travail avait des vertus apaisantes sur moi, mais vu les circonstances, j'avais les nerfs à fleur de peau et j'étais incapable de contrôler les mouvements nerveux de mes pieds sous la table.

— Gianna ?

Je relevai la tête. Lei se tenait appuyée contre le chambranle. Elle était vêtue d'un pantalon grenat et d'un corsage blanc. Avec les cheveux tirés en une simple queue-de-cheval, elle avait l'air délicate et plus jeune que son âge, mais ses yeux sombres ne trompaient pas : quand il le fallait, elle savait déployer la délicatesse d'un tigre à dents de sabre.

— Comment va Chad ? demanda-t-elle.

Je me levai et posai les mains sur la table, pour me donner une contenance.

— Il est enchanté de Mondego, du projet et des progrès déjà effectués. Il est très content aussi qu'on ait choisi David et Inez. Mais… il n'est pas content de moi…

Elle écarquilla les yeux, surprise.

— Oh… Qu'est-ce qui s'est passé ?

— Jackson Rutledge… Plus précisément, le fait que Jax m'ait demandé d'emménager avec lui.

— Je vois, fit-elle en se redressant. Si on allait en discuter dans mon bureau ?

Je la suivis avec la même appréhension que lorsque j'étais convoquée autrefois par le principal du collège.

L'immense baie vitrée qui occupait tout un côté du grand bureau de Lei offrait une vue imprenable sur Manhattan qui ne cessait de m'enchanter.

Des tours étincelantes, conçues pour impressionner, surplombaient des bâtiments vieux de quelques siècles. Les châteaux d'eau sur pilotis étaient omniprésents, signes distinctifs de ce paysage urbain, aussi aimés que les plus célèbres des monuments. Des piscines bleues sur les toits et des jardins verdoyants sur les terrasses signalaient les appartements des plus nantis. Des grues géantes, çà et là, rappelaient que la ville, débordante de vie, ne cessait de croître.

Cette jungle d'acier et de verre était aussi mondialement connue pour ses bons restaurants et ses grands chefs, et dans ce paradis pour les gourmets, Lei était une force motrice. C'était pour moi un coup dur de sentir que je la décevais.

— Jusqu'à il y a une semaine, commença-t-elle, tu n'avais plus entendu parler de lui pendant deux ans.

— Lei, je vais être franche… Tout le monde y va de son avis en ce qui nous concerne, Jax et moi. Moi-même, je ne sais plus toujours très bien où j'en suis et ce que je dois en penser. Et je n'ai jamais senti une pression pareille pour me tenir à l'écart de quelque chose. Si seulement on me soutenait avec autant d'enthousiasme, quand je fais un régime !

Appuyée contre son bureau, les mains accrochées au bord, elle accueillit sans l'ombre d'un sourire ma tentative maladroite d'humour.

— Moi aussi, avec le temps, j'ai fini par emménager avec Ian. Ce n'était pas planifié, mais au bout d'un moment, comme je passais de plus en plus souvent la nuit chez lui, il m'a semblé ridicule de continuer à payer le loyer de mon appartement…

Elle marqua une pause, comme si elle réfléchissait à la meilleure façon de me dire une chose que je n'avais probablement pas envie d'entendre. Puis elle se lança.

— Je voudrais juste que tu te montres un peu plus maligne que moi. Tu devrais envisager un arrangement légal entre vous deux pour éviter d'avoir à te battre sur des détails infimes, lorsque tu auras le cœur brisé.

Je serrai les poings.

— Tu es donc convaincue que ça va mal finir ?

— Désolée d'enfoncer une porte ouverte, Gianna, mais Ian a mis deux ans à me poignarder dans le dos, tandis que Jackson n'a pas même attendu une semaine. Allons, tu n'es pas naïve à ce point !

— J'apprends de mes erreurs, dis-je, me trouvant, malgré moi, trop sur la défensive.

— Je ne suis pas en train de dire que tu ne devrais pas prendre le risque. Qui ne risque rien n'a rien. Je te dis juste de songer à minimiser les conséquences possibles. Tu envisages une fusion et tu ne prends même pas les précautions les plus basiques ?

Tout à coup, je me sentis terriblement stupide.

S'en apercevant, Lei adoucit le ton.

— Jackson t'a déjà coûté le projet Mondego. Ne permets pas qu'il te prenne des choses plus importantes !

Le reste de ma journée s'écoula comme d'habitude, mais je me sentais profondément malheureuse. Le choix était déchirant : dire au revoir à Jax ou dire au revoir à la vie que j'avais bâtie sans lui. Le plus facile aurait été d'oublier qu'il était revenu, mais j'avais espéré si longtemps son retour que c'était atroce de devoir y renoncer, maintenant qu'il était à ma portée.

Peu avant 15 heures, mon téléphone sonna, et je répondis

avec un enthousiasme qu'il me coûta de feindre. C'était Chad et je lui trouvai une voix tendue.

— Gianna, bonjour. Je peux parler à Lei ?

Je fermai les yeux ; je savais qu'il allait demander qu'on me remplace. En dépit de notre conversation dans l'avion, j'espérais que le délai entre son retour à New York et son appel signifiait qu'il avait changé d'avis ou au moins qu'il avait décidé d'attendre un peu, avant d'appuyer sur la gâchette.

— Je vais voir si elle est disponible. Ne quitte pas.

Je passai la tête par la porte ouverte du bureau de Lei. Elle pianotait sur son ordinateur, les sourcils froncés derrière ses lunettes rouges. Je frappai doucement.

Elle leva les yeux vers moi.

— Oui ?

— Chad Williams au téléphone.

Elle enleva ses lunettes et hocha la tête.

— Tu peux me le passer.

Je retournai à mon bureau et, après avoir transmis l'appel, cherchai à me concentrer sur autre chose que la conversation que Lei entretenait dans un murmure. La solution de facilité que je choisis fut de penser à Jax et à son « je t'aime ».

Il m'avait subjuguée dès que j'avais posé les yeux sur lui et je ne savais pas comment arrêter de l'aimer. Je ne savais pas non plus comment vivre avec lui. L'intégrer dans mon quotidien ne serait pas simple, j'allais devoir tout changer en fonction de lui.

Pourquoi est-ce que je n'étais pas tombée amoureuse de quelqu'un de simple et facile à vivre ? D'un homme qui m'aurait apporté du fun et de la légèreté, au lieu d'une suite interminable de problèmes ?

— Gianna…

Lei avait quitté son bureau, les lèvres pincées en une expression pensive.

— Oui ?

Je me préparai à encaisser le coup. Est-ce que j'aurais

un jour l'occasion de diriger un projet aussi important et prestigieux que celui-ci ?

— Chad sort à l'instant d'une réunion avec Jackson Rutledge, m'annonça-t-elle.

Mon dos se raidit et mon estomac se noua. Etait-ce possible ? Jax venait-il de me rouler encore une fois ?

— A quel sujet ?

— Jackson a proposé trois millions en échange de trente pour cent des parts.

J'en restai bouche bée.

— *Pardon* ?

Je n'y comprenais plus rien. Est-ce que ça voulait dire que Jax essayait de nous piquer Chad ? Mais comment le pourrait-il, alors que Chad était sous contrat avec Lei ?

Elle fronça les sourcils, paraissant réfléchir encore.

— Je crois que, *grosso modo*, Jackson veut nous faire comprendre qu'il ne sabotera pas Chad et qu'il offre une garantie de quelques millions de dollars.

Je la fixai, tentant de prendre la mesure de ce qu'elle venait de m'annoncer.

Elle haussa les épaules.

— Les avocats de Chad vont plancher sur les contrats, mais il nous les envoie aussi pour être sûr qu'il n'y a pas de conflit d'intérêts.

Je hochais la tête, les yeux rivés au tiroir où j'avais rangé mon téléphone.

— Il n'a pas fait la moindre allusion au fait de travailler avec quelqu'un d'autre que toi, ajouta-t-elle. D'ailleurs, il n'y a pas de raison, si l'offre tient légalement.

— Très bien.

J'avais répondu de façon machinale car, en vérité, j'étais encore en train d'essayer de comprendre la portée de la proposition que venait de faire Jax.

— J'en déduis que tu lui avais fait part des réserves de Chad ?

J'acquiesçai en même temps que je me levai, comme au ralenti.

— Mais j'ignorais qu'il allait faire ça. Je te le jure.

— Je sais, dit-elle en m'étudiant longuement. On dirait que, cette fois, Jackson cherche à te dégager la route.

— Oui.

Mais c'était fou ! Où était le piège ?

C'était vraiment déprimant d'avoir à me poser la question. Comment pouvais-je l'aimer plus que tout au monde, alors que je passais mon temps à le soupçonner ?

Le téléphone du bureau se mit à sonner à cet instant et je décrochai, soulagée d'avoir une excuse pour éviter le regard pénétrant de Lei.

— Gia ?

La voix de Jax, au lieu de me rassurer, ajouta à mon sentiment de confusion.

— Je veux que nous discutions avec ta famille ce soir, après la fermeture du restaurant, dit-il. J'ai une journée très chargée, je te retrouverai directement là-bas. Un chauffeur passera te prendre après le travail et restera avec toi jusqu'à l'heure d'aller au Rossi's. Il se chargera aussi d'apporter chez moi les affaires dont tu auras besoin jusqu'à la fin de la semaine et, ce week-end, on s'occupera du reste. Laisse-moi…

— Jax. Stop ! Tu vas trop vite.

Je m'écroulai sur mon siège, vaincue par une fatigue soudaine.

Il se tut, mais juste le temps d'un battement de cœur.

— On a mis deux ans pour arriver jusqu'ici, Gia…

— Oui. Deux ans de silence radio pendant lesquels tu as fait le mort. Et tout à coup, tu débarques dans ma vie comme un rouleau compresseur. Je me sens larguée et je n'arrive plus à réfléchir, Jax… Je n'y comprends plus rien.

— Qu'est-ce qu'il y a à comprendre ? rétorqua-t-il d'un ton agacé.

Oh ! J'aurais pu le gifler !

Je me redressai sur ma chaise tout en prenant soin de

maîtriser ma voix. J'évitais toujours les conversations perso au bureau, j'avais horreur de ça, mais en l'occurrence, je ne pouvais plus me retenir. Ma colère bouillonnait depuis le matin et là, elle déborda.

— Et pourquoi ça t'a pris si longtemps, bordel ? Qu'est-ce qui a changé qui te fait réagir précisément maintenant ? Pourquoi cette envie soudaine de te battre pour moi ?

— Parce que tu te bats enfin pour moi ! rétorqua-t-il. Tu étais contente de la façon dont ça se passait entre nous, à Las Vegas. Notre dynamique te convenait... J'imagine que tu croyais qu'on pourrait continuer comme ça pendant un ou deux ans, le temps de voir venir. Alors que c'était impossible, Gia, nos jours étaient comptés. Quelqu'un aurait fini par découvrir notre relation et la presse serait tombée sur toi à bras raccourcis. On t'aurait pistée, harcelée, alors que j'étais à des milliers de kilomètres ! Je n'aurais jamais dû permettre que notre histoire dure aussi longtemps.

— Tu aurais pu m'en parler !

— Et tu aurais fait quoi ? Abandonné tes études ? Tu serais venue t'installer avec moi en Virginie ? Tu crois que tu te serais sentie prête, à l'époque, alors qu'aujourd'hui tu ne l'es pas ? Je ne crois pas.

— Tu ne m'as même pas donné le choix !

— N'importe quoi ! Tu as eu plein d'occasions de choisir, Gia. Je t'ai largement laissé le temps de décider si notre histoire méritait que tu te battes pour qu'elle continue. Il ne s'est pas passé un jour sans que j'espère que tu me rappelles ou que tu débarques chez moi. Mais tu ne m'as pas laissé un seul message sur le répondeur, même pas un message de colère. Quelques appels, deux, trois, puis rien. Tu as laissé tomber.

— C'était donc une sorte de test ? demandai-je, ulcérée. Tu m'as brisé le cœur pour me tester ?

— Peut-être. Mais ne pense pas que je n'aie pas les boules d'avoir été obligé de revenir, pour que tu daignes admettre que tu voulais encore de moi.

— Tu n'es qu'un salaud !

— Je n'ai jamais prétendu le contraire.

Les larmes qui brûlaient mes yeux risquaient de déborder et ça, je ne pouvais pas le permettre. J'étais au travail. Je n'allais pas craquer dans mon bureau, là où n'importe qui pouvait débarquer et me surprendre en pleurs ! Hors de question !

— Je dois y aller, Jax, dis-je.

Et je raccrochai. Lei, heureusement, avait eu la délicatesse de se retirer dans son bureau. Je me relevai, tremblant de rage. Que Jax ose me blâmer pour notre séparation dépassait douloureusement mon entendement.

Les yeux fermés, je m'efforçai de respirer calmement pour vider mon esprit et, peu à peu, refoulai jusqu'à la dernière des émotions qui me troublaient pour me concentrer de nouveau sur les tâches à accomplir.

— Va te faire foutre, Jax, murmurai-je en me rasseyant.

Puis je m'oubliai dans le travail.

A la fin de la journée, quand je sortis de l'immeuble, une Mercedes noire m'attendait devant le trottoir. Un coup d'œil sur le chauffeur posté à côté de la portière arrière, prêt à me l'ouvrir, me suffit pour comprendre que c'était la voiture envoyée par Jax, car en dépit de son costume impeccable, l'homme avait l'allure dangereuse d'un gangster prompt à dégainer. Tout chez lui criait « garde du corps » et ses yeux me fixèrent avec une telle intensité que je les sentis, en dépit des lunettes miroirs qui les cachaient.

Jax l'avait-il choisi délibérément afin de m'intimider ? Est-ce que c'était encore une tactique pour m'effrayer ? Encore un test ?

Je n'arrêtais pas de découvrir de nouvelles facettes chez lui et je commençais à me demander si je n'avais pas risqué mon cœur et ma santé mentale pour un homme qui n'existait qu'au pays des chimères.

Le chauffeur me salua d'un bref hochement de tête et

m'ouvrit la portière. Je m'introduisis dans l'habitacle et me laissai engloutir par le siège en cuir, moelleux comme un gâteau sorti du four. Je soupirai de fatigue ; il me tardait de rentrer chez moi. Je voulais m'étaler sur mon lit et appeler Lynn, mon amie de Las Vegas. Elle était là lors de ma rencontre avec Jax et aussi pendant les semaines qui avaient suivi. Si quelqu'un pouvait m'aider à mettre les choses en perspective, c'était elle.

Le moteur démarra et la berline s'éloigna du trottoir. Sachant qu'on roulerait lentement, car c'était l'heure de pointe à Manhattan, je fermai les yeux et commençai à passer en revue les événements des derniers jours. Il fallait que je mette de l'ordre dans mes pensées si je voulais me montrer à peu près cohérente, lorsque je parlerai à Lynn.

Cependant, au bout de quelques minutes à peine, je sentis qu'on descendait dans un parking souterrain. Je rouvris les yeux et regardai par la vitre. Je reconnus l'immeuble de Jax.

— Je croyais qu'on allait chez moi, dis-je au chauffeur.

— On m'a demandé de vous conduire ici.

Je faillis protester, mais ce type se contentait d'obéir aux ordres. Les ordres de Jax, encore… Il commençait vraiment à m'énerver au-delà des mots ! A moins qu'il n'ait le bon sens de me laisser me calmer avant de se présenter devant moi, il allait en prendre pour son grade !

L'un des concierges m'ouvrit la portière et je descendis de la voiture. Le chauffeur m'accompagna jusqu'à l'ascenseur et composa le code d'accès au penthouse, pour ensuite me laisser monter seule jusqu'au dernier étage.

Quand l'ascenseur s'arrêta, les portes s'ouvrirent sur Jax qui m'attendait dans l'entrée privative de l'appartement.

Dès que je le vis, mon cœur chavira encore une fois.

Il s'était débarrassé de sa veste de costume, mais avait gardé son gilet, qu'il avait déboutonné. Sous sa cravate desserrée, le premier bouton de sa chemise était ouvert et laissait entrevoir sa peau dorée, à la base de son cou. Il avait aussi retroussé ses manches, révélant ses avant-bras puissants aux veines saillantes.

En dépit de sa tenue d'homme d'affaires sophistiqué, il exsudait la virilité puissante d'un homme dans la force de l'âge. Un sursaut de désir rongea les bords de ma frustration, émoussant ma colère.

— Mets la main sur le lecteur, m'ordonna-t-il en désignant du menton le système de sécurité à côté de la porte.

La tête bien haute, je passai à côté de lui sans le regarder, mes talons cliquetant sur le sol en marbre. Puis je fis claquer ma main sur le rectangle de verre et j'entendis trois bips. « Gianna Rossi identifiée et enregistrée », dit alors une voix féminine synthétique, tandis que s'ouvrait la porte d'entrée.

J'avançai à l'intérieur de l'appartement, tendue et prête à en découdre. J'entendis Jax m'emboîter le pas et refermer derrière nous.

Je m'attendais à ce qu'il dise quelque chose, mais il passa à côté de moi d'un pas assuré et sexy en diable. Il avait la démarche de l'homme qui aime faire l'amour et qui se sait bon amant. Cette subtile arrogance sexuelle m'avait d'ailleurs toujours mise dans tous mes états. Et à mon grand dam, le fait d'être remontée contre lui ne m'immunisait pas contre son charme.

Arrivé devant le meuble bar en chrome et verre situé devant la baie vitrée, il versa dans un verre le liquide ambré d'une carafe en cristal et but en me tournant le dos.

Le silence se prolongea jusqu'à remplir lourdement la pièce. Je laissai mon sac à main sur l'un des fauteuils en cuir noir, croisai les bras et l'étudiai, attendant qu'il réagisse. Mais il se comportait comme s'il était seul.

Finalement, je me décidai à parler.

— Je croyais que tu devais travailler tard.

— Je devais, oui…

— Alors qu'est-ce qu'on fait ici ?

Il poussa un soupir irrité.

— Tu te rappelles ce que tu as dit à Atlanta ? Que notre relation vaudrait largement les côtés négatifs qui vont avec ?

— Ne fais pas comme si j'avais mon mot à dire ou le moindre contrôle sur ce qui se passe ! Tu fais la pluie et le beau temps et moi, je dois juste subir la météo de tes caprices.

Il daigna enfin se tourner vers moi.

— Je règle des problèmes, Gia. Tu le sais.

— Ce n'est pas ça ! Il n'y a pas que ce qui s'est passé avec Chad ou avec ma famille. Ça a toujours été comme ça entre nous : tu dis quand, où, comment et combien de temps. Tu ne me donnes aucune info. Tu attends juste de moi que je suive.

Son visage devint plus tendu ; il fit un pas vers moi.

— C'est vraiment ce que tu crois ? Bon sang, Gia, tu me tiens par les couilles !

— Si c'est le cas, ce n'est pas ce que je veux. Ce que je veux, c'est que nous soyons une équipe, Jax. Je ne veux pas que l'un de nous se sente à la merci de l'autre.

Il s'approcha de moi, posant au passage le verre sur la table basse.

— Je suis totalement à ta merci, dit-il doucement, les yeux si sombres qu'ils en semblaient noirs. Tout au long de la journée, j'ai eu l'impression que chaque fois que je faisais un pas en avant, toi, tu reculais. Je sens que tu t'éloignes… que tu mets de la distance entre nous. Et je le vis très mal.

— Et moi, j'ai l'impression d'avoir affaire à un inconnu ! Je ne sais plus qui tu es, quand tu te comportes comme ça. Je ne peux pas m'empêcher de me demander si je te connais un tant soit peu. Et sinon, de qui je suis tombée amoureuse…

— Bébé…

Il prit mon visage en coupe entre ses mains et se pencha sur moi. Sa bouche frôla la mienne, d'un bout à l'autre. Une fois, une autre. Puis il dessina du bout de la langue la ligne entre mes lèvres, son souffle chaud et humide, le goût de ses lèvres mêlé à celui de la liqueur qu'il venait de boire.

Je gémis, renversant la tête : j'en voulais plus. L'une de

ses mains se referma alors autour de ma nuque, l'autre glissa vers ma hanche. Elles étaient chaudes et pourtant je frissonnai. Mes seins pointèrent et devinrent plus lourds comme pour attirer leur attention.

Je sentais mon corps s'éveiller et répondre à sa présence. Il reconnaissait Jax, le réclamait, incapable de lui résister. Avec une profonde inspiration, je m'emplis de son odeur et enfonçai les doigts dans la soie épaisse de ses cheveux sombres pour l'attirer contre moi.

— Tu me connais, Gia, murmura-t-il contre mes lèvres. Tu m'aimes.

— Jax…

Je me laissai aller contre lui. A travers nos vêtements, je sentis la force de ses muscles, à la fois compacts et souples.

— … Est-ce qu'on a commis trop d'erreurs ?

— Probablement, dit-il tout en déplaçant sa bouche le long de mon menton, de mon cou, y déposant des baisers tendres. Mais il y a un truc que nous avons toujours bien fait…

Son bras autour de ma taille, il roula des hanches et je sentis contre mon ventre son membre dressé, très dur. Mon sexe se liquéfia ; je crevais de désir.

— Nous ne pouvons pas passer notre vie au lit, répondis-je tout en songeant aux week-ends à Las Vegas où nous perdions la notion du temps dans les bras l'un de l'autre.

Il me hissa dans ses bras et me berça comme si je ne pesais rien.

— Deux ans d'absence et nous sommes toujours amoureux, Gia. Ce sera forcément plus facile, si nous sommes ensemble.

— Rien n'est moins sûr, au vu de ces derniers jours.

Mais je venais d'envoyer valser mes chaussures.

Il avança dans la chambre, ses yeux rivés aux miens.

— C'est pourquoi je passe à la phase : « Souviens-toi pourquoi toutes ces emmerdes valent la peine d'être endurées. »

5

Une heure plus tôt, j'aurais dit que Jax n'avait pas la moindre chance de coucher avec moi. Pourtant, à ce moment-là, face à son beau visage tendu par le désir et à son regard adouci par quelque chose de beaucoup plus tendre, je ne voulais rien d'autre que tout oublier… sauf la façon dont il me faisait me sentir. Je voulais qu'il me rappelle ce que nous avions eu autrefois, ce à quoi je me cramponnais, ce que j'espérais tant retrouver.

Il me déposa doucement sur le lit et vint sur moi, les genoux pliés sur le matelas pour ne pas trop peser sur moi. D'une caresse, il repoussa une mèche de ma joue, avant de tourner le regard vers sa main qui remontait sous ma jupe, le long de ma cuisse.

— Je te veux nu, dis-je.

Sa bouche, cette bouche sexy à me damner, se courba dans un sourire narquois.

— Ah bon, là, tout de suite ?

Je m'étirai comme un chat, sachant qu'il trouvait ce geste irrésistible, et quand il lâcha un grognement guttural, je lui retournai un sourire tout aussi narquois.

Il glissa une main derrière mon genou pour m'obliger à plier la jambe sur le côté ; ma jupe remonta jusqu'à mes hanches, laissant à découvert ma culotte et mes jarretières assorties.

Il passa sa langue sur ses lèvres.

— Oh ! que je vais aimer te regarder te préparer chaque matin, bébé !

C'est alors que je pris conscience qu'en allant de l'avant, nous pourrions enfin partager des moments du quotidien comme celui dont il venait de parler, et que c'était ce que je voulais. Je voulais vivre avec cet homme que je n'avais eu que fugacement.

— Tu es encore beaucoup trop habillé, Jax...

Il se redressa pour se débarrasser de son gilet, qu'il laissa tomber par terre, puis il tira sur le nœud de sa cravate, laquelle alla rejoindre aussitôt le gilet. Lorsqu'il s'attaqua aux boutons de sa chemise, je me soulevai sur les coudes pour le regarder.

Je ne pus réprimer un petit murmure de plaisir.

Il s'arrêta, les sourcils froncés. L'étincelle qui brillait au fond de ses yeux me rendait toute chose. Cet homme savait qu'il était à tomber par terre et à quel point j'aimais le contempler.

— N'arrête pas, dis-je.

— J'adore quand tu me regardes comme ça, répondit-il en défaisant un autre bouton.

Je me mordis la lèvre. Jax avait toujours eu un corps athlétique et élancé, mais il avait gagné en volume, en définition aussi. Sa peau dorée s'étirait sur les creux et les plats de ses muscles et moi, je voulais tous les dessiner du bout de mes doigts... le dévorer comme mon dessert préféré... lui faire sentir à quel point je l'aimais.

Il enleva sa chemise et je me mis à genoux pour m'approcher de lui. Il reçut avec un grognement de plaisir mes mains impatientes qui couvrirent de caresses ses épaules et pétrirent ses biceps.

— Mais comment c'est possible ? m'étonnai-je. Tu es encore plus délicieux qu'avant, alors que tu étais déjà beau comme un dieu !

— Bébé...

Il m'embrassa à pleine bouche, à pleine langue, avec une passion qui me laissa sans souffle.

Je suivis de mes doigts gourmands les plaines de son torse et les sillons de ses abdos, la vallée de son nombril, la crête de ses hanches.

— Tu es si ferme, si dur, soufflai-je, étranglée par l'envie de me presser contre cette sculpture vivante et chaude à la peau de soie.

— J'ai fait beaucoup de sport pour tromper ma frustration…

Il saisit ma main et la plaqua sur son sexe durci, qui se tendit de plus belle contre ma paume.

— Je cherchais à m'épuiser parce que je ne pouvais pas t'avoir et que les rêves érotiques allaient me rendre fou.

Je caressai le relief de son sexe de bas en haut, lentement.

— Frustré mais pas toujours, murmurai-je en pensant aux femmes qui l'avaient séduit, qui avaient joui de ce qui était à moi. Tu t'es fait plaisir au moins deux fois.

Il enroula ma queue-de-cheval dans son poing et m'obligea à le regarder.

— J'étais frustré à m'en cogner la tête contre les murs. Mais après toi, les autres femmes sont sans saveur, Gia.

— Tant mieux ! dis-je en l'embrassant sur l'épaule. Et tu es encore habillé.

— Tu n'as qu'à finir le boulot.

Il retira l'élastique de mes cheveux et ses mains massèrent doucement mon cuir chevelu, envoyant des ondes de plaisir partout dans mon corps. Mes paupières devinrent lourdes ; la force de son désir m'enveloppait et engourdissait mes sens. Chacun de ses mots… le moindre petit geste… visait à me séduire.

Et ça marchait.

J'ouvris d'une main impatiente le Zip invisible de son pantalon sur mesure. Au-dessous, il portait un boxer noir. Le sous-vêtement semblait sur le point d'exploser sous la pression exercée par son sexe, dont le bout pointait derrière l'élastique. Sa chair luisante, couronnée d'une goutte transparente, semblait m'inciter à repousser pour de bon le caleçon. Je ne me fis pas prier.

Sans même m'en apercevoir, je lâchai un gémissement ébahi. Jax était beau de partout. Beau, grand, musclé. Je le contemplai, debout devant moi, le pantalon défait. Son sexe en érection, imposant... Son corps superbe, puissant... Il était la chose la plus érotique qu'il m'ait été donné de voir.

Et je le voulais en moi.

Après avoir baissé la fermeture Eclair de ma jupe, il commença à déboutonner mon chemisier, ses lèvres sur mon cou, sa langue suivant les battements affolés de mon pouls.

— Je vais te lécher de la tête aux pieds, me promit-il et ses mots effleuraient comme une caresse ma peau humide.

Je fermai les doigts autour de son sexe chaud et mouillé à cause du liquide qui s'en écoulait sans discontinuer. Cette preuve de son excitation était pour moi le plus puissant des aphrodisiaques. L'humidité de mon sexe trempait le haut de mes cuisses, et je crevais d'envie d'avoir en moi cette grosse bite que je caressai avec tant d'amour.

Mue par une envie irrépressible, je portai les doigts à ma bouche pour goûter à sa saveur, musquée, entêtante comme une épice secrète. Il lâcha un juron, tout en tirant plus fort sur les pans de mon chemisier. Les boutons sautèrent et roulèrent par terre.

— Je te voulais nue, murmura-t-il en me faisant virevolter, une main sur ma taille, de sorte que je me retrouvai penchée au bord du lit.

Il remonta ma jupe sur mes hanches pour exposer mes fesses et poussa mon genou sur le lit pour m'indiquer qu'il me voulait jambes écartées. Ses mains enveloppèrent mes fesses, les malaxèrent. Son souffle entrecoupé envoyait des rafales chaudes sur ma peau que ses dents happaient et mordillaient.

— Tu es née pour baiser, Gia, grommela-t-il. Dieu t'a créée juste pour me rendre fou !

Il fit courir un doigt sous la dentelle de mon string, du bas de mon dos jusqu'à la chair humide entre mes cuisses. Alors qu'il avait à peine frôlé mon sexe, je frémis, ébranlée, le souffle coupé.

Tout à coup, la dentelle céda, l'élastique claqua sur ma peau, me faisant sursauter. Jax mit son torse tout chaud contre mon dos, ses mains enveloppant mes seins lourds d'envie, son sexe brûlant et dur niché entre mes fesses.

Qu'il soit excité au point de déchirer mes vêtements m'avait mise dans tous mes états, mais la sensation d'être à sa merci me poussa plus près encore de l'orgasme. Son désir était un tourbillon qui m'aspirait sans que je puisse y résister. Il était fou de moi comme j'étais folle de lui, si ce n'est plus. Cela semblait impossible et, pourtant, c'était ce qu'il parvenait à me faire sentir.

— Viens, suppliai-je, en ondulant fébrilement des hanches. Viens, vite.

— Vite quoi, bébé ? susurra-t-il, faisant rouler entre ses doigts habiles les pointes durcies de mes mamelons. Dis-moi encore ce que tu veux.

Ses testicules titillaient ma fente à chacun de ses mouvements. C'était une torture exquise.

— Baise-moi, Jax. Baise-moi fort.

Il nicha son visage au creux de mon cou.

— C'est ce que tu veux ?

Avec un déhanchement souple, il pressa le bout de son sexe contre l'orée du mien. La pression dans mon ventre monta d'un cran, lorsque la couronne de son gland fendit ma chair tendre.

Oh ! Que j'aimais ça !

Je gémis, pantelante. Il était partout. Ma peau ne sentait que lui, c'était lui que je respirais…

— Tu es si étroite, grommela-t-il en se retirant pour revenir encore en moi.

Il allait et venait avec des coups de reins d'une lenteur

délibérée, les mains rivées à mes hanches qui s'agitaient désespérément. Il me pénétrait, de plus en plus loin.

— Serrée, fondante… C'est si bon, bébé, tu vas me faire jouir ! Je veux finir en toi…

Les poumons en feu, j'enfonçai les ongles dans le couvre-lit en tentant d'augmenter la cadence de nos mouvements. Je n'avais que faire de son endurance, je le voulais fort et à fond. Mon sexe encore plus serré autour du sien, je sentis l'orgasme tout proche. Du coin de l'œil, j'aperçus un mouvement et, tournant la tête, je vis notre reflet dans la glace du dressing.

Il suivit mon regard et cessa de bouger en découvrant nos corps emboîtés, lui ployé sur moi, le pantalon à mi-cuisse.

On était l'image même de la débauche. Moi, plaquée contre le lit et encore à moitié habillée, empalée sur son sexe ; lui, fessiers en tension, biceps saillants, une main autour de mon sein, le dos luisant de transpiration.

Il me décocha un sourire de bad boy.

— Tu aimes me voir te baiser.

Pour le prouver, il se retira et plongea encore en moi, tous les muscles de son corps à l'œuvre. Je gémis, mon sexe palpitant autour du sien, mes mamelons durcis, presque douloureux, contre ses paumes.

— Oh oui, tu aimes ça ! répéta-t-il, sa voix de velours éraflée par le désir. Je vais mettre des miroirs au plafond, Gia, pour que tu puisses me voir adorer ton corps de rêve jour et nuit. Pour que ça reste gravé à jamais dans ton esprit, pour que tu n'oublies pas pourquoi tu acceptes d'endurer le monde extérieur. Chaque fois que tu fermeras les yeux, tu me verras te faire l'amour jusqu'à épuiser tes orgasmes.

Je jouis, incapable de me retenir une seconde de plus. Je criai mon plaisir jusqu'à ce que la tension se brise, les décharges du plaisir courbant mon dos comme un arc contre son torse.

Lui aussi perdit le contrôle. Avec un grognement animal, il me pénétra sans ménagement, fort, vite. Ses dents se fermèrent sur mon épaule et il jouit en moi avec un râle déchiré, secoué de spasmes violents.

C'était beaucoup trop. Je ne pouvais plus voir, ni penser. D'instinct, je m'accrochai au couvre-lit pour ne pas me noyer dans le flot de mes sensations. J'essayai de m'allonger; mon corps était repu, mes sens saturés... Mais Jax, le sexe encore bandé, encore en moi, me retint.

Il ne voulait pas me laisser partir ; j'étais captive, piégée. J'étais l'otage complaisant de notre désir sans fin.

Il finit de me déshabiller, me nettoya avec une serviette tiède et ouvrit le lit pour moi. Je le laissai faire, molle et encore essoufflée, mais aussi un peu irritée qu'il puisse agir et penser, alors que je n'étais qu'un petit tas de chair tremblotante au cerveau en rade pour cause d'overdose d'endorphines postorgasmiques.

— Tu exagères, grognai-je, lorsque enfin il s'affala dans le lit à côté de moi, son corps parfait, parfaitement nu.

Il me sourit, la tête en appui sur une main, les doigts de l'autre traînant paresseusement de mon cou à mon nombril.

— Tu as dû rater les dix minutes que j'ai mises à me relever.

— J'aurais ta peau, la prochaine fois.

— Mmm...

Il déposa un baiser sur mes lèvres.

— Je suis heureux rien qu'à l'idée qu'il y aura une prochaine fois. Plein d'autres fois. Tu as deux ans à rattraper.

— Je ne te laisserai pas dire que c'est ma faute ! C'est toi qui es parti. Ma réaction *a posteriori* ne compte pas : c'est toi qui as disparu.

— D'accord : *j'ai* deux années à rattraper, corrigea-t-il en écartant doucement mes jambes avant de venir sur moi. Alors, autant commencer tout de suite.

Je repoussai les cheveux qui lui tombaient sur le front. Il était encore plus renversant après avoir fait l'amour. Le visage détendu, il semblait plus jeune, et ses yeux brillaient au-dessus d'un sourire au charme adolescent. Il avait, tout simplement, l'air heureux, et mon cœur se serra en pensant que c'était grâce à moi, alors que je n'avais pas fait grand-chose.

Il tourna le visage pour embrasser ma main.

— Je t'aime, Gia.

Je sentis les larmes me monter aux yeux.

— Jax… J'ai si souvent rêvé que tu me dises ça !

— Mais je n'arrêtais pas de te le dire… Pendant que tu dormais.

Son aveu me heurta plus qu'imaginer qu'il ait pu ne pas m'aimer du tout.

— Je ne sais pas si je comprendrai un jour pourquoi tu m'as fait vivre un tel cauchemar.

Ses yeux s'assombrirent ; son sourire s'estompa.

— Je crains que tu finisses par y arriver pourtant.

Je sentis la tension s'emparer de nouveau de son corps massif et je regrettai d'avoir abordé le sujet. Les jambes autour de ses hanches, je le serrai contre moi.

— Et si on se promettait de ne pas inviter dans notre lit quoi que ce soit d'autre que nous ? murmura-t-il en caressant ma joue du bout de son nez. Je veux que nous ayons un lieu rien que pour nous deux, un endroit où la seule chose qui compte soit toi et moi.

J'acquiesçai en silence. Le visage contre son cou, mes mains caressant son dos, j'inspirai longuement. Son odeur aimée, si familière et unique, me ramena à l'instant présent, loin de mes peurs.

— Je suis entièrement pour. Mais sache aussi que si tu ne m'inclus pas dans les décisions que tu prends, dès maintenant, on n'aura jamais l'occasion de partager ce lit.

Je sentis son sourire contre ma peau.

— Vous êtes dure en affaires, mademoiselle Rossi !

— J'assume complètement.

Les muscles de son dos se tendirent sous mes doigts

et il pressa son sexe contre le mien avec un grognement gourmand.

— Pour tout vous dire, moi aussi, je suis dur. Très.

Emmitouflée dans un des peignoirs de Jax, je sirotai un verre de vin sur l'un des tabourets de la cuisine en le regardant couper de la charcuterie et du fromage. L'intérieur de son énorme réfrigérateur était aussi vide qu'un terrain vague.

— Jax… Tu as déjà habité avec une femme ?

— Non.

Je hochai la tête, admirant ses fesses remarquables sous son pyjama léger.

— Tu n'as pas peur de te sentir envahi ?

Il me regarda entre ses cheveux ébouriffés.

— Non.

— Cet endroit est plutôt… aseptisé. Tu risques peut-être de t'énerver en trouvant mes chaussures par terre, ou mon sac sur une chaise, ou…

— Ta culotte sur le tapis parce que je l'aurai arrachée pour te baiser ? finit-il à ma place. Non, aucun souci là-dessus. Tu es en train de reconsidérer ta décision ?

Je pris une autre gorgée de riesling et en savourai le bouquet racé avant de répondre.

— J'ai peur qu'à force de penser à moi, tu aies oublié de considérer de quelle façon la situation pouvait t'affecter, toi.

Il posa le couteau et saisit son verre d'un geste nonchalant que son regard perçant démentait.

— De quoi as-tu peur, Gia ?

— Tu t'inquiètes pour ce qui va nous tomber dessus dès qu'on quittera cet appartement, commençai-je, choisissant avec soin mes mots. Moi, en revanche, je me demande comment ça va se passer dans l'intimité. Tout est très beau et très fun, jusqu'à ce qu'on découvre à quel point l'autre peut nous agacer au quotidien.

Il s'adossa au plan de travail et croisa les chevilles, un bras drapé sur son torse. Son verre dans l'autre main, il semblait détendu et à l'aise, mais je n'étais pas dupe. Je l'avais déjà vu me déshabiller avec cette même attitude « mine de rien ».

— Tu veux parler de ta façon d'inonder la salle de bains rien qu'en te lavant le visage ? demanda-t-il d'une voix traînante. Ou de ton habitude de laisser la vaisselle dans l'évier parce qu'au lieu de vider tout le lave-vaisselle, tu sors les assiettes une à une, quand tu en as besoin ? De ta manie de brancher un chargeur dans chaque chambre pour ne pas avoir à te déplacer quand ton fichu téléphone n'a plus de batterie ? Ou encore de toutes les fois où je vais trébucher sur les chaussures que tu enlèves où l'envie te prend ?

Je cillai.

— Euh, ouais…

— Ce n'est pas parce que je passais mon temps à reluquer ton cul que je n'ai fait attention à rien d'autre, quand on sortait ensemble à Las Vegas, continua-t-il avec un sourire. Cela dit, si tu as vraiment peur de me taper sur les nerfs, on peut se mettre d'accord sur le gage que tu auras, quand ça arrivera.

— T'es vraiment un mec, toi…

— Tu le remarques seulement ? Franchement, Gia, je te croyais plus observatrice.

Je dus me retenir pour ne pas sourire.

— On va manger ou quoi ?

— Tu vas arrêter de t'inquiéter ?

— Au bout d'un moment, j'espère, dis-je en caressant le pied de mon verre. Nous avons passé six semaines ensemble, en tout et pour tout. Tu ne me demanderais pas d'emménager avec toi dans des circonstances normales, c'est beaucoup trop tôt. Tu peux me dire et me répéter qu'il n'y a pas de quoi fouetter un chat et que tu es prêt, j'ai besoin de le voir pour le croire.

Il se redressa.

— Je comprends tout à fait. Peut-être que, dans des circonstances « normales », nous aurions fait la navette entre ton appart et le mien pendant quelque mois pour « y aller doucement », sans pour autant passer une seule nuit chacun chez soi. Nous aurions été incapables de nous montrer aussi raisonnables. On se plaît trop.

— Peut-être, concédai-je. Mais tu n'es pas du genre à te laisser forcer la main.

— J'avais le choix.

Il reposa son verre et fit le tour du bar pour s'approcher de moi avec cette démarche de gros matou qui me donnait des frissons.

— J'aurais pu faire demi-tour, dit-il. Ou renforcer la sécurité chez toi, ou te trouver un endroit sûr. J'aurais pu aussi te laisser te débrouiller seule comme une grande.

Il s'arrêta tout près de moi, tira sur la ceinture du peignoir, l'ouvrit pour me contempler. Il se passa la langue sur les lèvres, les paupières alourdies par le désir, et écarta mes genoux doucement. L'air frais de la chambre caressa mon sexe et je frissonnai. Ses pouces montaient tout doucement le long de mes cuisses.

— Ou j'aurais pu accepter ta proposition d'être le mec que tu appelles quand tu as une petite envie.

Je passai mes jambes autour de lui et l'attirai contre moi.

— J'aurais pu ne pas t'appeler.

— Oh ? Tu aurais été aussi cruelle ?

Il défit la ficelle qui retenait son pantalon et empoigna son sexe de nouveau en érection. Je le regardai faire, fascinée par les mouvements de sa main sur sa peau satinée, tendue à l'extrême.

— J'aurais tenu le plus longtemps possible.

— Je t'aurais appelée, inondée de « sextos », je t'aurais harcelée. Je n'aurais pas été le seul à souffrir.

Il frôla mon front du bout des lèvres.

— Tu en veux encore ?

— Tu tiens vraiment à rattraper le temps perdu, n'est-ce pas ?

— Je n'y suis pour rien, c'est l'effet que tu me fais.

Il glissa son gland entre mes petites lèvres et titilla mon clitoris.

— Dès que tu es entrée dans ce bar, à Las Vegas, j'ai su que j'étais un homme mort.

Je déglutis et m'accrochai au tabouret, tentant de prendre un air indifférent. Peine perdue.

— Menteur ! Vous partiez en chasse, avec tes copains. Six mecs prêts à mettre la ville à feu et à sang pour fêter un enterrement de vie de garçon. Votre but était de vous envoyer en l'air, peu importe avec qui.

— C'est vrai, reconnut-il en souriant. Tout comme toi.

— Et j'ai chopé le mec le plus sexy du bar, soufflai-je dans un tressaillement, mon équilibre sur le tabouret sérieusement menacé par l'effet de ses caresses.

— Et moi la fille la plus sexy du monde.

Il se pencha et passa le bout de sa langue entre mes lèvres dans un geste aussi fugace qu'érotique.

— Tu m'as mis dans un de ces états... Plutôt embarrassant, d'ailleurs, de bander comme un âne en public pendant des heures.

— C'est vrai qu'on ne pouvait pas te rater, gloussai-je au souvenir qu'il évoquait. Elle est si grosse...

— Tu la veux ?

J'acquiesçai.

— Je la voulais déjà, ce soir-là. Je t'ai invité chez moi non ? Ça faisait fille facile, mais je n'ai pas pu résister.

Avec un gémissement sourd, il fit glisser le bout de son sexe en moi.

— Je t'aurais poursuivie pendant des semaines s'il l'avait fallu. J'aurais tout fait pour t'avoir.

Je resserrai mes jambes autour de lui et l'attirai tout contre moi pour qu'il me pénètre plus encore. Je dis son prénom dans un frisson, émerveillée comme toujours par la sensation de fragilité qui s'emparait de moi quand lui s'emparait de mon corps.

— Gia... Bébé...

Une main sur ma nuque, l'autre sur ma hanche, il m'aidait à tenir en équilibre, tandis qu'il roulait des hanches en poussant le plaisir dans ses retranchements.

— Tu sens ça ? C'est moi qui viens en toi, mais c'est comme si c'était toi qui me prenais. Chaque fois, chaque putain de fois, je sens littéralement que je t'ai dans la peau !

J'enfonçai mes ongles dans son dos.

— C'est ce que je veux. Je veux que tu sois à moi, Jackson.

— Tu n'es qu'une sorcière, marmonna-t-il, la mâchoire en tension. Je croyais que j'allais te mettre dans mon lit, te baiser sans merci jusqu'au matin puis rentrer chez moi avec un sourire. Mais tu m'as mangé tout cru ! Tu m'as mis en vrac ! Je n'aurais pas pu quitter ton lit quand bien même je l'aurais voulu et j'aurais supplié pour rester, si tu avais voulu me mettre dehors.

— Dis donc, tu as bien caché…

Un coup de reins plus puissant que les autres me força à reprendre mon souffle.

— … ton jeu. Je n'avais pas compris. J'étais convaincue que tu étais un champion des marathons de baise.

Son regard exprima une tendresse infinie.

— J'étais affamé, bébé. Je vivais de restes et de malbouffe, tu as été le premier véritable repas de ma vie. J'avais besoin de toi, Gia, et j'ai toujours besoin de toi.

— Moi aussi, j'ai besoin de toi.

Tellement. Beaucoup trop. Le seul fait de me trouver dans la même pièce que lui me faisait sentir plus vivante.

Il passa ses mains sous mes fesses et me porta jusqu'au canapé sans que son sexe ne me quitte.

— Ne l'oublie jamais, dit-il d'une voix rauque, en caressant mes cheveux d'une main tremblante. Quand tout ira de travers, souviens-toi que j'ai besoin de toi.

Je vis dans ses yeux l'inquiétude qu'il me demandait d'oublier et mon cœur se serra. Puis il recommença à bouger en moi, beau comme un dieu, lui, le plus doué des amants, le plus tendre des amoureux. Et je m'oubliai en lui.

6

Nico posa un carton sur le bar et s'approcha de la baie vitrée.

— Cette vue est pourrie, mec. Trop de ciel, déjà, et tu ne peux même pas épier les voisins.

— J'ai déjà le meilleur panorama dont on puisse rêver, répondit Jax en m'enlaçant par la taille pour m'embrasser dans le cou.

Je venais d'arriver dans son appartement — *notre* appartement — avec mes frères et quelques cartons. Vincent débarqua alors à son tour dans l'entrée, chargé d'une valise et d'un sac de voyage.

— Beurk, marmonna-t-il en nous voyant roucouler. Où tu veux que je dépose ça ?

— Là, peu importe..., répondis-je.

On était samedi après-midi, il faisait un temps superbe, idéal pour traîner en ville, et si un déménagement n'était pas un moment de loisir à proprement parler, je ne m'en plaignais pas. Encore mieux : mes frères non plus, ce qui pour moi tenait du miracle.

Jackson Rutledge aurait pu vendre du sable dans le désert ! Le jeudi soir précédent, après la fermeture du Rossi's, il était parvenu à convaincre ma famille du sérieux de ses intentions et de son désir passionné d'être avec moi, sans pour autant dire une seule fois qu'on s'engageait pour la vie. Je crois qu'il savait aussi bien que moi que mes parents entendaient déjà retentir les cloches de l'église, mais leurs attentes ne semblaient pas le mettre sous pression. Quant à moi, je faisais de mon mieux pour ne pas m'emballer.

En revanche, le lendemain, au bureau, lorsque j'avais fait part de nos projets à Lei, elle m'avait souhaité bonne chance de façon assez mitigée. Son manque d'enthousiasme m'avait déçue et me tracassait, car son avis comptait beaucoup pour moi et j'aurais aimé avoir son entière approbation.

— On dirait que j'arrive au bon moment…

Jax se raidit en entendant la voix de son père. Il relâcha son étreinte et se redressa. Je me retournai et fis face à Parker Rutledge.

— J'ai apporté de la bière, dit-il en soulevant légèrement le pack de douze canettes qu'il tenait à la main.

Il souriait de toutes ses dents, et comme chaque fois, je fus saisie par sa ressemblance avec son fils. Il tendit la main à Vincent et se présenta avant de s'adresser à moi.

— La voilà donc, la femme qui a mis un sourire non-stop sur le visage de mon fils. Heureux de te revoir, Gianna.

— Bonjour, monsieur Rutledge.

— Je t'en prie : Parker.

Il déchira le carton du pack et tendit une bière à Vincent, puis il traversa le salon pour saluer Nico.

— J'ai vu l'autre Rossi dans le hall. J'ai cru comprendre qu'il faisait un pari avec le concierge.

Jax suivait les mouvements de son père avec une expression impénétrable.

— Et si on décidait d'un soir pour se réunir tous autour d'une table ? lança Parker avec un regard à la ronde qu'il arrêta sur moi. Tes parents inclus, bien entendu. Et mon épouse, Regina.

— Les Rossi sont aussi débordés que nous, lui répondit Jax d'un ton sec. Peut-être même plus.

— Je n'en doute pas une seconde. L'esprit entrepreneur américain à son summum, répondit Parker en s'installant à la table basse avec une canette de bière. Mais nous pouvons certainement trouver un moment, non ? La famille avant tout, n'est-ce pas ?

Nico me chercha du regard, l'air très sérieux.

— Bien sûr, dit-il en haussant les épaules. Pourquoi pas ?

Une fois que tout le monde fut parti, Jax s'enferma dans son bureau, me laissant ranger mes affaires à ma guise. Nous n'en avions pas parlé, mais j'étais certaine que ses plans pour notre samedi étaient différents avant la visite de son père. Que l'irruption de Parker Rutledge, tout en cordialité familière, ait transformé son fils en glaçon me déconcertait au plus haut point.

Qu'est-ce qui s'était passé entre eux ? Pourquoi chaque apparition de son père creusait-il un gouffre entre nous ?

Une fois que j'eus défait mes cartons, ce qui me prit une petite heure, je me trouvai désœuvrée dans cet appartement que je n'avais pas encore eu le temps de m'approprier. Je songeai à allumer la télé, puis décidai de nous organiser plutôt une jolie soirée ciné-resto. Il était hors de question que Parker ruine mon premier week-end avec Jax !

Je m'installai sur le canapé, pieds nus sur la table basse, mon ordinateur sur les genoux, pour consulter les horaires des films à l'affiche. Je finissais de taper mon mot de passe quand Jax revint dans le salon.

— Salut, toi..., dis-je avec mon meilleur sourire, sourire qui s'estompa aussitôt devant son air ombrageux. Tout va bien ?

— Bien sûr.

— Décoiffé comme ça, tu es à tomber.

Ses cheveux partaient dans tous les sens, comme toujours quand il s'était passé les mains sur la tête pour apaiser ses tensions, ce que j'aurais été heureuse de faire pour lui.

Avec un regard dépité, il tenta de remettre de l'ordre dans le champ de bataille.

— Je me demandais si... si tu serais d'accord pour assister

à une de ces sauteries assommantes contre lesquelles je t'ai mise en garde…

— Je suis toujours partante, si ça implique que tu portes un smoking.

Un demi-sourire ironique éclaira son visage.

— Très bien, alors.

Je refermai mon ordinateur et le posai sur la table.

— Il faut donc que j'aille faire une virée shopping. C'est quand, l'événement ?

— Ce soir.

— Ce soir ? Tu n'aurais pas pu me prévenir un peu plus tôt ?

— Je viens de l'apprendre, dit-il d'un ton lugubre. Mais on peut appeler une styliste pour qu'elle apporte quelques tenues parmi lesquelles tu choisiras.

— Sérieux ? Quel taux d'importance, au juste, ta petite « sauterie » ?

Il s'appuya contre le mur, ce qui aurait pu passer pour une attitude nonchalante s'il n'avait pas été aussi stressé. Je pouvais presque voir la tension qui irradiait de lui.

— Je vais te présenter comme ma petite amie. Mais, sachant que tu risques d'imaginer que j'attends de toi que tu donnes une image précise, je tiens à préciser que je n'aurais aucun souci, si tu voulais y aller telle que tu es en ce moment.

Je me relevai et regardai ma tenue, un débardeur blanc à côtes et un corsaire couleur sable.

— N'importe quoi !

— Bébé, avec le corps que tu as, tu serais sexy même dans un sac-poubelle, dit-il en croisant les bras comme pour souligner ses propos. C'est juste que je ne veux pas que tu te fatigues à faire le tour de la ville.

— Je peux trouver un petit quelque chose vite fait, tu sais…

— Mais ça gâchera mon plaisir. Si on fait les boutiques, on

va me virer de la cabine. Alors que si on fait venir quelqu'un ici, je pourrai te regarder t'habiller et te déshabiller.

Je me mordis la lèvre pour ne pas sourire.

— Pervers !

— J'avoue.

— C'est quelque chose que tu fais souvent ? demandai-je du ton le plus désinvolte que je pus feindre.

Car j'étais bien consciente qu'il n'était pas tellement habituel qu'un mec propose d'appeler une styliste, juste pour que sa copine se trouve une robe.

— Me faire virer des cabines ? Non, c'est assez rare.

Je décidai qu'il valait mieux laisser tomber.

— Heureuse de l'apprendre. Enfin… Je vais sortir faire un tour, comme ça tu pourras retourner bosser.

— Et toi passer tout l'après-midi à te tourmenter pour décider si je joue toujours aux déguisements avec les nanas avec qui je couche ?

— Je n'ai pas envie de parler de tes conquêtes, Jax.

Je pris mon sac et me mis à la recherche de mes ballerines.

— Non, tu as envie de te mettre en colère contre moi pour des trucs qui n'existent que dans ta tête.

— C'est avec ton père que tu as un problème, fis-je en lui lançant un regard noir. Pas la peine de t'en prendre à moi.

— Ça n'a rien à voir avec lui.

— Ah bon ? Moi, j'ai l'impression au contraire que presque tout, dans ta vie, a à voir avec lui.

— Pas toi, dit-il calmement.

Mais sous ce calme, je sentais un danger.

Il fit un pas vers moi.

— Arrête de changer de sujet et vide ton sac une bonne fois, Gia.

— Non, ça n'a aucune importance, Jax. Je savais que tu étais un homme à femmes quand je t'ai connu. Ça va me passer.

— J'ai eu des aventures, c'est vrai. Mais ce n'était que

ça, des aventures… Je n'avais rien à faire de ces femmes, et encore moins de ce qu'elles portaient.

— Tu es obligé de parler comme un connard ?

Il haussa les épaules.

— Je dis les choses comme elles sont.

— Non, là, tu essayes de donner de toi une image qui n'a rien à voir avec la réalité. Tu ne peux pas me dire que je te connais et ensuite répéter jusqu'à plus soif que tu es un salaud.

Je lâchai mon sac avant d'ajouter :

— C'est comme si tu voulais te persuader, et me persuader, que tu es quelqu'un que tu n'es pas.

Il s'avança jusqu'à moi.

— C'est plutôt que je ne veux pas qu'on oublie, ni toi ni moi, qui je suis ni ce que je porte en moi qui ne demande qu'à resurgir.

— Ton père s'en charge très bien !

— Tu fais une fixation sur mon père.

— Je dis les choses comme elles sont, rétorquai-je.

Il me dévisagea longuement, le corps tout en tension ; l'ambiance entre nous devenait électrique.

— Mais tu refuses de voir que lui et moi nous ressemblons beaucoup, et je ne parle pas que du physique.

— Très bien. Parlons-en, alors…

— Je n'en ai pas envie.

— Tu as juste envie de m'engueuler, c'est ça ?

Il se gratta le cou en hochant la tête. Malgré tout, je ne pus m'empêcher d'admirer combien son biceps bandé mettait son T-shirt à l'épreuve.

— J'ai surtout envie de te baiser.

— Jax !

Je ne pus retenir un éclat de rire. Sa frustration était palpable et sa réponse si typiquement… mâle.

— Tu as de la chance que j'aie grandi avec trois frères, tu sais ? J'ai l'habitude des singes qui se tapent sur la poitrine !

— Et de me rendre fou !

— Tu y arrives très bien sans moi, avec ces soucis de personnalités multiples dont tu parles. Oh ! Mais ça y est ! J'ai compris… Tu as un jumeau. Il y a deux Jax !

— Seigneur ! fit-il en se massant les tempes.

— Mais si je couche avec les deux, c'est tromper ou pas ?

Il laissa tomber les bras et me regarda.

— Tu es amoureuse des deux ?

Je mis ma main sur sa poitrine.

— Je suis amoureuse de toi, Jax.

Poussant un soupir, il me serra contre lui et déposa un baiser sur mon épaule.

— En politique, l'apparence est fondamentale. Parfois, je dois conseiller des gens sur leur image. C'est pourquoi je connais quelques stylistes.

Je glissai la main sous son T-shirt pour pouvoir sentir sa peau. Il frémit avec un gémissement presque inaudible qui fit accélérer mon cœur.

— C'est bon à savoir.

J'aurais voulu en savoir plus, mais pour la première fois dans l'histoire de notre relation, nous avions le temps de laisser les choses éclore et se développer. Je m'accordai donc le droit d'en profiter.

De la poignée de choses qui me coupaient le souffle dans ce bas monde, Jax en smoking figurait en tête de liste.

Je le regardai traverser la salle de bal, une flûte de champagne dans chaque main, de sa démarche élégante et résolument sexuelle. Nous étions dans un hôtel de Washington où toute la crème politique et financière du pays s'était donné rendez-vous. La lumière, pleuvant des immenses lustres en baccarat, faisait scintiller des bijoux hors de prix et des coiffures d'où aucun cheveu ne dépassait. Le tintement argentin des verres ponctuait allègrement le bourdonnement des conversations policées.

Mais même au milieu de tout ce beau monde, Jackson se démarquait, avec ses cheveux aussi sombres que son veston, sa peau légèrement hâlée, la ligne arrogante de ses sourcils… Son smoking, coupé d'une main de maître, soulignait ses larges épaules et mettait en valeur la longueur de ses jambes.

Discrètement, je passai la langue sur mes lèvres. Et dire que cet homme magnifique était *à moi* !

Il aurait attiré mon attention dans n'importe quelle circonstance, mais si j'avais le cœur qui s'emballait, c'était à cause de sa façon de me regarder.

Il me tendit une flûte.

— Quoi que tu en dises, je l'adore, cette robe, fit-il en se penchant pour m'embrasser l'épaule.

Je souris contre le bord de ma flûte. La robe en question, — coupe bustier doré mat — était la première que j'avais essayée. Jax l'avait adoptée dès le premier coup d'œil, n'accordant qu'un hochement de tête indifférent aux trois autres que j'avais passées par la suite. En soie fluide, retenue par de fines bretelles en perles, elle enveloppait mon corps de manière très flatteuse, et si, au départ, j'avais un sérieux doute sur sa couleur, j'avais découvert en me regardant dans la glace qu'elle gommait ou accentuait mes courbes exactement là où il le fallait.

— Merci.

Il tourna son visage vers la salle, posant sa main sur ma hanche dans un geste d'une possessivité qui ne laissait pas place au doute.

— Dans deux heures, si tu veux, on peut atterrir à New York. Ou alors on peut prendre une chambre ici.

— Ou on rejoint le club de ceux qui s'envoient en l'air dans les airs. A quoi bon disposer d'un jet privé, si on ne peut pas faire des folies ?

Il serra ses doigts sur ma taille.

— C'est malin ! Voilà que je bande encore une fois en public. Merci beaucoup !

J'éclatai de rire en me laissant aller contre lui.

— Qu'est-ce que tu dois faire ici, au juste ?

— Je ne sais pas vraiment, répondit-il en prenant une gorgée de champagne. Quand Parker arrivera, j'en saurai un peu plus.

— Il compte beaucoup sur toi, non ?

Il haussa les épaules, mais sa bouche prit encore une fois ce pli crispé que je commençais à bien connaître. La même crispation raidit son corps une fraction de seconde plus tard, et, suivant son regard, je compris pourquoi : Parker et Regina Rutledge étaient arrivés. Ils se tenaient près de l'entrée, entourés par ceux, nombreux, qui tenaient à côtoyer un membre de cette prestigieuse famille. Parker était le magicien derrière le rideau que tout le monde voulait voir, mais il regardait vers nous par-dessus les têtes.

Il me sourit lorsque nos yeux se croisèrent, puis porta son attention sur son fils. Ils se comprirent sans un mot.

— Excuse-moi une seconde, bébé, murmura Jax avant de fendre la foule qui les séparait.

J'observais le père et le fils et tentais de déchiffrer leur langage corporel.

— Eh bien, tu t'es drôlement bien arrangée ! dit derrière moi une voix familière.

Je me retournai pour saluer Allison Rutledge, née Kelsey. Le soir où j'avais accompagné Ian, je n'avais pas eu le temps de la regarder de près, et je profitai de l'occasion pour passer en revue ce qui avait changé en elle. Elle était encore plus mince qu'à Las Vegas, et pourtant à l'époque, elle l'était déjà beaucoup. Raffinée et parfaite dans le genre fragile, elle me sembla cependant plus dure, presque blasée. Je vis dans ses yeux une expression désabusée qui n'était pas sans me rappeler celle qui voilait parfois ceux de Jax.

N'empêche, elle était plus belle que jamais. Ses cheveux noirs, coupés en un carré impeccable, encadraient magnifiquement ses traits délicats ; ses grands yeux azur et le camaïeu de bleus de sa robe mettaient en valeur son teint de porcelaine.

— Bonjour, Allison, dis-je en reportant mon attention

sur Jax et Parker, notant une fois encore à quel point ils étaient tous les deux grands et séduisants.

— Elle est bien, cette robe, poursuivit-elle en me toisant. Gretchen doit bien l'aimer. Elle me l'a proposée aussi, mais ce n'est pas mon style.

Je pris une autre gorgée de champagne pour cacher ma surprise en l'entendant parler de la styliste. Gretchen était donc l'un des atouts cachés de la famille Rutledge. C'était bon à savoir.

— Tu seras peut-être surprise d'apprendre que ce n'était pas mon premier choix non plus.

Son sourire était tout sauf amical.

— C'est malin de ta part de laisser Jackson t'habiller. Mais de toute évidence, tu es plus maligne que je ne l'avais cru, ou tu ne serais pas ici.

— Tu ne veux pas aller cracher ton venin ailleurs ? demandai-je avec un geste las. Tu es dans mon espace vital et j'aimerais bien que tu débarrasses le plancher.

— C'est vrai que tu n'aimes ni les foutaises ni les faux-semblants, alors je vais te les épargner… Après tout, on va être obligé de s'entendre. Autant commencer tout de suite.

— On n'est obligées à rien, répondis-je sans ciller. Et je suggère qu'on fasse de notre mieux pour nous éviter à l'avenir.

Elle écarquilla les yeux et éclata de rire. Un rire artificiel et mélodieux, très bien assorti à sa voix.

— Ce n'est pas comme ça que ça va se passer, Gianna ! Toi et moi, nous allons devenir les meilleures amies du monde, du moins en public. On sortira déjeuner et faire du shopping ensemble. Ted et moi vous retrouverons, Jax et toi, au restaurant. Nous irons aussi voir des matchs et des expos. Et nous ne manquerons pas de sourire aux photographes et de montrer que nous sommes aussi proches que deux sœurs.

Ses yeux brillaient avec un éclat inquiétant qui me donna la chair de poule.

— Tu as bu trop de champagne, Allison.

— Je laisse à Jackson le soin de tout t'expliquer.

— Expliquer quoi ? demanda Regina Rutledge en se joignant à nous.

— Que Ted va se présenter comme candidat à la mairie. Jackson s'est surpassé.

Ma main se crispa sur la tige de mon verre ; je sentais qu'on abordait un terrain miné.

Tout en souriant, Regina parla d'une voix froide et coupante.

— Tu devrais laisser Jackson s'occuper de Gianna. Il se montre très protecteur envers elle.

— J'ai cru comprendre..., dit Alison en me regardant. Je t'appelle bientôt pour un déjeuner. Amuse-toi bien, Gianna. Et encore une fois, tu es superbe ! Cette robe a été faite pour toi.

Elle s'éloigna et je me frottai le nez avec mon majeur pour exprimer discrètement mes sentiments à son égard.

A l'autre bout de la salle, Parker retenait encore Jax, la main posée sur son épaule, tandis qu'ils discutaient tous les deux avec un monsieur aux cheveux blancs dont la tête me disait quelque chose.

— Ne prête pas attention à elle, me dit Regina en se plaçant dans mon champ de vision.

Ses cheveux blonds formaient sur ses épaules et dans son dos une cascade ondulée éblouissante, digne d'une star du Hollywood de l'âge d'or.

— Elle est jalouse. Elle a épousé un Rutledge mais... Ted ne vaut pas Parker ou Jackson, ajouta-t-elle en haussant une épaule d'un geste insouciant.

Bien que d'accord avec elle, je gardai mon avis pour moi.

— Je suis heureuse de vous revoir, dis-je plutôt.

Elle sourit.

— Toi et moi, on est des femmes chanceuses. Fais-moi confiance, la vigueur de Jackson ne s'atténuera pas avec l'âge.

J'écarquillai les yeux, abasourdie par ce que je venais d'entendre. Même si Regina avait pratiquement mon âge, elle n'en était pas moins la belle-mère de Jax. Et discuter avec elle de nos vies sexuelles me faisait trop bizarre.

Jax apparut devant moi, saisit ma flûte et la passa à Regina. Tout feu tout flamme, il prit ma main et m'attira contre lui.

— Danse avec moi.

Il me conduisit vers la piste, ses bras déjà autour de moi.

— Tu es la plus belle femme de la soirée.

— La flatterie te mènera loin.

C'était grisant d'être dans ses bras en public, autant, presque, que lorsqu'il n'y avait que nous deux.

— A l'avenir, Jax, et bien que cette robe soit ravissante, j'aimerais autant éviter d'avoir la même styliste qu'Allison. Je ne l'aime pas, cette fille, vraiment pas.

Ses doigts se firent caressants sur mon dos.

— Ce n'est pas la personne que je préfère non plus, mais c'est la femme de Ted. Elle fait partie de la famille.

— J'en ai ma claque qu'elle m'utilise pour affûter ses griffes !

— C'est vrai qu'elle est parfois pire qu'un chien enragé, concéda-t-il, mais elle n'a pas ces griffes sans raison. Tu devrais t'en laisser pousser, toi aussi, Gia.

— Je sais que tu ne me penses pas assez forte pour survivre dans ton monde, mais je te prouverai que tu as tort. Cela dit, je ne compte pas me plier en quatre pour faire plaisir à des gens qui m'insultent.

— Donc, quand tu disais que tu voulais qu'on fasse équipe… ça ne concernait que les choses que tu décides ?

— Non, mais je ne te demanderai jamais d'encaisser des insultes sans broncher. Je te respecte plus que ça !

Il serra les dents.

— Ce n'est pas une question de respect, Gia. Je vais dire un mot à Allison sur sa façon de te traiter, ça va de soi. Mais qu'on l'aime ou pas, nous travaillons tous ensemble.

— Je n'ai pas à faire des efforts pour elle.

— Alors fais-les pour moi, dit-il sèchement. C'est ma

vie et elle est comme elle est ! De plus, j'ai été très clair dès le départ sur ses aspects les plus ingrats.

— Tu n'aimes pas ça plus que moi, tu n'as pas plus envie que moi d'être à cette soirée. C'est pour ça que j'ai du mal à comprendre pour quoi tu y tiens tant. Ce n'est pas comme si tu me demandais de faire des efforts pour quelque chose qui est vraiment important pour vous.

— Comme on fait son lit, on se couche, Gia, fit-il, tendu, distant soudain. J'ai fait le mien et tu as décidé de t'y coucher avec moi.

Je secouai la tête, essayant de trouver le lien entre l'homme qui dansait avec moi et le Jax de Las Vegas, toujours partant pour s'amuser, hédoniste à ses heures, plus grand que nature.

— Je ne te comprends pas, Jax. La vie est courte. Pourquoi perdre ton temps à faire des choses qui ne te rendent pas heureux ?

— Faire l'amour avec toi me rend heureux.

Je lui donnai une tape sur l'épaule.

— Un peu de sérieux, s'il te plaît, j'ai vraiment besoin de comprendre.

Il se tut pendant un long moment. La chanson eut le temps de finir, une autre de commencer. Je n'aurais su dire quoi, mais quelque chose le troublait. Il me serra plus fort ; son souffle devint plus lourd.

— J'ai dépassé il y a longtemps le point de non-retour, dit-il finalement.

— Ça, c'est un faux-fuyant. Tu n'as même pas trente ans. Tu as toute la vie devant toi, et il n'y a rien dans ton passé d'irréparable.

Il fixa un point dans le vide au-dessus de mon épaule, comme s'il voyait quelque chose que personne d'autre ne pouvait voir.

— On ne peut pas toujours revenir en arrière, murmura-t-il. Parfois, on doit juste assumer les conséquences de ses erreurs.

— Mais on n'est pas obligé de les répéter, fis-je en posant

ma main sur son visage, pour l'obliger à me regarder. Nous partons de zéro, Jax, nous avons une deuxième chance. On ne devrait pas gâcher notre énergie avec des gens et des situations qui nous tirent vers le bas.

Il poussa un long soupir, puis déposa un baiser déterminé sur mon front.

— Tu sais quoi ? On s'en va.

7

Lynn, ma meilleure amie, me regarda de la tête aux pieds et déclara :

— Tu es superbe, Gianna ! Je ne t'avais pas vue aussi rayonnante depuis Las Vegas.

— Etant donné que c'était il y a deux ans, je me demande si c'est vraiment un compliment.

Je la taquinais et elle le savait, tout comme je savais que ces derniers temps, j'avais en effet l'air particulièrement en forme.

Durant ces trois premières semaines de ma vie avec Jax j'avais perdu pratiquement trois kilos — comme pour un régime lune de miel… sans voyage de noces. Savoir que le soir quelqu'un va vous voir nue booste la motivation pour faire les bons choix dans l'assiette !

Lynn se mit à rire et passa en revue la salle du Rossi's.

— Et on dirait aussi que les affaires ont le vent en poupe, non ?

Elle ne se trompait pas. Les deux restaurants tournaient à plein régime, grâce, au moins en partie, à l'attention que les médias prêtaient à ma relation avec l'un des célibataires les plus convoités du pays. Comme j'avais tout fait pour éviter d'entendre parler de Jax pendant notre séparation, je ne m'étais pas rendu compte de la fréquence ahurissante avec laquelle la presse parlait de lui. Il avait prédit que les blogs de cancans et la presse people allaient m'aimer, mais il avait négligé de mentionner qu'ils l'adoraient, lui.

L'opinion publique le voulait sur l'arène politique. C'était un Rutledge et il était jeune et beau. Aussi, avait-il ce qu'il fallait d'agressivité pour plaire sans faire peur.

— Et comme toujours, on se régale les yeux, ajouta Lynn avec un regard gourmand vers Vincent, qui s'affairait derrière le bar.

Il leva la tête et, surprenant son regard, lui lança un clin d'œil.

— Du calme, mon pauvre cœur ! fit-elle en repoussant coquettement une boucle rouge derrière son oreille et en lui envoyant un baiser.

Je grognai.

— Il a déjà la grosse tête, pas la peine d'en rajouter !

— Je regarderais bien sa grosse… tête, de plus près.

— Beurk !

J'avais proposé qu'on se retrouve au Rossi's parce que j'avais envie de passer un moment agréable sans devoir vérifier avant qu'il n'y avait pas un photographe sous la table. Je m'étais pratiquement habituée à avoir un garde de corps, mais au Rossi's, je pouvais en plus compter sur les yeux attentifs de ma famille pour protéger ma vie privée.

Elle me lança un regard compatissant.

— C'est dur d'être dans le collimateur de la presse ?

— C'est supportable… Je ne suis pas une star, mais il y a toujours, où que j'aille, un ou deux paparazzi prêts à me tomber dessus.

— Des fouineurs de m…

Je haussai les épaules. J'avais fini par m'y résigner ou presque, et chaque fois que les journalistes m'exaspéraient, je me forçais à me rappeler que Jax m'avait quittée, nous brisant tous les deux le cœur, précisément pour me protéger d'eux. Si j'avais appris quelque chose, au cours des trois dernières semaines, c'était à quel point j'étais heureuse avec lui. Je ne me souvenais pas de l'avoir été autant de toute ma vie.

— Je dois juste faire attention, c'est tout.

Elle fit tourner son tabouret de façon à se placer face à moi, balançant ses longues jambes comme une gamine. Elle portait une longue robe à fleurs et une veste en jean, rehaussées d'une tonne de bracelets et de colliers qu'elle créait — et vendait. Elégance bohème de la tête aux pieds.

— Et il est comment, Jackson, au quotidien ? Dans les interviews, il a l'air si… intense.

— Il l'est. Mais il sait aussi être léger. Et drôle. Il me fait rire tous les jours.

Elle sourit.

— Regarde-moi ce sourire de bonheur me réconcilier avec sa politique conservatrice ! Ou presque…

Je levai les yeux au ciel, peu désireuse de me lancer dans une discussion sur ses opinions de gauche. Je laissais ça à mon père, qui adorait parler avec elle, car ils partageaient les mêmes vues.

— Ça ne veut pas dire qu'il ne peut pas être têtu, irrationnel et frustrant.

— Un mec, quoi.

— Ouais.

— En parlant de politique…

— On n'en parlait pas, dis-je fermement.

Elle me sourit de toutes ses dents.

— Moi, si. Mais sinon, est-ce que vous avez réussi à faire ce fameux repas de famille dont il était question ?

— Pas encore, répondis-je, en tapant des pieds sur le rail du tabouret. Mais on a prévu un brunch ce samedi. C'était le seul moment où tout le monde pouvait se réunir.

— Bonne chance, alors ! Tu me raconteras dans le détail, après ? J'aimerais être une mouche pour y assister. Ça va être un sacré brunch !

Elle n'avait pas tort. Les Rossi et les Rutledge étaient des modèles de famille si différents qu'on aurait cru qu'on n'appartenait pas à la même espèce.

Je croquai un *crostini*. Mon portable, sur le bar, vibra à ce moment-là. C'était un message de Jax.

Apporte des lasagnes STP.

Lynn le lut, elle aussi.

— Oh ! non ! C'est fini, la passion ? Déjà ?

Le téléphone vibra de nouveau.

J'ai déjà la glace que je vais lécher sur ton corps.

Nous éclatâmes de rire en même temps.

— J'ai urgemment besoin d'un chéri, dit-elle en lançant un regard en coin vers Vincent qui agitait le shaker. Ou alors d'un plan cul.

Mon frère étant un bourreau des cœurs, je décidai de changer de sujet.

— Et le boulot, Lynn ?

— Débordée ! fit-elle en jouant avec ses longs colliers. Les ventes sur internet crèvent le plafond. Si le loyer et les impôts continuent d'augmenter, je vais fermer le magasin et me consacrer exclusivement au commerce en ligne.

— C'est vrai ? Mais tu l'adores, ta boutique.

Je savais qu'elle avait travaillé d'arrache-pied pour l'ouvrir et à quel point elle voulait prouver que ses créations — bijoux et céramique — n'étaient pas qu'un simple passe-temps.

Elle haussa les épaules, mais je devinais son inquiétude.

— En même temps, dit-elle, je n'aurais pas à y passer ma journée et je serais plus disponible pour travailler sur de nouveaux modèles. Je pourrais aussi assister à plus de foires et de salons. C'est important, pour se faire connaître.

Je voulais l'aider à rester optimiste.

— Tu devrais me donner plus de cartes. La semaine dernière, lors d'un gala, je portais tes boucles d'oreilles en améthyste et j'ai eu des tonnes de compliments.

— C'est vrai ? dit-elle, soudain plus animée. Ce serait génial, merci !

Je fis signe à Vincent de nous resservir, tandis qu'elle plongeait dans son sac XXL.

— Et toi, au bureau ? me demanda-t-elle en me tendant quelques cartes.

— Super !

— Tu aimes toujours autant ?

— Toujours, oui.

Mon frère posa devant nous deux chopes glacées et débarrassa les autres. Je le remerciai d'un sourire.

— Mais il y a quelque chose que tu ne me dis pas, pas vrai ?

Hum… Lynn me connaissait trop bien, elle n'était pas ma meilleure amie pour rien.

— Ta boss ne dit rien, pour Jackson et toi ?

Je pris un autre *crostini* et soupirai bruyamment.

— Nous n'en parlons pas, ce qui est normal parce qu'elle est ma patronne, pas ma copine, mais quand même…

— Tu crois que ça lui pose un problème ?

— Je dirais qu'elle le prend plutôt bien, étant donné que je vis avec l'associé de son ex, lequel l'a poignardée dans le dos. Elle me fait confiance pour les infos confidentielles. Mais… il y a une sorte de gêne entre nous qui n'existait pas avant.

Et ça m'inquiétait. Profondément.

— Qu'est-ce que tu vas faire ?

— Je ne peux rien faire, dis-je en prenant une gorgée de bière pour faire passer le *crostini*. J'imagine qu'elle attend de voir comment ça évolue. J'espère que le temps aidant, elle sera plus à l'aise avec tout ça.

Elle plissa le nez.

— Tu en as parlé avec Jackson ?

— J'évite. Jax est « Monsieur Solutions » et il va vouloir s'en mêler pour tout régler, ce qui risque au contraire de rendre la situation encore plus tendue.

— C'est probablement le meilleur argument en sa faveur que tu pouvais me donner. Une amie est toujours heureuse de savoir que sa copine s'est trouvé un chevalier prêt à tuer des dragons pour elle…

Puis elle ajouta, avec un clin d'œil :

— Et à lécher de la glace sur son corps, bien sûr.

J'éclatai de rire et me retournai pour contempler le restaurant, plein à craquer. Des clients sans réservation attendaient à l'accueil, tandis que l'équipe, dont l'efficacité était la fierté de mon père, redressait les tables en un clin d'œil. Il y avait des familles, des groupes, des couples, mais aussi une star de la télé qui profitait d'un semblant d'anonymat à sa table préférée. Un flash me parvint depuis ce qui semblait être un dîner d'anniversaire. Par-dessus le brouhaha des conversations et le tintement des couverts, les haut-parleurs diffusaient la voix d'un ténor italien chantant l'amour perdu.

Comme toujours quand j'étais au Rossi's, j'éprouvai un sentiment de satisfaction et de fierté.

— L'enfer a gelé ? demanda Lynn d'un ton surpris.

— Pardon ?

Elle pointa le menton vers un point de la salle hors de mon champ de vision. Je me retournai et, à ma grande surprise, découvris mon père debout à côté de Ted Rutledge. Ce dernier lui avait passé familièrement le bras autour des épaules. Ted était en costard-cravate, tandis que mon père portait un tablier rouge Rossi's au-dessus de sa tenue de chef — blouse blanche, pantalon noir. Mon père était toujours un bel homme, avec des cheveux épais poivre et sel et un menton déterminé. Un photographe braquait son appareil sur eux en donnant des instructions.

— Je ne vois pas bien d'ici, fit Lynn, mais c'est un badge de campagne qu'il porte ?

Je regardai tour à tour mon père et Ted. Ted, en effet, avait un badge accroché au revers de sa veste.

— C'est la deuxième fois, cette semaine, commenta Vincent derrière moi.

Le ton de sa voix laissait entendre qu'il le déplorait.

— Je n'étais pas au courant, l'assurai-je en le regardant dans les yeux.

— Ouais, fit-il d'un ton agacé. Mais est-ce que Jackson peut en dire autant ?

***

Lynn partit vers 20 heures, mais je décidai de rester jusqu'à la fermeture pour parler avec mon père. J'avais, aussi, l'intention de rentrer au loft avec Angelo et Vincent.

Ne voulant pas discuter de cette affaire avec Jax alors que j'étais fatiguée et de mauvaise humeur, je lui envoyai un SMS pour le prévenir que je ne rentrais pas à la maison et laissai mon téléphone dans mon sac.

Vincent me proposa un verre d'*anissetta* avec un zeste de citron, qui était exactement ce qu'il me fallait après avoir vu mon père avec Ted.

Je sentis que Jax était là avant même de le voir. Mes antennes avaient toujours été sensibles à sa présence, mais leur sensibilité semblait avoir doublé depuis que nous habitions ensemble.

— Gia…

Ses mains se posèrent, possessives, sur mes hanches, la chaleur de son corps enveloppa le mien. Vincent nous lança un regard noir.

— Qu'est-ce que tu fais là ? demandai-je à Jax par-dessus mon épaule.

Il m'enlaça.

— Je suis venu te chercher. Tu ne pensais certainement pas que j'allais te laisser passer la nuit ailleurs ?

Je finis mon verre.

— J'ignorais que j'étais prisonnière.

— Si on doit se disputer, murmura-t-il en réponse à mon ton froid, autant le faire en privé, chez nous.

— Je n'ai aucune envie de me disputer, c'est pour ça que je ne voulais pas rentrer.

Il recula d'un pas.

— On y va.

— Tu n'écoutes pas, apparemment.

D'une main ferme, il fit pivoter le tabouret pour m'obliger à le regarder en face.

— Tu n'as rien dit pour l'instant qui mérite d'être écouté.

— *Pardon* ?

Je lui décochai un regard hargneux, tout en me forçant d'ignorer à quel point il était sexy avec son pull col V et son jean large. Il appuya les deux mains sur le bar, ses bras de part et d'autre de moi, comme s'il voulait m'empêcher de fuir.

— Je ne vais pas te laisser seule ici à boire et ruminer ta rancune. Et je n'ai pas non plus l'intention de dormir seul.

— Bas les pattes, Jackson ! ordonna Vincent en s'approchant de nous.

Jax releva la tête brusquement.

— Tu es son frère, tu la protèges, et je respecte ça. Mais c'est la femme que j'aime et je te demande de respecter ça. Ne te mêle pas de nos affaires.

— Si elle ne veut pas aller chez toi, elle n'a pas à le faire.

— Basta, vous deux ! Arrêtez de parler de moi comme si je n'étais pas là ! Jax, je n'apprécie pas, mais pas du tout, que ton cousin ou n'importe quel autre Rutledge se pointe ici et nous sonne comme si on était à son service. Toutes tes belles promesses de nous protéger de la presse, et tu nous fous sous leurs flashes !

Je vis sur son visage qu'il venait de comprendre la raison de ma colère, mais ensuite son expression se ferma comme un masque.

— Je veux bien discuter de ça et de tout ce que tu veux… à la maison.

— C'est tard et je bosse demain. De plus, je veux parler à mon père à propos de ce truc avec Ted. Je n'y comprends rien, mais sans doute est-ce que personne n'a trouvé opportun de m'en parler.

— Mais moi, j'en ai parlé avec ton père, dit-il d'un ton calme et condescendant qui m'agaça prodigieusement. Et ne me dis pas qu'il est tard, alors que tu es restée ici à boire !

— J'ai un scoop pour toi, Jax : j'ai largement l'âge de boire un verre de liqueur et même la bouteille entière si ça me chante.

— Tu as l'âge, mais en as-tu la maturité ?

— Mais pour qui tu te prends, là ?

Il se pencha et attrapa mon sac qui pendait au crochet sous le bar.

— Se soûler n'a jamais aidé personne.

— Mais je ne vais pas me soûler !

— Tant mieux, tu n'as donc aucune raison de rester, dit-il avec un sourire tendu.

— Jax…

Ses yeux plantés dans les miens, il m'interrompit :

— Pas la peine de continuer à discuter. Rien de ce qu'on dira ne me fera partir d'ici sans toi.

— Gianna, lâcha Vincent. Tu veux que je m'en occupe ?

— Je peux m'en occuper. Je te rappelle.

Je glissai du tabouret, prête à me disputer s'il le fallait. Car tant que ça restait entre nous, il n'y aurait que des mots. Si mes frères s'en mêlaient, des coups risquaient de partir dans tous les sens.

Jax adressa un hochement de tête à Vincent en guise d'au revoir et nous quittâmes le restaurant.

La nuit était fraîche. Il congédia le garde du corps qui surveillait l'entrée et me guida jusqu'à une voiture de sport fuselée très séduisante, garée en zone interdite. Ce n'était pas, pensai-je pendant que j'attendais qu'il ouvre la portière pour moi, le type de voiture qu'on loue. En revanche, elle correspondait tout à fait au genre de personne qu'il était.

Mon impression se confirma quand il prit le volant. Le moteur démarra promptement avec un ronronnement hypnotique. On aurait dit que la voiture flottait au lieu de rouler.

Jax ne décocha pas un mot de tout le trajet, ce qui nourrit la tension entre nous jusqu'à ce qu'elle en devienne étouffante. Il conduisait avec une assurance tranquille, imperturbable en dépit du chaos circulatoire et des chauffeurs de taxi kamikazes.

Ce ne fut qu'une fois dans l'ascenseur de l'immeuble que

je brisai le silence, incapable de soutenir une seconde de plus son regard.

— De quoi tu as parlé avec mon père ?

— De présenter Rossi's comme une petite entreprise florissante et en pleine expansion.

— De le présenter ? Où ?

— Dans des brochures et autres.

Je croisai les bras.

— De la propagande politique ?

Il haussa un de ses sourcils.

— Quoi d'autre, sinon ?

— Pourquoi tu ne m'as pas mise au courant ?

— Parce que nous ne parlons pas de travail, que ce soit le tien ou le mien.

Les portes de l'ascenseur s'ouvrirent et il me fit signe de passer devant lui. Je posai ma main dans le lecteur biométrique et nous entrâmes.

— J'ai besoin de mettre quelque chose au clair, Jax…

Je jetais mon sac dans un fauteuil.

— J'avais cru comprendre que tu travaillais dans la finance.

— Oui. Et toi, tu travailles avec Lei Yeung, répondit-il en refermant la porte. Ce qui ne t'empêche pas de continuer à t'investir dans l'affaire familiale, n'est-ce pas ?

— Je n'aurais jamais une conversation aussi importante avec ton père sans te le dire !

— Ne dis jamais: « Fontaine… »

Il enleva son pull, révélant ses pectoraux parfaits, ce qui faillit me distraire de l'objet de ma colère.

— Ce que je ne comprends pas, Gia, c'est pourquoi tu n'es pas fâchée aussi contre ton père qui ne t'a rien dit, lui non plus ?

Sur ce point il n'avait pas tort, ce qui m'irrita davantage. J'avais soudain l'impression, que je détestais, de me comporter de façon irrationnelle.

— Qu'est-ce que tu fais ?

— Je me prépare pour aller au lit, répondit-il depuis le couloir.

— Je suis trop en colère pour dormir avec toi.

— Ma chérie, lança-t-il par-dessus son épaule, c'est pareil pour moi !

Je me déchaussai d'un coup de pied et le suivis jusqu'à la chambre, où il enlevait déjà son pantalon. Et tout à coup, il fut nu. Complètement nu.

Il ne portait rien sous son jean. Il était venu au resto sans rien porter…

Les idées brouillées, je décidai de contre-attaquer en me déshabillant.

— Je ne veux pas qu'on instrumentalise ma famille.

— Je ne veux pas que ma petite amie me prête de fausses intentions, répondit-il en tirant les couvertures pour se glisser dans le lit.

— C'est toi qui n'arrêtes pas de me dire qu'il ne faut pas faire confiance à ta famille !

Il s'adossa à la tête du lit.

— Pourtant, ce n'est pas contre ma famille que tu es en colère, mais contre moi. Et au lieu de me demander ce qui s'est passé, tu as préféré te soûler et rentrer chez tes frères.

— Je n'aurais pas eu à te demander, si tu m'en avais parlé avant !

Je me dirigeai vers la salle de bains.

— Je ne sais pas pourquoi je me fatigue, en plus. Tu as toujours raison, hein, Jax ?

— J'ai plutôt l'impression d'avoir tort constamment, grommela-t-il.

J'ouvris le robinet de la douche et me démaquillai pendant que l'eau chauffait. J'allais prendre une douche, une longue douche, et avec un peu de chance, Jax se serait endormi quand j'en sortirai. La dispute m'avait épuisée.

Les yeux fermés, je me mis sous le jet brûlant. Jax avait un tel charisme qu'il intimidait les autres mâles dominants d'un seul regard. Il donnait des ordres, refusait de céder le moindre terrain ; il était un stratège hors pair. J'admirais ces qualités chez lui. Mais si son self-control m'attirait et m'excitait, je détestais en revanche quand il s'y enfermait en me laissant dehors, en me mettant à distance, comme si j'étais l'ennemi.

Je n'imaginais pas vivre le reste de ma vie à subir ce genre de traitement.

— Il va falloir aussi que je te sorte de là ? dit-il soudain.

Il ouvrit la porte vitrée et se tint dans le nuage de vapeur qui s'enroula voluptueusement autour de son corps nu.

Je coupai l'eau.

— Va-t'en. Je dors dans la chambre d'amis.

Son visage se figea.

— Je…

Il s'interrompit, prit une longue inspiration, puis reprit :

— Je suis désolé.

Je le poussai gentiment pour aller attraper un peignoir.

— J'apprécie. Moi aussi, je suis désolée. Nous avons été tout aussi maladroits l'un que l'autre.

J'enroulai une serviette autour de ma tête.

— Bonne nuit, Jax…

Il me suivit dans la chambre, puis, au moment où j'allais en sortir, il m'arrêta en me prenant par le coude.

— Ne sois pas comme ça, Gia ! J'ai dit que j'étais désolé et j'étais sincère.

Je le regardai.

— Je sais, et moi aussi, j'étais sincère. Mais ça ne règle pas notre problème de communication. Nous ne parlons pas famille. Nous ne parlons pas travail. Et si tout ce qu'on fait c'est sortir dîner et baiser, on n'est pas un couple. On est amants, et encore.

Il m'attira contre lui.

— Je t'aime, Gia. Plus que je n'ai jamais aimé qui que ce soit. Tu le sais.

Je soupirai.

— Et je t'aime au point que je n'ai pas pu t'oublier, alors

que tu m'as larguée comme une moins que rien. Mais ça veut dire aussi que tu peux me blesser très profondément, Jax. Tu m'empêches de faire pleinement partie de ton existence et je le vis très mal. Si être avec toi est plus dur que vivre sans toi, je vais devoir prendre rapidement une décision pour mon propre bien.

— Tu es le centre de ma vie, dit-il en posant ses mains sur mes épaules. Tu es toujours dans mes pensées, à chaque instant.

— C'est peut-être vrai, mais parfois tu mets un mur entre nous, et je ne sais pas si je peux vivre avec ça.

— C'est toi qui es en train de dresser un mur, là, m'accusa-t-il. Et tu l'as fait tout à l'heure aussi !

— Tu vois ? Encore une fois, on est tous les deux en train de gérer très mal la situation. C'est peut-être un signe. Ecoute, il faut que je dorme un peu… On en reparle demain, d'accord ?

Il fit remonter sa main vers ma nuque.

— Dors avec moi… Je me tiendrai bien, si c'est ce que tu veux.

Je ne demandais pas mieux que de céder, mais j'avais peur qu'on soit en train de mettre un pansement sur une blessure qui nécessitait un traitement en profondeur.

— Je veux dormir dans la chambre d'amis, Jax.

Je sortis de la chambre, sentant peser son regard sur moi. Etonnamment, je m'endormis tout de suite, malgré mes cheveux mouillés et la douleur qui m'étreignait le cœur.

Pendant la nuit, je sentis Jax se glisser dans le lit avec moi. Je roulai sur le côté, serrai l'oreiller et me rendormis.

8

Ce fut un soulagement pour moi d'arriver au bureau le lendemain. Je m'étais réveillée à côté d'un Jax morose et peu communicatif, et le petit bout de matin qu'on avait partagé avait été chargé de tension.

Sur le chemin du métro, j'envoyai un SMS à mon père, le priant de m'appeler dès que possible, puis je consultai mes e-mails. Quand je vis que Deanna m'avait écrit, j'eus une poussée d'adrénaline. Alors que j'avais pratiquement oublié le service que je lui avais demandé, je me mis tout à coup à espérer qu'elle ait des nouvelles pour moi.

— S'il te plaît, dis-moi que tu as trouvé quelque chose, murmurai-je en descendant à mon arrêt.

Je sortis à toute vitesse de la station. J'avais besoin d'un truc, ne serait-ce qu'un petit indice, n'importe quoi, pourvu que ça me donne la clé pour comprendre l'homme que j'aimais.

Malheureusement, le message indiquait seulement de l'appeler. Et quand je le fis, je tombai sur sa boîte vocale. Quand j'arrivai à Savor, elle ne m'avait pas rappelée et une fois au bureau, je fus obligée de mettre mon portable en mode « silencieux » et de le ranger.

Lei arriva peu après moi.

— Bonjour, lui dis-je.

— Bonjour.

Elle pencha la tête sur le côté.

— Tout va bien, Gianna ?

Je cillai, prise au dépourvu.

— Tout va très bien.

— Viens dans mon bureau, fit-elle après une brève hésitation.

Je la suivis en prenant une profonde inspiration, me demandant à quelle sauce j'allais être mangée.

Nous ne nous installâmes pas de part et d'autre de son bureau, mais dans les fauteuils gris du coin salon. Je fus frappée, une fois encore, par cet air de jeune fille que lui donnaient ses cheveux lâchés, en dépit de la mèche argentée qui brillait sur le devant.

— Les choses ont été... assez tendues entre nous ces dernières semaines, commença-t-elle. Et je le regrette vraiment.

La crispation, au niveau de mes épaules, se dissipa.

— Moi aussi, Lei.

— C'est que... je suis inquiète pour toi. Mais bien que j'aie mes réserves sur Jackson...

Elle marqua une pause et changea légèrement de position dans son fauteuil pour me regarder directement.

— ... en réalité, le problème vient de moi. Je projette ma propre histoire sur toi.

— Tu veux parler de Ian ?

Sa bouche se courba en un sourire sans joie.

— Je l'aimais. Il était tout pour moi. Si on m'avait posé la question, à l'époque, j'aurais répondu qu'il était incapable de me trahir. Qu'il n'avait pas ça en lui. J'aurais dit qu'il m'aimait trop pour faire une chose pareille.

— Qu'est-ce qui s'est passé ?

Je n'avais jamais osé aborder le sujet de front avec elle, mais j'étais ravie qu'elle veuille se confier, car je mourais d'envie de tout savoir sur l'expérience qui l'avait poussée à devenir la femme qu'elle était aujourd'hui.

— Nous voulions conclure une affaire. Les négociations étaient très tendues, mais j'avais l'avantage et Ian me laissait agir à ma façon.

Une ride soucieuse creusa son front si lisse.

— Malheureusement, il m'arrive d'être si concentrée sur la chasse que j'en oublie de surveiller ma proie.

Elle laissa ses yeux errer sur la skyline de Manhattan.

— J'étais trop sûre de moi et je suis devenue trop gourmande, oubliant que le principe de base d'une négociation, c'est l'échange. Pire encore, j'ai poussé le bouchon si loin que mon adversaire s'est senti insignifiant et impuissant. Et quand il a décidé que c'en était trop, il a tout fait pour me remettre à « ma » place.

— Quelle place ?

— *Derrière* Ian et non pas à ses côtés. Je pense qu'en plus, Bruce a été vexé que Ian m'ait déléguée pour traiter avec lui. Il ne m'avait jamais vue comme son associée, juste comme sa maîtresse, et c'est là-dessus qu'il a joué.

— C'est-à-dire ?

— Il s'est mis à multiplier les demandes de rendez-vous, sous prétexte qu'il fallait clarifier un point ou discuter une alternative. On se rencontrait dans les restaurants des hôtels où il séjournait, comme nous, lorsque nous avons rencontré les jumeaux Williams au Four Seasons. Ce n'est que bien plus tard que j'ai compris qu'il cherchait à créer de fausses preuves donnant à croire que j'avais une aventure avec lui.

— Oh ! Lei…

Sa voix était teintée de souffrance ; j'eus mal pour elle.

— Et… qu'est-ce que tu as fait ?

— Rien. Ce en quoi j'ai eu tort. Ian est quelqu'un de jaloux, donc de très vulnérable de ce côté-là. J'ai refusé de confirmer ou d'infirmer ces accusations parce que j'étais ulcérée qu'il ait pu leur accorder le moindre crédit. Je lui ai dit de se débrouiller avec ses soupçons et apparemment, j'ai été jugée et condamnée.

— Mais c'est horrible ! Je suis désolée.

— C'était il y a longtemps, fit-elle en haussant les épaules comme si ce n'était rien, mais la tristesse de son sourire ne trompait pas.

Je pianotai sur le bras de mon fauteuil, débattant en mon for intérieur si c'était une bonne idée de parler de Jax avec quelqu'un qui ne lui faisait pas confiance. L'avis de Lei comptait beaucoup pour moi, mais elle n'était pas objective en ce qui le concernait.

Finalement, je décidai de lui parler, justement à cause de ses réserves. Je voulais un avis extrême, l'avis de quelqu'un qui me dépeindrait le pire scénario possible.

Penchée en avant, elle m'écouta avec toute son attention, et quand j'eus fini, elle posa ses coudes sur ses genoux et le visage sur ses mains.

— Donc il fait de la rétention d'informations… Les gens gardent un secret pour deux raisons, Gianna : se protéger ou protéger quelqu'un d'autre. Dans quelle catégorie tu le mettrais ?

— Je ne suis pas sûre. Après tout ce qu'on a traversé, j'aurais tendance à dire qu'il veut me préserver. Mais de quoi ? Mystère. En même temps, il est évident qu'il aurait préféré que j'ignore que ma famille allait être manipulée pour servir les intérêts des Rutledge.

— Si c'est le cas, ça risque de se reproduire. Comment tu le prendrais ?

— Mal, très mal ! Comment peut-il dire qu'il m'aime et ensuite faire le genre de choses qui me révoltent ?

— C'est la question que tu dois lui poser. Et le plus tôt sera le mieux.

En fin de compte, Lei n'avait fait que confirmer ce que je savais déjà, mais son avis m'avait été précieux pour y voir plus clair.

Il ne me restait plus qu'à décider comment réagir, lorsque j'obtiendrai de Jax une réponse.

Quand je consultai mon téléphone, au moment de ma pause-déjeuner, je vis que j'avais manqué un appel de Deanna. Je me dirigeai vers l'une des salles de réunion afin de lui parler en privé. Je passai devant LaConnie qui mettait en place la dernière collection d'épices Savor sur l'étagère derrière le comptoir de la réception.

Elle me fit un petit coucou et je la complimentai pour le superbe tailleur-pantalon rouge qu'elle portait.

Inconsciemment, j'avais choisi la salle où j'avais conduit Jax le jour où il était venu dans les bureaux de Savor. Ce souvenir me fit sourire et mitigea quelque peu l'anxiété que j'éprouvais en attendant que Deanna décroche.

— Gianna ! Contente qu'on ait fini de se parler par répondeurs interposés.

— Moi aussi. Comment vas-tu ?

— Tout baigne. Ne quitte pas, il faut que je trouve un endroit un peu plus calme…

Je patientai et, quelques secondes plus tard, les conversations qu'il y avait en fond sonore disparurent.

— Voilà… J'ai fait des recherches sur les Rutledge en me concentrant sur la mère, comme tu l'avais suggéré. Tu as eu du flair : je suis tombée sur une mine d'or en ce qui la concerne.

Son ton enjoué me mit mal à l'aise. Je l'entendis comme un mauvais présage. Nerveuse, je commençai à faire les cent pas dans la salle.

— La famille l'a envoyée dans un sanatorium pendant quelques mois, mais c'est après en être sortie qu'elle a disparu de la scène publique. Il y a eu des rumeurs à l'époque, rien de concret, mais j'ai réussi à obtenir confirmation d'une source sûre. Et la réalité, c'est qu'elle était « bonne à jeter ». Elle avait un souci, alors on l'a enfermée pour qu'elle ne gêne pas.

— Tu ne peux pas dire ça !

Je pensai aux photos de Leslie que Jax avait dans son séjour. Il ne l'avait pas oubliée.

— Mais si, je peux… Une seconde… — je compris qu'elle couvrait le micro, puis elle reprit : D'ailleurs, on en apprendra bientôt plus, lorsque l'article sera publié.

Je me redressai, paniquée.

— Attends, quel article ? De quoi tu parles ?

— C'est une information d'intérêt public, Gianna, elle va être diffusée.

— Ce n'était pas notre accord !

— Quel accord ? Nous n'en avions aucun au-delà du fait que tu me dédommagerais pour mon temps, mais ce n'est plus la peine car je serai payée par d'autres biais.

— Tu ne peux pas publier ça ! hurlai-je en marchant d'un bout à l'autre de la pièce à grandes enjambées furieuses.

— C'est déjà fait, Gianna. Mais ton nom n'est pas mentionné, alors ne t'inquiète pas pour ça. Ecoute, il faut que j'y aille. Je voulais juste te prévenir et te remercier. Prends soin de toi, d'accord ?

Et elle raccrocha. Je restai un long moment mon portable à la main, dans la pièce vide, tétanisée.

Quand enfin je quittai la salle de réunion, j'étais dans une colère noire, contre Deanna, bien sûr, mais tout autant contre moi. Comment avais-je pu ne pas prévoir qu'elle risquait de s'emparer des infos qu'elle trouverait et d'en faire ses choux gras ?

— Ton homme sait comment traiter une femme, me dit LaConnie lorsque je repassai près d'elle. Il t'a encore envoyé un petit quelque chose : je t'ai mis ça sur ton bureau.

Mon sentiment de culpabilité redoubla, et quand j'entrai dans mon bureau, la vue d'un superbe bouquet d'iris immaculés à côté de mon téléphone faillit me faire éclater en sanglots.

Je pris la carte qui les accompagnait.

C'est un drapeau blanc que je dépose à tes pieds.
Je t'aime, bébé. A ce soir.

Les larmes me brouillèrent la vue.

Qu'est-ce que j'avais fait ?

Plus que la réaction de Jax devant la violation de sa vie privée, je craignais la douleur que ces révélations si intimes sur sa mère risquaient de lui causer.

Les photographies dans son salon m'avaient fait comprendre qu'il l'avait beaucoup aimée, mais sa difficulté à en parler suggérait que le sujet était encore douloureux. Et à présent, par ma faute, la tragédie de Leslie Rutledge allait être étalée dans la presse !

Je sentis le parfum des fleurs et caressai un pétale velouté.

— On a fichu en l'air quelque chose de parfait, murmurai-je.

Effondrée sur ma chaise, je réfléchis à la meilleure façon d'expliquer à Jax ce que j'avais fait, et pourquoi.

En fin de journée, j'étais parvenue à trouver un argument recevable, à mon avis, pour expliquer mon rôle dans le scoop de Deanna, mais lorsque l'ascenseur s'ouvrit sur le penthouse, je compris que la soirée n'allait pas se passer comme je l'escomptais.

C'était le chaos.

Je me figeai, sous le choc. La porte d'entrée était ouverte et le salon envahi par une douzaine d'inconnus en costume qui marchaient dans tous les sens, le téléphone vissé à l'oreille.

Le malaise qui ne m'avait pas quitté de la journée empira au point que je dus contenir un haut-le-cœur. J'avançai en espérant trouver Jax. Ce fut sur Parker que je tombai. Posté devant le meuble du home-cinéma, il avait les yeux rivés aux portraits de sa défunte épouse. Sa prestance naturelle l'aurait en toute circonstance distingué de la mêlée, mais là, immobile au milieu de ce tourbillon frénétique, il était particulièrement impressionnant.

Il se tourna vers moi sans me voir, l'esprit encore ailleurs. Puis, prenant enfin conscience de ma présence, il vint vers moi.

— Qu'est-ce qui se passe ? demandai-je, tout en craignant de connaître déjà la réponse.

— Nous essayons d'étendre un feu, Gianna. Je suis désolé pour l'invasion, mais Jackson préfère traiter certaines questions depuis son bureau privé.

— Je peux faire quelque chose ?

Sa bouche, si semblable à celle de son fils, se courba en un sourire contraint.

— Un verre ne me ferait pas de mal. Quelque chose de fort, si possible.

— Bien sûr.

Mais en regardant vers le buffet, près de la fenêtre, au lieu des carafes en cristal qui s'y trouvaient d'habitude, je ne vis qu'un beau vase avec un bouquet de fleurs.

— Je vais vous chercher quelque chose, dis-je.

— Merci. Je peux déposer ton sac dans la chambre à coucher, proposa-t-il en me le prenant des mains.

Il s'éloigna dans le couloir et je traversai le salon en esquivant les hommes et les femmes qui le parcouraient de long en large. Ce faisant, j'entendis des bribes de leurs conversations.

— … Confirmer la source…

— … Avec le risque d'un procès pour diffamation…

— … Une déclaration de guerre contre la famille Rutledge n'est certainement pas ce que vous…

D'une main tremblante, j'ouvris les portes du buffet. Les carafes s'y trouvaient. Etincelantes et vides. Je rebroussai chemin et me dirigeai vers la cuisine. La cave à vin, d'habitude bien fournie, ne contenait plus une seule bouteille.

J'essayai de cacher ma confusion devant Parker, qui était revenu.

— On dirait qu'on n'a plus rien à boire…

— Moi non plus, je n'ai rien trouvé.

— Je suis navrée, je vais appeler le concierge. Qu'est-ce qui vous ferait plaisir ?

Il tapota mon bras.

— Je m'en occupe, merci. Et si tu allais dans ta chambre pour échapper à ce champ de bataille ?

— Je voudrais trouver une façon d'aider…

— Alors va auprès de mon fils, murmura-t-il. Laisse-moi m'occuper de ceci.

J'ouvris la bouche pour répondre, mais rien n'en sortit,

car je ne savais quoi dire. Finalement, j'acquiesçai et quittai le salon pour rejoindre Jax.

Je poussai la porte de son bureau. Seul devant la fenêtre, les bras croisés, oreillette en place, il aboyait sur quelqu'un.

— Je les veux, ces dossiers ! Oui, je comprends, mais je m'en fous… Ne croyez pas être à l'abri, ça risque de vous retomber dessus aussi… C'est vous qui voyez. Je serai à ce numéro.

Il tapota l'oreillette et se tourna brusquement, s'arrêtant dans son élan lorsqu'il me découvrit à côté de sa table de travail.

— Gia…

Il se passa la main dans les cheveux, jurant à mi-voix. Il avait l'air à bout, extrêmement stressé. Il avait abandonné sa veste sur une chaise, portait son gilet déboutonné, sa cravate à moitié défaite. Sa chemise était froissée et le premier bouton ouvert. La barbe naissante qui assombrissait son menton lui donnait un attrait troublant.

— Salut, fis-je tout bas.

— Bébé…, soupira-t-il. Je suis désolé pour ce qui se passe. On a une urgence qu'il faut régler immédiatement.

— Qu'est-ce qui se passe ?

— On a appris qu'un article va sortir demain dans la presse, dont le contenu concerne notre famille. J'essaie d'avoir plus de renseignements sur la journaliste et sur ce qu'elle a écrit.

Je déglutis avec difficulté.

— Deanna Johnson.

Il se figea.

— Tu la connais ?

— Elle est sortie un temps avec Vincent.

— Merde ! J'ai besoin de ses coordonnées, Gia, e-mail, portable, fixe, son adresse si tu l'as…

— D'accord, dis-je en faisant un pas vers lui. Mais il faut qu'on parle.

— Je sais, et on va le faire. Mais pas maintenant.

— Tout est de ma faute, Jax.

Il me serra contre lui et m'embrassa sur le front.

— Non. J'aurais dû te parler de Ted et…

Son portable retentit ; il consulta l'écran.

— Il faut que je décroche.

Il tapota l'oreillette et parla d'un ton martial.

— Rutledge… C'est déjà un début. Quand est-ce qu'on peut les avoir ?

Il me tourna le dos et je serrai les poings, frustrée. J'allai dans la chambre chercher mon téléphone pour lui donner les coordonnées de Deanna. Je n'avais pas d'autre choix que de tout lui avouer d'une traite ou bien il me couperait la parole avant que j'aie pu finir. Le choc risquait d'être violent, mais on n'avait pas de temps à perdre.

Le portable à la main, je retournai à son bureau et refermai la porte derrière moi. Il avait raccroché et, installé à sa table, il lisait un document sur l'écran de l'ordinateur.

— J'ai les informations que tu cherches, dis-je en me mettant à côté de lui. Deanna a écrit un article sur ta mère. Sur la façon dont la famille l'a enfermée dans une institution.

Sa tête partit en arrière comme s'il avait reçu un coup de poing.

— Tu lui as parlé ?

Je déglutis, pour tenter de chasser le nœud douloureux dans ma gorge.

— Il y a quelques semaines. Et cet après-midi. Je suis désolée, Jax. Je n'aurais pas dû la contacter. Je ne pouvais pas…

Il me regarda sans ciller, immobile, comme assommé par mes paroles.

— Assieds-toi, dit-il finalement avec une douceur dangereuse. Et explique-moi de quoi tu parles.

Je tombai pratiquement sur la chaise, les genoux tremblants sous l'acuité de son regard. Ses yeux étaient comme ceux d'un requin, durs et sans vie.

— Tu te rappelles que je t'ai dit que j'allais enquêter et…

— Et tu as fait appel à une putain de journaliste ? fit-il en se relevant d'un bond et en faisant claquer le plat de ses mains sur son bureau. Tu es folle ou quoi ?

— J'ai contacté Deanna en tant qu'amie. *Avant* que tu me dises que je n'aurai plus jamais de vie privée !

— Tu es consciente de ce que tu as fait ? Des dégâts que ça peut causer ? La maladie de ma mère n'est pas un cancan à donner en pâture aux médias !

— Jax…

Je me relevai, mais il s'écarta du bureau si violemment qu'il en renversa sa chaise. Je me recroquevillai, effrayée.

— Jax… Je sais que c'est une affaire très privée — et très douloureuse — mais beaucoup de familles sont touchées par la maladie mentale. Les gens vont comprendre que…

— Elle n'était pas folle, Gia, dit-il froidement. Elle était alcoolique.

Le venin dans sa voix me prit au dépourvu. Il se tourna vers la fenêtre.

— Elle ne pouvait pas supporter la pression.

Cette simple phrase m'en dit long… Les yeux pleins de larmes, je me rappelai alors d'autres phrases, d'autres moments, qui s'emboîtèrent les uns dans les autres dans mon esprit et prirent une nouvelle dimension.

— L'alcoolisme est une maladie, Jax. Tu viens de dire toi-même que ta mère était malade et…

— Elle était faible, m'assena-t-il en croisant les bras. Elle a épousé un homme qui ne pouvait lui donner ce qu'elle voulait et elle ne l'a pas supporté.

— Ils s'aimaient. C'est ce que tu m'as toujours dit.

Il haussa les épaules.

— Parker veut changer le monde. Elle aurait préféré qu'il se contente de changer une ampoule ou de chaîne à la télé.

— Elle n'aimait pas la politique ?

— Elle n'aimait pas la vie qui va avec. L'ambition exige des alliés et les alliés des compromis. Elle n'a pas aimé certains de ces compromis. L'alcool lui donnait du courage, c'était sa béquille. Jusqu'à ce qu'elle ne puisse plus s'en passer.

Je m'écroulai dans le fauteuil, dépassée par la surcharge émotionnelle de la journée. J'aurais voulu me glisser dans notre lit avec lui et le serrer dans mes bras, mais je savais qu'il ne me permettrait pas de l'aider. Ça aussi, ça faisait mal.

— Jax… Quand tu m'as parlé de cette personne que le stress avait brisée, tu parlais d'elle, n'est-ce pas ?

En le voyant tressaillir à ma question, je commençais à comprendre l'énigme qu'il était. Et je pouvais également comprendre sa réaction disproportionnée, lorsqu'il m'avait trouvée un verre à la main au restaurant… Et pourquoi tout l'alcool de la maison avait disparu si soudainement. Il avait cru que voir Ted avec mon père m'avait poussée à boire, et il avait commencé à s'inquiéter sur la façon dont je pourrais réagir à l'avenir, face à des situations similaires et probablement beaucoup plus stressantes.

— Vous avez beaucoup de points communs, dit-il d'un ton qui indiquait que ce n'était pas un compliment. Sa famille… ses attentes sur sa relation avec mon père. Pour elle, s'engager politiquement, c'était un choix et non pas une responsabilité.

J'éprouvai alors le besoin de défendre Leslie, cette femme que je ne connaîtrais jamais mais avec laquelle je compatissais. J'étais bien placée pour savoir qu'il n'était pas facile de vivre selon les règles que Jax imposait sans forcément les expliciter.

— Si, comme moi, on la tenait à l'écart, je peux comprendre qu'elle n'ait pas su jouer le jeu.

— Mon père lui racontait tout et il avait tort. Il voulait qu'elle l'approuve, mais il a seulement réussi à se l'aliéner. Parfois, la fin justifie les moyens, mais les moyens sont souvent moches.

Je poussai un soupir chevrotant.

— Tu es très en colère contre elle…

— Evidemment, que je suis en colère contre elle ! Elle

voulait que je choisisse entre sa façon de voir les choses et celle de mon père. Personne ne devrait être mis dans une telle position, encore moins un ado !

Il carra les épaules.

— Je n'ai pas le temps de discuter plus longtemps, Gia... Il faut que je fasse... quelque chose. Pour contrôler les dégâts. Si tant est que ce soit possible.

— Qu'est-ce que je peux faire ?

Lentement, il ferma les yeux et baissa la tête. Ce geste d'homme vaincu me brisa le cœur, mais ce qu'il dit ensuite me brisa en deux.

— Aller passer la nuit chez tes frères. Et préparer une valise pour deux ou trois jours.

La douleur me fit réagir violemment.

— C'est comme ça que vous vous êtes débarrassés de ta mère ? C'est votre façon de faire avec les gens que vous aimez quand ils vous contrarient ?

— En dépit de ses nombreux défauts, siffla-t-il entre ses dents, elle n'a jamais cherché à nous saboter !

— Tu es injuste ! J'ai commis une erreur, et tu ne peux pas imaginer à quel point je regrette. Mais je l'ai fait par amour, pas pour te nuire !

Il rouvrit les yeux.

— Cette relation était une erreur, du début à la fin.

Son ton morne, définitif, me glaça le sang.

— Tu sais quoi, Jackson Rutledge ? Va te faire foutre !

9

— Je peux comprendre pourquoi tu l'as fait, déclara Nico, lorsque je l'eus mis au courant de la situation, mais si la fille avec qui je sors me mettait un journaliste aux trousses, je le prendrais très mal.

Les bruits familiers du restaurant en fond sonore et la voix de mon frère à l'autre bout de la ligne apaisèrent mes nerfs malmenés.

— Je ne « sors » pas avec lui, protestai-je en regardant du coin de l'œil la valise à moitié vide qui me rappelait que ma relation avec Jax traversait une mauvaise passe. On vit ensemble.

— Encore pire ! Tu as demandé à une nana qui n'a rien à voir avec vous de te raconter la vie du type qui partage ton lit. Ça craint grave, Gianna. Je vais te poser la question encore une fois : c'est comme ça que tu veux vivre ? Vraiment ?

— Non, bien sûr que non ! Et je te l'ai déjà dit.

— Alors, tire-toi de là plus vite que ton ombre et trouve-toi un mec bien qui te donne ce que tu veux.

— J'ai déjà essayé, Nico. Ça n'a pas marché.

Il ricana.

— Essaie encore.

— Au lieu d'être si négatif, si tu m'aidais à trouver comment régler ce bordel ? Comment ça se fait que quand on veut juste se défouler, les mecs essayent de régler nos problèmes, et quand on a besoin d'une solution concrète, ils n'ont rien à proposer ?

— La solution, quand on est avec un mec qui ne convient pas, c'est de le quitter. Voilà. Problème réglé.

— Je pense que le vrai problème, c'est Deanna.

— Cette salope… Je ne l'ai jamais aimée, fit Nico, à mon grand étonnement.

Ce n'était pas souvent qu'il parlait avec mépris d'une femme — ma mère avait élevé des gentlemen.

— D'ailleurs, continua-t-il, Vincent ne l'a jamais vraiment appréciée. Il sortait avec elle parce que c'était une bête de sexe, apparemment. SM, bondage, tu vois le genre ?

— Stop ! fis-je en secouant la tête. Je ne veux pas savoir, merci. En plus, ce n'est pas cool pour les filles en général de partager ce genre de détails intimes. « Intimité », le mot te dit quelque chose ?

— Eh, je n'ai pas demandé à voir les photos cochonnes qu'elle lui envoyait à tout bout de champ sur son portable ! Je lui ai même demandé de le laisser dans sa chambre. Quoi qu'il en soit, il aurait dû te mettre en garde contre elle. De son propre aveu, elle a commencé sa carrière en couchant avec des hommes connus et *mariés,* et ensuite, elle s'est servie de leurs confidences sur l'oreiller pour obtenir de l'avancement. Le chantage ne lui fait pas peur non plus, apparemment.

Je fixai la porte fermée de la chambre, galvanisée. Une idée venait de me traverser l'esprit.

— Donc, reprit mon frère, tu veux que je vienne ce week-end pour t'aider avec tes affaires, c'est ça ?

— Pas encore, dis-je en sortant mon ordinateur portable de sa sacoche. Je te rappelle, d'accord ?

— Si je suis occupé, c'est *moi* qui te rappelle, d'accord ?

Il était adorable, Nico. Ma tête était déjà ailleurs, mais mon cœur lui rappela d'apprécier à quel point c'était une chance de l'avoir dans ma vie. Lui et mes autres frères.

— *Ti amo, fratello.*

— Moi aussi, je t'aime.

Je fourrai le téléphone dans ma poche, allumai l'ordinateur et m'installai sur la banquette au pied du lit. Je me connectai à la plate-forme de partage de fichiers en priant pour que Vincent n'ait pas changé son mot de passe depuis la dernière fois qu'il me l'avait donné, quelques mois plus tôt.

Le mot de passe était toujours le même.

La décision que j'avais à prendre était très difficile et j'hésitai longuement. Quoi que je fasse, quelqu'un que j'aimais allait souffrir.

La portée publique de la menace de Deanna finit par peser le plus lourd.

J'entrai dans le compte de mon frère, cliquai sur le dossier de synchronisation des images du portable et… je me couvris les yeux, ahurie. Il y a des choses qu'une sœur préfère ignorer de ses frères. Notamment celles qui concernent des filles nues et des gadgets sexuels.

Sans vouloir me demander pourquoi mon frère les avait conservées après leur rupture, je téléchargeai des photos de Deanna qui auraient fait rougir une star du porno et lui envoyai un SMS en lui demandant de m'appeler de toute urgence. J'avais des nouvelles pour elle…

Puis je redéfis ma valise, les mains tremblantes. Jax ne me croyait pas assez forte pour partager sa vie et il m'incombait de lui prouver qu'il se trompait. J'allais lui montrer ce dont j'étais capable. Comme ça, il n'éprouverait plus le besoin de me dissimuler certaines choses pour protéger ma supposée fragilité.

La voix de Jax se fit entendre soudain dans le couloir, de plus en plus proche.

— Je m'en occupe, papa. Mais là, je veux voir avec Gianna…

La porte s'ouvrit, il entra dans la chambre et s'arrêta à mi-foulée lorsqu'il me vit. Parker, à ses trousses et sur le point de dire quelque chose, se ravisa. Il m'accorda un hochement de tête sec et repartit en silence, fermant la porte derrière lui. Jack tourna le loquet.

Mon portable sonna à cet instant et « Deanna Johnson » s'afficha sur l'écran. Mes yeux plantés dans ceux de Jax, je décrochai.

— Gianna Rossi…

— Qu'est-ce qui se passe ? demanda Deanna, du ton de celle qui a mieux à faire.

— Bonjour à toi, Deanna.

Jax plissa les yeux.

Je pris une profonde inspiration. Je jouais l'avenir de mon couple, et je le jouais au bluff.

— Je serai brève, Deanna : soit tu empêches la publication de l'article sur les Rutledge, soit je poste des photos X de toi sur tous les sites de « vengeance porno » de la Toile.

Je vis que Jax retenait son souffle, stupéfait.

— N'importe quoi ! rétorqua Deanna.

— Tu veux parier ? Tu sais ce que tu risques ?

— C'est une atteinte au respect de ma vie privée !

— *Quoi* ! Tu oses me parle de vie privée ? A *moi* ?

— Ça n'a rien à voir, Gianna ! Les Rutledge ont renoncé à avoir une vie privée lorsqu'ils ont entrepris de contrôler ce pays.

— Tu vas trop loin.

— Moi ? Et toi, alors ? Il y a des lois contre la « vengeance porno ». Si tu publies ces images, ça va te retomber dessus, sans parler des conséquences pour les Rutledge. Et tu ne me veux certainement pas comme ennemie.

— Il y a aussi des lois contre le chantage et ça ne t'a jamais arrêtée, dis-je d'un ton ferme. Il y a en outre des moyens pour trouver à qui tu extorques des informations, et des moyens pour éviter qu'on sache qui a mis tes photos en ligne.

Mes mensonges commençaient à se démultiplier de façon incontrôlable, mais il fallait que je continue.

— Je ne sais pas ce que tu crois avoir trouvé à mon sujet, mais…

Sa voix tremblait légèrement. Je serrai si fort mon téléphone que j'en avais mal aux jointures.

— J'ai tout ce qu'il me faut, je t'assure. Annule la publication, Deanna, ou je ruine ta réputation à jamais. Le choix t'appartient.

— Je ne peux pas annuler ! C'est trop tard.

— Alors, tu sais à quoi t'attendre…

Je raccrochai.

Jax me dévisagea.

— Qu'est-ce que tu es en train de faire ?

— J'improvise.

Mon portable sonna de nouveau, je décrochai.

— Comment tu peux me faire ça ? demanda Deanna d'une voix étranglée par la panique. Entre femmes, comment peux-tu ?

C'était une question que je ne pouvais me poser sans risquer de faire machine arrière. Il m'était arrivé d'envoyer à Jax des photos suggestives. Rien d'aussi extrême que les siennes, mais tout de même… Et je serais mortifiée, si jamais une seule d'entre elles était publiée.

— Donne-moi une autre solution, Deanna.

— Ce n'est pas ton affaire ! Jackson Rutledge est un grand garçon. Laisse-le se défendre tout seul.

— Je le ferais, si je n'étais pas responsable de ce bordel.

Jax s'approcha de moi.

Deanna gémit :

— Tu vas me clouer au pilori pour un mec qui n'est même pas capable de te parler de lui ? Tu crois qu'il s'en soucierait autant, si la situation était inversée ? Il prendrait ses distances si vite que tu ne le verrais même pas partir ! Et si tu crois le contraire, tu te fourres le doigt dans l'œil.

Elle avait mal choisi le moment pour utiliser cet argument, car Jax m'enveloppait, exactement au même instant, d'un regard débordant d'amour et de fierté. Je sus alors qu'il n'y avait rien qu'il ne ferait pour moi.

— On n'a plus rien à se dire, déclarai-je, craignant de me laisser convaincre si on continuait à parler.

C'était une garce arriviste, mais après le tour que je venais de lui jouer, je ne valais pas mieux.

— Tu connais le deal, Deanna.

Je raccrochai une fraction de seconde avant que Jax me prenne dans ses bras et me serre si fort que je pus à peine respirer.

— Mon Dieu, Gia, murmura-t-il, ses lèvres plaquées contre ma tempe. Je ne m'attendais pas à ce que… Je ne voulais pas… Oh ! Merde…

Je m'accrochais à lui, fort. Il avait raison quand il disait que je ne m'étais pas battue pour lui la première fois. Je n'allais pas refaire la même erreur.

— On va s'en sortir. Dis-moi qu'on va s'en sortir.

J'avais parlé d'un ton désespéré, et je n'aimais pas ça, mais j'avais un nœud au ventre qui ne voulait pas partir, et l'horrible pressentiment que le pire était encore à venir.

Jax posa sa tête sur la mienne. Je sentais son corps lourd de fatigue.

— Je suis désolé, bébé… J'étais énervé contre tout et contre tous sauf toi, mais tu étais une cible facile. J'ai été con.

— Je suis désolée, moi aussi. Je ne sais pas ce qui m'a pris de demander de l'aide à cette fille.

— Cette vie… Il faut le temps de s'y adapter… Je dois t'apprendre comme gérer certaines choses.

Ses lèvres frôlèrent ma joue.

— Et j'aurais dû te parler, ajouta-t-il. Quand tu as eu des questions, j'aurais dû t'apporter les réponses.

— La prochaine fois, dis-je en priant pour que ce soit aussi simple que ça.

Au bout d'un moment, songeai-je, on aurait commis tant d'erreurs qu'il n'en resterait plus. Je l'espérais, en tout cas.

Un soupir m'échappa. Nous deux, à Las Vegas… Tout

avait semblé si clair, alors. Si vrai. A présent, tout était bourbeux et embrouillé par les relations familiales. Je regrettai un instant ce temps d'insouciance qui ne reviendrait plus.

Mais je ne m'y attardai pas, car nous partagions toujours quelque chose de précieux. Quand j'étais dans les bras de Jax et je m'y sentais à ma place. Il n'y avait qu'au Rossi's que j'éprouvais quelque chose qui s'en rapprochait.

J'avais appris ce que ça me faisait, de perdre cette sensation. Et j'allais tout faire pour ne plus jamais revivre l'expérience.

S'écartant légèrement, Jax me regarda, ses mains caressant mon dos.

— Je venais te demander de rester. Si tu étais partie, je serais en ce moment même en train de te ramener à la maison.

Je me blottis contre lui pour le réconforter, mais aussi pour qu'il me réconforte.

— Je me serais fait prier…

Il fit remonter les mains vers mes épaules pour masser mes muscles noués. Je gémis doucement, fondant de plaisir.

— Je t'aurais suppliée à genoux s'il l'avait fallu, dit-il.

Même si je savais qu'il allait m'embrasser, son baiser me chamboula.

Il me dévora avec une passion sauvage que je n'avais plus connue depuis nos week-ends torrides à Las Vegas. Sa langue explora ma bouche sans répit, goulue, exigeante. Le message était sans équivoque.

— Je te veux, dit-il tout bas, dessinant le contour de mes lèvres du bout de sa langue. Il y a une douzaine de personnes de l'autre côté de ces murs et je n'en ai rien à faire. Je ne peux pas te baiser en silence… Ils vont entendre quand je viendrai en toi, ils vont le voir sur mon visage quand je sortirai d'ici. Mais je m'en fous. Si je ne suis pas en toi dans les dix minutes qui viennent, je vais devenir fou !

— Jax…

Mon téléphone se mit à sonner. Je le fis taire, et le lâchai sans me soucier d'où il tombait. Puis j'enfonçais mes mains dans les cheveux de Jax pour m'emparer de sa bouche.

J'aimais l'embrasser. J'aimais tellement ça ! J'aimais ses lèvres, à la fois fermes et douces, ses grognements de plaisir. J'aimais son désir fou, et j'aimais sentir qu'il ne pouvait vivre sans moi.

Il saisit ma main et la porta vers son pantalon, gardant ses doigts sur les miens quand je les refermai autour de son sexe. Il était dur comme la pierre, délicieusement lourd.

Puis il détacha ma main pour que je la pose sur son cœur qui battait à tout rompre.

— Gia…

Nous nous jetâmes l'un sur l'autre ; des boutons sautèrent ; des fils craquèrent. Je ne pouvais plus attendre, j'avais faim de lui. Mes lèvres et mes dents cherchaient sa peau dorée, tandis que mes mains écartaient le moindre bout de tissu qui osait s'interposer sur leur chemin.

Quelque part, très loin, j'entendis mon téléphone vibrer, mais je m'en fichais éperdument. Jax aussi. Alors que tout brûlait autour de nous, seule notre passion nous importait.

Il me fit reculer jusqu'à ce que je tombe sur le lit, ôta ce qu'il restait de sa chemise et vint sur moi. Sa peau était si chaude qu'elle me brûlait même à travers mon soutien-gorge et mon pantalon. Sans cesser de m'embrasser, il ferma la main autour de mon sein, puis avec un grognement impatient, tira sur la dentelle pour atteindre ma peau.

Je gémis au contact de sa paume contre mon mamelon durci ; ses doigts savants suscitaient des courants délicieux qui me mettaient dans tous mes états. Je tâtonnai pour trouver le bouton de son pantalon, mais il m'empêcha d'aller plus loin, saisissant d'une main les deux miennes pour les immobiliser.

— Toi d'abord, grommela-t-il.

La seconde d'après, cette bouche que j'adorais était sur mon sein, le couvrant de sa chaleur humide. Du bout de la langue, il en titilla le bout avant de l'absorber tout entier et de le sucer avec délectation. Aguicheur, il frottait son membre durci contre ma cuisse, tandis que d'une main il caressait mon sexe impatient à travers mon pantalon.

Son odeur, sa chaleur m'enveloppaient ; ses mains, sa bouche couraient partout sur mon corps. J'aurais voulu reprendre le contrôle de la situation, mais il savait ce qu'il voulait et était déterminé à l'obtenir.

Ses yeux dans les miens, il fit glisser mon pantalon et ma culotte le long de mes jambes.

Je me relevai pour ôter chemisier et soutien-gorge. Mon téléphone vibrait sans arrêt et son bourdonnement incessant nous transmettait une sensation d'urgence. Jax roula sur le dos et souleva les hanches pour baisser son pantalon et son boxer, puis revint sur moi sans attendre, trop impatient pour les enlever complètement.

J'écartai mes cuisses et lui tendis les bras. Il me plaqua contre le matelas et glissa en moi.

Je dis son nom dans un cri.

Sa bouche contre mon oreille, il murmura :

— Je veux venir, bébé.

Pantelante, secouée de tremblements, je l'attirai contre moi. J'enfonçai les ongles dans la chair de son dos tout en pressant mes mollets contre ses cuisses. En dépit du manque de préliminaires, je mouillais de plus en plus, excitée au plus haut point par les mouvements erratiques de son corps, qui cherchait à se fondre dans le mien. Je sentais mon sexe se contracter autour du sien dans une pulsation rythmée.

— C'est ça, bébé…, grommela-t-il, allant et venant dans moi. Prends ma bite.

Une longue poussée m'arracha un gémissement, mes hanches voulaient se cambrer, mais son poids les en empêchait.

Sans crier gare, il se retira. Je lâchai un grognement de frustration, mais l'instant d'après, sa bouche était entre mes jambes et il me léchait goulûment sans laisser une seconde de répit à mes terminaisons nerveuses surchargées.

Je m'arc-boutai, cramponnée aux draps. Le plaisir était

monté si vite que l'explosion dans mon ventre me prit au dépourvu. Des vagues de chaleur embrasaient ma peau, des frissons fébriles ravageaient mon corps. J'avais besoin d'air. Je me tortillai pour échapper à cette torture exquise qui me coupait le souffle, mais Jax immobilisa mes cuisses et continua à m'infliger les caresses implacables de sa langue talentueuse. Si l'idée était de m'aguicher, il était arrivé à ses fins : je crevais d'envie d'avoir de nouveau en moi sa grosse queue.

Quand il fut de nouveau sur moi, je refermai les jambes autour de sa taille et nous fis rouler sur le lit. Etendu sur les draps en désordre, peau dorée et regard fou, il était superbe. Un voile de sueur couvrait ses abdominaux parfaitement dessinés et il avait les joues en feu. Sa bouche gourmande était enduite de mon miel, son contour rougi par nos baisers.

Dieu, qu'il était sexy ! Sexy à se damner ! Et la façon dont il s'agrippait à mes hanches pour me faire bouger me donnait une envie folle de le chevaucher. De prendre ce dont j'avais besoin. De le posséder.

Je pris son sexe pour le guider dans le mien, mais il était si dur, si appétissant, que j'eus d'abord envie de le mettre dans ma bouche. Je me passai la langue sur les lèvres.

— Plus tard, grommela-t-il en soulevant les hanches pour glisser l'extrémité de sa queue en moi.

C'était tellement chaud… Je frissonnai. Jax était en feu et il voulait que je brûle avec lui.

Il s'empala en moi et je gémis. J'étais si mouillée après ce qu'il m'avait fait avec sa bouche qu'il put me pénétrer complètement, d'un seul mouvement. Le cou ployé, le dos cambré contre le matelas, il cria son plaisir.

— Gia…

J'avais la gorge nouée. Savoir que je le comblais… Que c'était moi qui le mettais dans cet état… Cela me touchait plus que je n'aurais su le dire.

En un geste souple qui mit en branle tous les muscles de

son ventre, il se redressa pour enfouir son visage dans le creux de mon épaule.

— Je t'aime.

— Jax…

Je fis courir ma main dans ses cheveux et pressai sa tête contre moi.

— Je vais partir loin avec toi, murmura-t-il. Partir et envoyer la Terre entière se faire foutre !

Je resserrai mon étreinte.

— Pour combien de temps ?

Il mordilla doucement la base de mon cou.

— Pour toujours.

— D'accord, fis-je. On y va ?

L'instant d'après, il m'avait renversée de nouveau sur le lit et se penchait sur moi avec un sourire diabolique.

— Finissons d'abord ce qu'on a commencé.

— Je ne veux pas que ça se finisse, dis-je tout bas. Jamais.

Il prit mon visage entre ses mains, ses yeux dans les miens. Il déglutit, je crus qu'il allait parler, mais il pencha la tête et m'embrassa… Pour le reste, on pouvait se passer de mots.

Assise en tailleur sur le lit, je regardai Jax se rhabiller. Il était silencieux et ses pensées, de toute évidence, ailleurs.

— Jax ?

— Hum ?

Il se tourna vers moi et son regard vide s'anima de nouveau. Il laissa son geste en suspens, sans finir de boutonner sa chemise.

— Tu vas bien ?

En dépit de l'urgence avec laquelle il s'était jeté sur moi, une fois qu'il avait commencé à me faire l'amour, il avait pris le temps. Tout son temps. Comme si, lui aussi, voulait se rappeler comment c'était entre nous autrefois.

Je lui retournai la question.

— Et toi ?

Sa poitrine enfla, puis il poussa un soupir silencieux.

— Oui, ça va. J'ai quelques trucs à régler, mais je sais exactement comment. Sinon, pour en revenir à cette journaliste : plus jamais, Gia. Je ne veux pas que t...

Des cris provenant du salon interrompirent notre conversation. Je connaissais cette voix. J'avais grandi avec.

Affolée, je sortis du lit d'un bond. Il fallait que je m'habille en vitesse.

— C'est mon frère...

Je consultai l'heure sur le réveil et mon anxiété monta d'un cran. Que Vincent ait quitté le restaurant en plein rush pour venir jusqu'ici ne présageait rien de bon.

Jax fourra sa chemise dans son pantalon.

— Je m'en occupe.

— Non, c'est à moi de m'en occuper.

— Hors de question, fit-il en enfilant ses richelieus. Tu as eu une journée assez chargée comme ça.

— Jackson...

En deux enjambées, il quitta la chambre, faisant claquer la porte derrière lui. Pour faire vite, j'enfilai un pantalon de yoga et un T-shirt.

J'arrivai dans le salon à temps pour voir tout le monde déguerpir. Jax, debout près du canapé, se frottait le menton, tandis que Vincent, encore dans un T-shirt Rossi's, se tenait sur la dernière marche du salon, les poings serrés. Son beau visage était crispé de colère.

— Vincent...

Il se tourna vers moi.

— Deanna n'arrête pas d'appeler comme une folle au restaurant ! Comment tu as pu, Gianna ?

D'instinct, je croisai les bras pour protéger mon cœur de la froideur de son regard. Jamais, de toute ma vie, aucun de mes frères ne m'avait regardée de la sorte.

— Est-ce qu'elle t'a expliqué ce qu'elle s'apprêtait à faire ?

— C'est une journaliste. Enquêter et écrire des articles, c'est son job !

— C’est ça, son argument ? Et tu l’as crue ? Elle n’avait pas le droit de faire ce qu’elle a fait !

— Et toi, tu en avais le droit ? riposta-t-il en faisant un pas vers moi.

Jax avança d’autant. Mon frère le foudroya du regard.

— Ne bouge plus, Rutledge. C’est toi qui l’as poussée à faire ça.

Jax acquiesça, le visage sombre.

— C’est vrai.

— Non ! C’est faux, Vincent ! Il n’a rien à voir avec ça.

— Mon cul ! dit-il sèchement. Tu n’aurais jamais fait un truc pareil avant de le rencontrer. Comment as-tu su, pour les photos ?

Ce n’était pas la peine de mêler le pauvre Nico à tout ça.

— Tu m’as donné ton mot de passe pour le cloud, souviens-toi…

Il me regarda comme s’il ne me reconnaissait pas.

— Et tu t’en es servie ? Combien de fois ?

— Juste aujourd’hui.

— Je ne te crois pas !

Ces dernières paroles me brisèrent le cœur. En mille morceaux.

— C’est pourtant la vérité.

— Tu aurais pu m’appeler. J’aurais essayé de parler à Deanna. Ce n’était pas…

— Ça n’aurait pas marché, répondis-je d’un ton détaché. Je ne l’aurais jamais menacée, si j’avais pu faire autrement.

— Tu as préféré abuser de ma confiance et me foutre au milieu d’un bordel impossible sans me prévenir. Tu m’as exclu, au lieu de me demander de l’aide. Ce n’est pourtant pas comme ça que nous faisons, dans notre famille…

Plein de mépris, il désigna Jax du menton.

— Ce sont ses manières à lui. Nous, on ne fout pas en l’air la vie des gens pour préserver notre image !

— Le temps pressait, Vincent, arguai-je, détestant être la cause de l’expression meurtrie que je voyais sur son visage.

Quelque chose de précieux avait été détruit, quelque chose sans quoi je n'étais pas certaine de pouvoir vivre.

— J'allais te le dire, ajoutai-je.

— Trop tard, fit-il, puis se tournant vers Jax : Félicitations, connard ! Tu as abîmé une fille parfaite.

Il pivota et prit le chemin de la porte à grandes enjambées.

— Vincent. Attends !

Je me précipitai derrière lui, cherchant désespérément à sortir du premier conflit réellement grave que j'aie jamais eu avec l'un de mes frères. Jamais je n'avais éprouvé une peur aussi profonde. Mon cœur battait si vite que j'en avais la tête qui tournait.

Jax bondit devant moi et me prit par les épaules.

— Laisse-moi m'en occuper.

J'allais protester quand j'aperçus l'hématome qui commençait à bleuir sur sa mâchoire. Le choc me figea sur place.

— Il t'a frappé ?

— Ne t'en va pas, fit-il, ignorant ma question, les yeux rivés à la porte que mon frère venait de claquer. Tu as compris ? Attends jusqu'à ce que je revienne…

Et il se précipita derrière mon frère.

Deux semaines plus tard, j'attendais encore qu'il revienne à la maison.

10

— Il est têtu, tu le connais…, dit Angelo.

Il secoua la tête et but une longue gorgée de son soda.

— Tu lui manques, ajouta Denise, noyant une pelletée de frites dans une piscine de ketchup. Tu devrais essayer de le rappeler.

— Il raccroche dès qu'il entend ma voix.

Je rapprochai ma chaise de la table pour laisser passer une dame qui s'en allait. Ce petit troquet à côté du bureau était plein à craquer ; on avait eu de la chance de trouver une place.

— Tu sais bien que ton nom s'affiche sur l'écran de son téléphone. S'il ne voulait vraiment pas te parler, il te laisserait te débrouiller avec sa messagerie, non ?

Aux prises avec un manque d'appétit persistant, je picorai le pain de mon hot-dog. J'étais en froid avec Vincent depuis bientôt deux semaines, et les Rossi au complet avaient décidé qu'il fallait que ça cesse. Ma mère m'avait appelée la veille au matin, Nico, le soir. Angelo et Denise s'étaient pointés au bureau à l'heure de ma pause-déjeuner. Je ne serais qu'à moitié surprise que mon père s'invite à dîner chez moi.

— Gianna…, fit Denise en posant sa main sur la mienne. Viens le voir au loft. Essayez de trouver une solution. Vous êtes tous les deux malheureux.

— Ou mieux encore, ajouta Angelo, reviens vivre avec nous. Tu n'as pas à rester seule dans l'appartement de Jackson.

C'était le seul point positif de mon conflit avec Vincent :

il me fournissait une excuse pour rester au penthouse, alors que Jax n'y était pas revenu.

— Est-ce que Jackson continue à t'appeler ? demanda Denise entre deux frites.

J'acquiesçai.

— Chaque nuit.

Il me disait que je lui manquais, qu'il était débordé et qu'il ne voulait pas m'infliger son stress. Mais il n'en disait pas plus, et je ne savais qu'en penser : est-ce qu'il voulait rompre, mais n'arrivait pas à me le dire ? Attendait-il juste que je perde patience et que je parte pour pouvoir revenir chez lui ?

Mais alors, pourquoi jouait-il le rôle de l'amoureux en voyages d'affaires ?

Angelo m'offrit un sourire tendu.

— Je sais que tu n'as pas envie de l'entendre, Gianna, mais je te le répète pour ton bien : Jackson était en train de te transformer en une personne qui ne te ressemblait pas. Ça n'aurait jamais marché.

Mes pensées prenaient le même chemin pour en arriver à la même conclusion chaque nuit, quand je me retrouvais seule dans le grand lit vide. L'article de Deanna n'avait pas été publié, mais ce qu'elle avait dit ou fait pour y parvenir lui avait coûté son poste. Et ça, j'avais du mal à me le pardonner.

— Je l'aime, dis-je enfin. J'aime Jax autant que tu aimes Denise. Tu serais peut-être surpris de ta propre réaction, si quelqu'un menaçait d'étaler sa vie privée dans les journaux.

— Non, je ne le serais pas. Je vois très bien pourquoi tu l'as fait, Gianna, et je le comprends. Mais Jackson et toi, vous n'êtes pas du même monde. La vie qu'il t'offre n'est pas une vie pour toi, insista-t-il.

A cet instant, il avait exactement la même expression que notre père, quand il devait nous annoncer une mauvaise nouvelle.

*
* *

Au bureau, tout l'après-midi durant, je ne cessai de réfléchir à la façon de remettre sur la bonne voie ma vie privée. Côté pro, tout baignait. Le malaise entre Chad et moi avait disparu et il s'entendait à merveille avec Inez et David. Le design du nouveau restaurant avait été validé et les travaux allaient bon train. Lei bien sûr suivait tout cela de près, tout en me laissant une liberté totale. Je continuais à m'éclater dans mon travail chaque jour, et en plus, je pouvais partager mon enthousiasme avec Jax. Je n'avais plus à craindre qu'il me joue un mauvais tour. Je savais à présent qu'il ne voulait que mon bien.

Mais la situation était tout de même bizarre… Alors que l'affaire Deanna semblait avoir rendu notre relation plus solide, nous étions de nouveau séparés.

Je ne comprenais pas.

En sortant du bureau, je filai au Rossi's. Angelo et Denise avaient raison, il était temps que je règle mes problèmes avec Vincent.

J'y arrivai en pleine *happy hour*, mais s'il me repéra depuis le bar dès que j'entrai, il se contenta de me lancer un regard sombre avant de reporter toute son attention sur le cocktail qu'il préparait. Son caractère était à l'opposé de celui de Nico, il ne flirtait pas ouvertement avec les filles, mais elles étaient tout aussi nombreuses à le dévorer du regard. Son style « brun ténébreux » faisait de ravages.

J'attrapai un tabouret libre et l'observai. Les filles agglutinées au bar ne ménageaient pas leurs efforts pour capter son attention, mais je sentais bien que c'était sur moi seule qu'il la portait, même s'il ne m'avait plus accordé un seul regard. On ne pouvait pas dire la même chose de mes parents, qui n'arrêtaient pas de jeter des coups d'œil dans notre direction.

Je profitai que Vincent ait à servir une bière au client assis à ma droite pour briser la glace.

— Je suis désolée…, dis-je.

Il prit une grande inspiration, carra les épaules. Puis il ramassa les cinq dollars de pourboire dans son poing, frappa deux petits coups en guise de remerciement et déposa l'argent dans le pot à pourboires.

— Je prends dix minutes, dit-il à Jen, la fille qui s'occupait du bar avec lui.

— Je garde le pont, répondit-elle en me souriant.

J'attendis Vincent au bout du bar.

— Bureau, fit-il en m'indiquant d'un geste impatient de passer devant lui.

Je ne pus m'empêcher de penser à Jax, quand j'entrai dans la pièce, mais j'en repoussai le souvenir pour me concentrer sur mon frère.

J'attaquai le vif du sujet.

— Il faut que tu me pardonnes, Vincent.

Il croisa les bras.

— C'est fait depuis un bon moment.

— C'est vrai ?

Je cillai, envahie par une vague de soulagement si intense que je dus m'appuyer contre le bureau.

— Mais alors pourquoi tu ne me parles pas ?

— Pour te punir. Et parce que je n'ai pas envie d'entendre tes explications sur les raisons qui t'ont poussée à faire ce que tu as fait. Si être avec Jax t'oblige à renoncer à ce que tu es, il faut que tu le quittes.

— Il n'y était pour rien et je ne comprends pas pourquoi il t'a dit ça.

— Parce qu'il sait qu'il en est malgré tout le responsable, dit-il en levant une main pour m'empêcher de l'interrompre. Il faut que tu comprennes quelque chose, et que tu le comprennes vite, Gianna, ou bien nous n'aurons plus rien à nous dire : tu as géré cette situation comme un Rutledge et non pas comme une Rossi, et c'est auprès de lui que tu as appris à te comporter ainsi.

Je réfléchis à ses propos. Puis je regardai un instant le

portrait de notre famille accroché au mur avant de hocher la tête.

— Tu as raison.

— Bien sûr que j'ai raison !

Il passa une main dans ses cheveux, puis, sans crier gare, m'enveloppa dans une étreinte serrée de grand frère ours.

J'éclatai en sanglots, ce qui me prit au dépourvu. J'avais fait un si bon boulot en réprimant mon chagrin, que j'ignorais à quel point il était profond, jusqu'à ce que mon frère m'entoure de ses bras rassurants et pleins d'amour.

Il jura tout bas et me serra plus fort. Je savais que les larmes en général et celles de femmes en particulier, le rendaient très mal à l'aise, mais je n'arrivais pas à m'arrêter. En plus, ça me faisait un bien fou.

— C'est bon, c'est bon, murmura-t-il finalement, ses lèvres contre le sommet de ma tête.

— Mais tu m'as manqué !

— T'exagères, Gianna… J'étais ici.

— Et Jax me manque aussi. Il est parti depuis *des semaines*.

Son torse monta et descendit contre ma joue.

— Je sais.

Je m'écartai de lui, la respiration entrecoupée de sanglots.

— Je… je ne sais plus quoi faire.

— Déjà, arrête de pleurer, grogna-t-il. Ensuite, arrête de t'inquiéter pour Jax. Il essaie de remettre de l'ordre dans le foutoir de sa tête.

— Quoi ? Qu'est-ce que ça veut dire ? Comment tu sais ça ?

— C'est lui qui me l'a dit.

J'essuyai mes joues, interdite.

— Pourquoi il te l'a dit à toi et pas à moi ?

— J'imagine que c'est parce que je suis l'une des rares personnes qui n'essayera pas de le faire changer d'avis.

— Tu peux me dire de quoi tu parles ? En anglais, de préférence ?

Il ricana.

— Je ne veux pas lui rendre les choses plus faciles, Gianna. Ce sont ses affaires, votre vie, et c'est à lui de t'expliquer…

— Tu m'agaces, Vincent.

— Tant mieux, tu le mérites !

Il posa un bras sur mes épaules.

— Je dois retourner au bar, mais viens, je t'offre un verre.

— Je préférerais des réponses, bougonnai-je en lui donnant un coup de hanche pour le faire trébucher.

— Fais gaffe, toi !

De retour dans la salle, la vue d'une tête chenue au milieu des convives me fit ralentir. Comme s'il avait senti mon regard, Parker Rutledge se retourna et, en me voyant, une expression soulagée détendit son visage. Il était venu dans l'espoir de me trouver, c'était évident. Il se dirigea vers nous.

Sa présence fit monter en moi une petite vague de panique. Est-ce que Jax allait bien ?

— Crie si tu as besoin de moi, me dit mon frère en me serrant l'épaule avant de regagner son poste.

Espérant que mon maquillage n'avait pas trop coulé, je tirai sur ma jupe, regrettant de ne pas être passée par les toilettes pour me rafraîchir. Le père de Jax, avec son costume noir impeccable et sa cravate bleu pâle, semblait prêt à conquérir le monde alors que moi, j'en étais persuadée, j'avais l'air défaite.

— Gianna, me salua-t-il en me serrant brièvement dans ses bras. Je veux te parler depuis quelques jours déjà.

— Tout va bien ?

— Je crains que non. Tu aurais un moment à me consacrer ?

— Bien sûr, dis-je, commençant à m'inquiéter sérieusement de son ton grave. Vous préféreriez qu'on aille à l'appartement ?

Il secoua la tête avec un sourire penaud.

— Jackson m'a donné des ordres stricts : interdiction de te déranger, ni à la maison ni au bureau, bien que je doive t'avouer que j'étais prêt à braver l'interdit, si tu n'étais pas venue ici ce soir.

Je jetai un coup d'œil au garde du corps qui me suivait jour et nuit, me demandant si c'était lui qui avait mis Parker au courant de mes déplacements. A vrai dire, la réponse m'importait peu.

Je cherchai ma mère du regard et lui indiquai d'un geste que nous allions prendre la table vide à côté de moi. Elle acquiesça et la biffa sur le plan de salle.

— Il s'agit de Jackson, fit Parker à peine étions-nous installés. Il est sur le point de commettre une erreur colossale.

— C'est-à-dire ?

— Il ne peut pas tout quitter comme ça, Gianna, tu comprends ? Non seulement il a la politique dans le sang, mais, plus important encore, il a des responsabilités vis-à-vis de ce pays ! Il a en lui ce qu'il faut pour transformer le monde de manière profonde et nécessaire.

De toute évidence, il me croyait au courant des projets de Jax, et je décidai qu'il était préférable de ne pas le détromper. D'après ce que je déduisais de ses propos, Jax envisageait de prendre ses distances avec les activités familiales. Si c'était le cas, c'était une merveilleuse nouvelle, mais j'essayai de ne pas trop m'emballer.

— Je suis sûre qu'il fait tout ce qu'il peut.

— Mais il ne peut pas dire ça avant de s'être présenté aux élections !

— Oh…

Je n'avais jamais envisagé cette possibilité-là : Jax prenant la relève de son père sur la place publique. La petite étincelle d'espoir que j'avais ressentie s'éteignit aussitôt.

— Je ne savais pas qu'il voulait faire carrière dans la politique.

Il se pencha vers moi.

— Jackson m'a raconté ce que tu as fait pour neutraliser cette journaliste. Tu es un atout, Gianna. Tu es exactement la compagne qu'il lui faut pour passer au niveau supérieur. Avec toi à ses côtés, il pourrait même viser la Maison Blanche !

Je n'étais pas certaine d'avoir bien entendu.

— La Maison… Vous plaisantez ?

— Tu ne l'en crois pas capable ?

Je le fixai, sidérée par l'envergure de ses rêves.

— Jackson peut réussir tout ce qu'il entreprend. Il est incroyable.

— On est bien d'accord.

— Et tant que je ferai partie de sa vie, je le soutiendrai dans ses choix, dis-je, marquant ensuite une pause pour reprendre mon souffle. Mais…

— Mais quoi ? fit-il en me fixant intensément, comme s'il voulait lire dans mes pensées.

Il n'y avait pas de façon facile de le dire.

— Je pense que vous savez qu'il juge le stress causé par la pression qu'implique la vie politique responsable de l'alcoolisme de sa mère.

Il se redressa brusquement.

— Jackson est plus fort qu'elle ne l'était.

Je n'allais pas le contredire sur ce point.

— C'est pour moi qu'il s'inquiète.

— Je sais, confirma-t-il avec un hochement de tête emphatique. C'est précisément pour ça que je veux que tu lui parles. Pour le convaincre que tu es assez solide. Pour le rassurer.

Je tournai la tête vers mon frère. Nos regards se croisèrent. Ce qu'il avait dit dans le bureau… qu'il était l'une des rares personnes à ne pas vouloir que Jax change d'avis… Mais il n'avait pas dit à propos de quoi. Je venais de comprendre. Soudain, tout faisait sens.

— Parker, vous savez où est Jax, n'est-ce pas ?

— A Washington. Je peux t'y emmener.

— C'est quand vous voulez…

*
* *

J'avais imaginé que je franchirais les grilles de la maison familiale des Rutledge, mais le chauffeur de Parker m'avait conduite jusqu'à un luxueux gratte-ciel d'appartements. Chauffeur, garde du corps, jet privé... Quelque mois plus tôt, je n'aurais pas imaginé que ces choses feraient partie de mon quotidien, mais ma vie avait changé, et je m'habituais à ces changements aussi vite que je le pouvais. En revanche, je ne voyais pas comment je pourrais m'habituer un jour à vivre sans...

— Jax..., dis-je quand il vint m'ouvrir la porte.

Mon cœur bondit dans ma poitrine. Son costume trois pièces accentuait à l'air un peu inquiétant que lui donnaient l'ombre bleutée de la barbe sur son menton et ses cheveux un peu trop longs. Son beau visage s'était creusé, son regard, aiguisé.

Sans un mot, il m'attira contre lui et m'embrassa comme s'il était en train de mourir de soif et que j'étais un verre d'eau fraîche. Je passai mes bras autour de son cou et lui offris mes lèvres. On s'embrassa à pleine bouche, à pleines dents ; nos langues fêtèrent nos retrouvailles avec une frénésie érotique qui m'arracha un gémissement.

La nervosité que j'avais sentie dans l'avion s'envola comme si elle n'avait jamais existé. Quelle que soit la raison pour laquelle il s'était éloigné de moi, ce n'était pas parce qu'il ne voulait plus de moi.

Il m'entraîna avec lui à l'intérieur et me plaqua contre la porte.

— Je dois prendre un appel dans une minute, murmura-t-il contre mes lèvres. Et ensuite, je te ferai l'amour pendant très longtemps.

Je lui donnai une tape sur l'épaule.

— Mais tu vas me dire d'abord pourquoi tu es à Washington.

— Tu le sais déjà. C'est même la raison de ta venue, je dirais, fit-il en s'écartant de moi. C'est Parker qui t'envoie ?

— Il m'en a fourni les moyens, mais je suis venue de mon propre chef.

— J'imagine qu'il va finir par comprendre que ce n'est pas la peine d'insister, fit-il en me prenant la main.

Il me montra une double porte à gauche dans le couloir.

— La chambre. Déshabille-toi et attends-moi.

Je réprimai un sourire. Son arrogance n'était que pur jeu, je le savais, et il savait que je savais.

— Rêve toujours !

Il avança vers le coin bureau installé dans le salon. L'appartement, beaucoup plus petit que celui de New York, était meublé de façon presque spartiate. Il y avait une table basse et un canapé, mais pas de télévision ni de tableaux aux murs. En revanche, sa table de travail disparaissait presque sous un fatras de papiers et de stylos.

— Depuis deux semaines je ne fais que rêver, dit-il, appuyé au bord de la table, son téléphone à la main. J'ai toujours vu dans tes yeux, quand tu me regardais, une maison avec une belle clôture blanche. Je ne pensais pas être fait pour ça. Je me trompais. Un de ces jours, quand tu te sentiras prête, je voudrais t'offrir ce rêve. Et toi, tu vas m'offrir une magnifique petite fille, ou deux, qui auront tes cheveux bouclés et ton sourire qui me fait craquer.

Ma poitrine se serra.

— Jax…

Son téléphone, bien sûr, sonna à ce moment-là. Il décrocha.

— Dennis… Non, vous avez bien entendu, c'est pour ça que je voulais vous parler de votre soutien pour la campagne de Parker… Non, il ne me fera pas changer d'avis, j'arrête tout. Je vais me marier, ajouta-t-il en me regardant. Oui, c'est une bonne chose… Merci, sénateur. Et bonne chance pour la prochaine élection.

Il raccrocha et déposa lentement le téléphone sur le bureau, après quoi, il croisa les bras.

— Tu es toujours habillée…

— Je ne dors pas avec des types fiancés, dis-je en me retenant pour ne pas danser d'excitation.

Il y avait quelque chose de différent chez lui. Quelque chose qui me rappelait le Jax que j'avais rencontré à Las Vegas. Et j'aimais ça. Beaucoup.

— Je n'ai pas dit que j'étais fiancé, répondit-il avec un début de sourire. Et je n'ai pas dit non plus que je voulais dormir.

— Tu es très sûr de toi, dis donc !

— Et toi, tu es folle de moi.

— Ou folle tout court, fis-je en croisant aussi les bras. C'est ici que tu étais ?

— La plupart du temps, oui.

— Et tu ne pouvais pas me le dire ?

Nous étions chacun à un bout de la pièce, mais mon corps tendait vers lui comme s'il était réellement en train de m'attirer contre lui.

— Je me suis promis de ne plus apporter à la maison des emmerdes qui risquaient de t'affecter. Et pour ça, il fallait d'abord que je fasse un grand ménage dans ma vie.

— Opération « Tout doit disparaître » ?

— Tout sauf toi et Rutledge Capital.

Je resserrai mes bras contre ma poitrine.

— Je ne t'ai jamais demandé de faire ça, Jax…

— Non, mais il le fallait. Et je voulais te laisser du temps pour arranger les choses avec ton frère et décider si tu pouvais me pardonner de t'avoir mise dans cette position.

Sa voix devint plus rauque ; il se passa nerveusement la main sur le visage.

— Te voir parler comme ça à Deanna… Vous voir, Vincent et toi, souffrir autant… C'était déchirant, Gia. Je me suis haï de t'avoir mise dans cette situation.

— Mais maintenant c'est fini. Tout va bien.

— J'en suis heureux. Mais il y aurait eu d'autres fois, sois-en certaine.

Il enleva sa veste.

— Et mes discours sur la nécessité d'être fort et d'apprendre à vivre avec ? Dernières paroles célèbres. J'ai tenu les mêmes propos à ma mère la dernière fois que j'ai parlé avec elle, et je crois qu'ils l'ont tuée. Ils ont tué l'espoir qui lui restait qu'elle pourrait me sauver d'un mode de vie qu'elle haïssait.

— Non, Jax. Ne te flagelle pas comme ça.

J'aurais tout fait pour alléger la culpabilité et la honte que je voyais sur son visage.

— Je le mérite, dit-il en se frottant la nuque d'un air épuisé. Je dois vivre avec. J'étais jeune. Irréfléchi. Convaincu d'être quelqu'un d'important et que mon père était un héros national. Je ne voyais pas que son ambition avait déjà détruit notre famille.

Il posa sur moi un regard brûlant.

— Je ne nous ferai pas subir ça, Gia. Rien ne vaut le risque de te perdre. Rien !

Je déglutis pour chasser le nœud dans ma gorge. Mon amour pour lui était plus fort que jamais.

— Même pas la Maison-Blanche ?

Il se mit à rire, ses yeux pétillant d'humour.

— Il t'a parlé de son rêve, hein ? Un rêve impossible. Mon père vit dans une illusion, il croit se regarder dans un miroir quand il me regarde.

Ça, on pouvait le comprendre.

— Je ne vais pas vivre la vie qu'il veut que je vive, Gia. Je vais vivre celle qu'il aurait dû avoir. Je vais épouser une fille douce, entourée d'une famille formidable, et je vais tout faire pour qu'elle reste douce et qu'elle se sente protégée et heureuse. On va avoir quelques enfants, un ou deux chiens et organiser des barbecues de temps en temps avec ses frères surprotecteurs.

— Ça ne va pas manquer d'excitation pour toi ?

— Absolument pas ! Surtout si j'arrive à te faire enlever ces fringues.

J'avançai jusqu'à lui et posai une main sur sa poitrine : je sentis son cœur battre, fort, calme.

— Je veux que tu sois heureux, Jax. Je ne veux pas que tu fasses pour moi des sacrifices que tu risques de regretter.

Sa main sur la mienne, il pressa un baiser sur mon front.

— Je ne savais pas ce qu'était le bonheur avant de te rencontrer. Quant au reste… Il fallait que je tire une leçon de ce qui s'était passé avec ma mère. Sinon, comment justifier le chagrin que je lui ai causé ? On ne peut pas dire que je ne suis pas têtu, fit-il avec sourire dépité. Je sais qu'il est trop tard pour réparer le mal que je lui ai fait, mais il est encore temps d'éviter de commettre la même erreur avec toi.

Je me laissai aller contre lui. Etait-il conscient qu'en dépit de ses belles paroles sur la maison avec une clôture blanche et les enfants, c'était cette franchise sans fard qui me liait à lui plus solidement que n'importe quelle promesse ?

— Je t'aime.

— Je sais. Et je n'en douterai plus jamais, pas après tout ce qu'on a traversé.

— Ton père risque de ne pas lâcher l'affaire aussi facilement, le prévins-je en m'écartant pour étudier son visage.

Il haussa les épaules, mais son visage affichait une détermination sans réserves.

— Tant que toi, tu ne me lâches pas.

— Ne t'inquiète pas.

Je me hissai sur la pointe des pieds pour mordiller sa lèvre. Je souris en entendant ce petit grognement qui annonçait chez lui la montée du désir.

— Moi aussi, je suis têtue.

Epilogue

— Je dois sans cesse me répéter que c'est vrai, dis-je en regardant Lei.

Elle sourit, heurtant sa flûte de champagne contre la mienne.

— C'est aussi vrai que cet énorme diamant à ton doigt !

Avec le même geste que je répétais cent fois par jour, je tendis la main et admirai le solitaire — cinq carats, coupe émeraude — que Jax m'avait offert pour nos fiançailles. Sa demande avait été le moment le plus excitant de ma vie, même si l'ouverture du premier restaurant Trifecta me mettait aussi dans tous mes états.

Je laissai retomber ma main et tournai mon attention vers les stars de la soirée, Chad, David et Inez, unis comme les doigts de la main, qui échangeaient avec les invités VIP conviés à l'inauguration en avant-première de notre établissement à Atlanta.

— Chad est magnifique, dis-je.

Remarque inutile, Lei était une femme de chair et d'os et elle pouvait identifier un magnifique spécimen masculin lorsqu'elle en voyait un.

— Je suis si fière de lui, continuai-je.

— Et je suis si fière de *toi*, dit-elle. Sans ta détermination et ton travail acharné, nous n'en serions pas là.

— Merci de m'avoir donné cette opportunité.

Le sourire qui s'épanouit sur son visage m'emplit d'un plaisir sans bornes.

Un pin's avec le logo « Trifecta » ornait sa robe fourreau rouge. Avec ses cheveux lâchés et son regard étincelant, elle paraissait jeune et insouciante.

— Je me sens triste pour elle, murmura-t-elle avec un signe discret du menton.

Je regardai dans la direction que son geste m'avait indiquée. Stacy Williams rasait les murs, se tenant à l'écart des groupes d'invités, son attention rivée sur son frère.

— Je me demande quand ouvrira son premier restaurant.

— Bonne question… Je n'ai rien entendu à ce propos pour l'instant, répondis-je.

Stacy ne semblait pas heureuse. Je ne savais pas si c'était parce que son frère avait atteint son but avant elle ou parce que Ian passait la soirée au bras d'Isabelle. Selon toute vraisemblance, Ian avait une nouvelle favorite.

— Ça te dérange qu'il soit ici ? demandai-je, tout en parcourant la salle des yeux en quête de Jax.

Je l'aperçus enfin ; il était en pleine discussion avec le directeur de la chaîne gastronomique Food Network. J'inspirai profondément, savourant le simple fait de regarder l'homme de ma vie, plaisir qui ne s'était pas atténué même après plusieurs mois de vie commune. Tout à la fois élégant et décontracté, il portait un sweat et un pull noirs, comme si souvent. Et je fantasmais déjà en pensant que je les lui enlèverai, tous les deux, d'ici quelques heures.

Il surprit mon regard et me fit un clin d'œil.

— Ian, tu veux dire ? Non. J'aurais été surprise qu'il ne vienne pas. Tu devrais aller le saluer.

— Et toi ?

— Quand il viendra à moi, tout repentant, pas de souci, répondit-elle avec un grand sourire. Et je lui offrirai un verre, aussi. C'est le moins que je puisse faire.

Levant ma flûte en signe de salut, je suivis son conseil et partis rejoindre les invités. Une musique aussi éclectique que les plats présentés, accompagnait les conversations sans les gêner. Ouvrir un restaurant se devait d'être un moment exceptionnel, et tout comme Lei, j'aspirais à la perfection de ce moment.

Bientôt, Vincent lancerait son propre Rossi's. Encore un événement à célébrer. La vie était plus belle de jour en jour.

— Bravo, Gianna ! C'est ce qu'on appelle une réussite…

Je m'arrêtai devant Ian Pembry. Ma mère aurait trouvé qu'il avait « fière allure » ; moi, je le trouvais séduisant et surtout, très charismatique.

— Merci, répondis-je en lui tendant la main. Je transmettrai vos louanges aux trois chefs.

— Je sais la masse de travail qu'implique une soirée de cette envergure. Accepte le compliment, tu l'as amplement mérité, dit-il après avoir embrassé mes doigts de ses lèvres fermes et sèches.

— Je n'aurais jamais pu y parvenir sans Lei. Elle est un mentor incroyable.

Une pointe d'amusement éclaira son regard bleu et il serra ma main avant de la lâcher.

— Tu serais surprise de voir tout ce que tu pourrais réaliser sans Lei. Quand tu te sens prête à faire le pas, préviens-moi.

J'hésitai un instant — me taire, parler — mais finalement, je décidai de mettre mon grain de sel.

— Vous avez tout gâché avec elle, vous savez ? Elle vous aimait.

Je vis son visage se durcir, mais avant qu'il ait pu réagir à mes propos, son regard se fixa sur un point au-delà de mon épaule. Quand un bras musclé vint s'enrouler à ma taille, je compris qui avait capté son attention.

— Jackson… J'ai cru comprendre qu'il fallait te féliciter, toi aussi ? fit-il d'un ton un peu crispé.

— Je suis un homme chanceux… Gianna m'a permis de me racheter, répondit Jax en me serrant contre lui.

Je jetai un regard entendu vers Ian. La remarque de Jax tombait on ne pouvait plus à pic ! Un sourire tendu fut sa seule réponse.

Jax s'excusa, puis m'entraîna à l'écart, pour me parler. Le contact de sa main, qui enveloppait mon coude, embrasait ma peau et mon esprit.

— J'ai réussi à réserver la même chambre que celle que tu avais, la dernière fois que nous nous sommes retrouvés ici ensemble.

Je me souvenais très bien de ce voyage. Il avait marqué un tournant dans notre relation. Le début de la fin de ce qui avait permis un nouveau début.

— Deviendrais-tu sentimental ? plaisantai-je, m'arrêtant pour le regarder.

— J'essaie encore de réparer mes erreurs du passé.

— Oh ! Et de laquelle s'agit-il, cette fois ?

Il parcourut du bout d'un doigt l'arcade de mon nez avec un demi-sourire-plus-fossette. Une combinaison redoutable qui fit flageoler mes jambes.

— Celle de t'avoir laissée nue et sur ta faim. Je ne me le pardonnerai jamais.

— Il me semble que tu m'as laissée sur ma faim plus d'une fois. Je devrais peut-être te faire une liste.

— Absolument ! dit-il avec un sourire plus gourmand encore.

— Je préfère te prévenir, elle risque d'être longue, dis-je en songeant à toutes les occasions où il m'avait excitée au plus haut point avant de me faire patienter jusqu'à ce que je frise la crise de folie.

Il prit ma main et joua avec ma bague.

— C'est une bonne chose que nous ayons beaucoup de temps devant nous.

Le temps d'une vie. Notre vie, et elle y suffirait peut-être tout juste.

CHEZ MOSAÏC

Par ordre alphabétique d'auteur

ANNE BARTON	*Secrets et préjugés*
ANNE BARTON	*Orgueil et volupté*
LAURA CALDWELL	*La coupable parfaite*
LAURA CALDWELL	*Le piège des apparences*
PAMELA CALLOW	*Indéfendable*
PAMELA CALLOW	*Tatouée*
JOSHUA CORIN	*La prière de Galilée*
SYLVIA DAY	*Afterburn/Aftershock*
ANDREA ELLISON	*L'automne meurtrier*
LORI FOSTER	*La peur à fleur de peau*
LORI FOSTER	*Le passé dans la peau*
HEATHER GUDENKAUF	*L'écho des silences*
HEATHER GUDENKAUF	*Le souffle suspendu*
MEGAN HART	*L'ange qui pleure*
KRISTAN HIGGINS	*L'Amour et tout ce qui va avec*
KRISTAN HIGGINS	*Tout sauf le grand Amour*
KRISTAN HIGGINS	*Trop beau pour être vrai*
KRISTAN HIGGINS	*Amis et RIEN de plus*
KRISTAN HIGGINS	*L'homme idéal… ou presque*
ELAINE HUSSEY	*La petite fille de la rue Maple*
LISA JACKSON	*Le couvent des ombres*
LISA JACKSON	*Ce que cachent les murs*
LISA JACKSON	*Passé à vif*
LISA JACKSON	*De glace et de ténèbres*
LISA JACKSON	*Linceuls de glace*
ANDREA KANE	*La petite fille qui disparut deux fois*
ANDREA KANE	*Instincts criminels*
ALEX KAVA	*Effroi*
ALEX KAVA	*Au cœur du brasier*
RICK MOFINA	*Zone de contagion*
RICK MOFINA	*Vengeance Road*
JASON MOTT	*Face à eux*

…/…

CHEZ MOSAÏC

Par ordre alphabétique d'auteur